Anthony Doerr est né à Cleveland dans l'Ohio. Couronné par plusieurs prix prestigieux et finaliste du National Book Award, il construit peu à peu une œuvre étonnante et inclassable. Après *Le Nom des coquillages* (2003), *À propos de Grace* (2006) et *Le Mur de mémoire* (2013), *Toute la lumière que nous ne pouvons voir* (2014) a créé l'événement outre-Atlantique et a reçu le prix Pulitzer.

ANTHONY DOERR

Le Mur
de mémoire

NOUVELLES TRADUITES DE L'ANGLAIS (ÉTATS-UNIS)
PAR VALÉRIE MALFOY

ALBIN MICHEL

Titre original :

MEMORY WALL
Publié chez Scribner, A division of Simon & Schuster. Inc, New York.

Pour Shauna

« Il faut commencer par perdre la mémoire, ne serait-ce que par bribes, pour se rendre compte que cette mémoire est ce qui fait toute notre vie. Une vie sans mémoire ne serait pas une vie, tout comme une intelligence sans la possibilité de s'exprimer ne serait pas une intelligence. Notre mémoire est notre cohérence, notre raison, notre sentiment et même notre action. Sans elle, nous ne sommes rien. »

Luis Buñuel, *Mon dernier soupir*.

Le mur de mémoire

HOMME GRAND DANS LE JARDIN

Alma Konachek, soixante-quatorze ans, vit à Vredehoek, une banlieue résidentielle sur les hauteurs de Cape Town : un endroit avec des pluies tièdes, des lofts aux grandes baies vitrées, et des voitures silencieuses, prédatrices. Derrière le jardin, Table Mountain dresse sa masse gigantesque, verte et ondulée ; du balcon de la cuisine, on voit mille lumières urbaines flamboyer et vaciller à travers les nappes de brume telles des bougies.

Par une nuit de novembre, à trois heures du matin, Alma entend grincer la grille qui sécurise la porte d'entrée et quelqu'un pénétrer à l'intérieur. Ses bras s'agitent ; elle renverse le verre d'eau sur la table de chevet. Du côté du living, une lame du parquet grince. Elle croit entendre respirer. De l'eau coule, goutte à goutte, par terre.

Elle parvient à chuchoter :

— Ho hé… ?

Une ombre passe dans le couloir. Une chaussure racle contre une marche, puis plus rien. L'air nocturne souffle dans la chambre – odeur de frangipanier et de charbon. Alma presse son poing contre son cœur.

Au-delà des portes-fenêtres, des fragments de nuages éclairés par la lune flottent au-dessus de la ville. L'eau renversée coule vers la porte.

— Qui est là ? Il y a quelqu'un ?

La vieille horloge du living scande les secondes. Le pouls d'Alma tambourine dans ses oreilles. Sa chambre semble tourner très lentement.

— Harold ?

Elle se rappelle que Harold est mort, mais c'est plus fort qu'elle.

— Harold ?

D'autres pas au premier étage : autre plainte du parquet. Quelque chose comme une minute passe. Elle croit entendre quelqu'un redescendre l'escalier. Il lui faut encore une bonne minute pour trouver le courage d'aller dans le living à petits pas.

La porte d'entrée est grande ouverte. Le feu tricolore en haut de la côte clignote – orange, orange, orange. Les feuilles se taisent, les maisons sont dans l'obscurité. Elle referme avec difficulté la grille, claque la porte, met le verrou et regarde par les croisillons de la fenêtre. Vingt secondes plus tard, elle est devant la console du couloir, maniant gauchement un stylo.

Un homme, écrit-elle. *Un homme grand dans le jardin.*

LE MUR DE MÉMOIRE

Pieds nus et sans perruque, Alma se tient dans la chambre d'amis au premier étage avec une lampe torche. Le tic-tac de l'horloge dans le living règle la nuit. Il y a quelques instants, elle était sûrement en train de faire une chose très importante. Une question de vie ou de mort. Mais là, elle ne se rappelle plus quoi.

L'unique fenêtre est entrebâillée. Le lit est fait, le couvre-lit tendu. Sur la table de chevet, il y a une machine grosse comme un four à micro-ondes, avec cette inscription : *Propriété du Centre de recherches sur la mémoire de Cape Town*. Trois câbles en tire-bouchon la raccordent à quelque chose qui ressemble vaguement à un casque de cycliste.

Le mur d'en face est tapissé de bouts de papier. Diagrammes, cartes, feuillets déchirés pleins de gribouillages. Reluisant parmi ces paperasses, des centaines de cartouches en plastique aux dimensions d'une boîte d'allumettes. Sur chacune est gravé un nombre à quatre chiffres et elles ont été fixées au mur grâce à un petit trou.

Le faisceau de sa torche se braque sur une photo en couleurs : un homme sortant de la mer. Elle en touche les bords. L'homme a retroussé son pantalon ; son expression est mi-sourire, mi-grimace. L'eau est froide. Barrant cette photo, dans une écriture qu'elle identifie comme étant la sienne, Harold. Cet homme, elle le connaît. Elle peut fermer les yeux et se rappeler le rose de ses gencives, son cou plissé, ses mains aux grosses phalanges. C'était son époux.

Tout autour du cliché, les bouts de papier et les cartouches en plastique se sont accumulés par couches qui se bousculent, se chevauchent, ancrées par des punaises, du chewing-gum ou des clous. Pense-bêtes, notes, dessins de ce qui pourrait être des animaux préhistoriques ou des monstres. Elle lit : *Tu peux faire confiance à Pheko.* Ou : *Prendre Coca-Cola Polly.* Un prospectus dit : *Porter Properties.* Il y a des énoncés plus étranges : *dinocéphaliens, Permien tardif, cimetière de vertèbres massives.* Certaines feuilles sont vierges ; d'autres surchargées de biffures et ratures. Sur une demi-page arrachée à une brochure, une phrase a été soulignée d'une main tremblante de multiples fois : *Les souvenirs se trouvent non dans les cellules mais dans l'espace extracellulaire.*

Sur certaines cartouches aussi il y a son écriture, sous les chiffres. *Musée. Obsèques. Réception chez Hattie.*

Alma bat des paupières. Elle ne se souvient pas d'avoir écrit sur ces petites cartouches, ni d'avoir déchiré des pages de livres, ni d'avoir punaisé quoi que ce soit au mur.

Elle s'assied par terre en chemise de nuit, jambes tendues. Une rafale s'engouffre par la fenêtre et les bouts de papier s'animent, dansent, tirent sur les punaises. Des feuilles volantes tourbillonnent sur le tapis. Les cartouches font entendre un léger cliquetis.

Vers le centre du mur, le faisceau de sa torche retrouve la photo de l'homme qui sort de la mer. Mi-sourire, mi-grimace. C'est Harold, se dit-elle. C'était mon mari. Il est mort. Il y a des années. Ah oui.

Dehors, par-delà la cime des palmiers, les lumières de la ville, l'océan est baigné par le clair de lune, puis c'est l'ombre. Clair de lune, ombre. Un hélicoptère passe. Les palmiers frémissent.

Alma baisse la tête. Elle a un bout de papier dans la main. *Un homme*, lit-elle. *Un homme grand dans le jardin.*

DR AMNESTY

Pheko conduit la Mercedes. Les buildings reflètent le soleil matinal. Les berlines ronronnent aux feux. À six reprises, Alma lorgne les panneaux qui défilent et lui demande où ils vont.

— On va voir le docteur, madame Alma.

Le docteur ? Alma se frotte les yeux, déconcertée. Elle tente de remplir ses poumons. Elle tripote sa perruque. Les pneus crissent tandis que la Mercedes s'élance sur les rampes d'un parking couvert.

L'escalier du Dr Amnesty est en acier inoxydable et bordé de fougères. Voici la porte blindée, l'adresse est signalée au pochoir dans l'angle. Ceci est familier à Alma au sens où une maison d'enfance lui serait familière. Comme si, entre-temps, elle était devenue deux fois plus grande.

Un interphone bourdonne et ils pénètrent dans la salle d'attente. Pheko pianote du bout des doigts sur ses genoux. À quatre chaises de là, deux femmes bien habillées sont assises à côté d'un aquarium. L'une a plusieurs dizaines d'années de moins que l'autre. Toutes deux portent de grosses perles aux lobes des oreilles. Alma pense : Pheko est le seul homme de couleur dans ce bâtiment. L'espace d'un instant, elle ne se rappelle plus ce qu'elle fait ici. Mais le cuir du fauteuil, le gravier bleu dans l'aquarium rempli d'eau de mer – c'est la clinique de la Mémoire. Ah oui. Dr Amnesty. À Green Point.

Au bout de quelques minutes, on l'escorte jusqu'à un fauteuil capitonné recouvert d'un papier gaufré. À présent, tout est familier : la boîte distributrice de gants en caoutchouc, le plateau en plastique pour ses boucles d'oreilles, deux électrodes sous son corsage. On lui retire sa perruque, on applique un gel glacial sur son cuir chevelu. La télévision murale montre des dunes de sable, puis des pissenlits, puis des bambous.

Amnesty. Quel nom ridicule. Qu'est-ce que ça signifie ? Pardon ? Sursis ? Mais plus durable qu'un sursis, n'est-ce pas ? On amnistie les actes répréhensibles. C'est quand on a commis une mauvaise action. Elle demandera à Pheko de regarder dans le dictionnaire, quand ils seront rentrés à la maison. Ou peut-être pensera-t-elle à le faire elle-même.

L'infirmière parle.

— Le stimulateur, ça marche ? Vous ressentez une amélioration ?

16

— Une amélioration ?

Certainement. Les choses semblent s'améliorer.

— C'est plus net, dit-elle.

Elle croit que c'est le genre de choses qu'elle est censée dire. De nouvelles voies s'ouvrent. Elle se rappelle comment faire pour se souvenir. C'est ce qu'ils aiment entendre.

L'infirmière marmonne. Piétinements sur le sol. Ronrons d'une invisible machinerie. Alma sent, de façon diffuse, qu'on ôte les capuchons en caoutchouc qui masquent les orifices ménagés dans son crâne pour insérer simultanément quatre vis. Il y a une note dans sa main : *Pheko est dans la salle d'attente. Pheko reconduira Mme Alma chez elle après sa séance.* Ah oui.

Une porte percée d'un petit hublot s'ouvre. Un homme pâle, en tenue chirurgicale verte, passe d'un pas vif, sentant la chlorophylle. Alma pense : Il y a d'autres sièges capitonnés ici, d'autres pièces comme celle-ci, avec d'autres machines qui forcent les couvercles d'autres cerveaux embrouillés. Furetant à l'intérieur, à la recherche de souvenirs, gravant ces souvenirs dans de petites cartouches carrées. Tentant de combattre l'oubli.

Sa tête est bloquée. Des stores en aluminium claquent contre la fenêtre. Entre chaque inspiration, elle entend la circulation routière susurrer.

Le casque s'abaisse.

17

TROIS ANS PLUS TÔT

— Les souvenirs ne sont pas stockés sous la forme de modifications moléculaires, a dit le Dr Amnesty au premier rendez-vous, trois ans auparavant.

Elle avait été sur sa liste d'attente pendant dix mois. Le Dr Amnesty avait les cheveux blonds comme la paille, une peau presque translucide et des sourcils invisibles. Il parlait anglais et chaque mot était comme un petit œuf qu'il devait délivrer avec précaution à travers ses dents.

— C'est ce qu'on avait toujours cru, mais c'est faux. La vérité, c'est que le substrat de souvenirs anciens se trouve non dans les cellules mais dans l'espace extracellulaire. Dans cette clinique, nous ciblons ces espaces, les marquons et les inscrivons dans des modèles électroniques. Avec l'espoir d'apprendre aux neurones endommagés à procéder aux remplacements nécessaires. À ouvrir de nouvelles voies. À se re-rappeler… Vous comprenez ?

Alma n'avait pas compris. Pas vraiment. Depuis des mois, depuis la mort de Harold, elle oubliait des choses : payer Pheko, prendre son petit déjeuner, ce que signifiaient les chiffres inscrits dans son chéquier. Elle allait dans le jardin avec le sécateur et arrivait là-bas une minute plus tard les mains vides. Elle retrouvait son sèche-cheveux dans un placard de la cuisine, ses clés de voiture dans la boîte à thé.

Elle se creusait les méninges pour trouver un mot et revenait bredouille : Casserole ? Tapis ? Cachemire ?

Deux médecins avaient déjà diagnostiqué la démence. Alma aurait préféré l'amnésie : un effacement plus rapide, moins cruel. Ceci, c'était une corrosion, une lente fuite. Soixante-dix ans d'anecdotes, cinquante ans de mariage, quarante ans d'activité professionnelle chez Porter Properties, d'innombrables maisons, acquéreurs et vendeurs – spatules et couverts à salade, romans et recettes de cuisine, cauchemars et rêves éveillés, tant de bonjour et d'au revoir. Tout cela pouvait-il s'effacer ?

— Ce n'est pas une guérison que nous offrons, disait le Dr Amnesty, mais nous devrions pouvoir ralentir le processus. Et peut-être vous restituer certains souvenirs.

Il avait mis le bout de ses doigts contre son nez, formant comme un clocher. Alma sentit poindre une déclaration.

— Sans ces traitements, la dégradation tend à être très rapide. Chaque jour il vous sera un peu plus difficile d'être parmi nous.

Eau dans le vase, ramollissant les tiges des roses. Rouille colonisant les gorges d'une serrure. Sucre attaquant la dentine des dents, comme un fleuve érodant ses berges. Alma pouvait songer à un millier de métaphores, dont aucune ne convenait.

Elle était veuve. Pas d'enfants, pas d'animal de compagnie. Elle avait sa Mercedes, un million et demi de rands à la banque, la pension de Harold, et la

19

maison à Vredehoek. Le protocole du Dr Amnesty laissait de l'espoir. Elle s'inscrivit.

L'opération se déroula dans un brouillard. À son réveil, elle avait la migraine et était devenue chauve. Du bout des doigts, elle palpa les quatre capuchons en caoutchouc fixés sur son crâne.

Une semaine plus tard, Pheko la ramenait à la clinique. L'une des infirmières du Dr Amnesty l'escorta jusqu'à un fauteuil en cuir un peu semblable à ceux des dentistes. Le casque n'était qu'une simple vibration au sommet de son cuir chevelu. Ils allaient récupérer des souvenirs, disaient-ils ; on ne pouvait pas dire à l'avance s'ils seraient agréables ou pas. C'était indolore. Alma avait l'impression que des araignées tendaient des toiles dans sa tête.

Deux heures plus tard, le Dr Amnesty la renvoyait à la maison, à l'issue de cette première séance, avec un stimulateur de souvenirs anciens et neuf petites cartouches dans une boîte en carton. Chaque cartouche était moulée dans le même plastique beige, et portait un nombre à quatre chiffres gravé sur le dessus. Elle observa la machine deux jours durant avant de la transporter dans la chambre du premier étage par un après-midi venteux, tandis que Pheko était allé aux commissions.

Elle l'avait branchée avant d'insérer une cartouche au hasard. Une faible secousse traversa ses vertèbres cervicales, puis la pièce se dissipa par couches. Les murs s'évanouirent. À travers des fissures au plafond, le ciel ondula comme un drapeau. Puis sa vue s'obscurcit, comme si la structure de sa maison avait été tirée d'un coup sec vers le bas et aspirée par une bouche d'égout, et un monde antérieur se rematérialisa.

Elle était au musée : hauts plafonds, éclairage tamisé, une odeur de vieux magazines. Le Muséum d'Afrique du Sud. Harold était à ses côtés, penché au-dessus d'une vitrine, enthousiaste, les yeux brillants – si jeune ! Son pantalon était trop court, on voyait ses chaussettes noires. Depuis combien de temps se connaissaient-ils ? Six mois ?

Elle n'avait pas choisi les bonnes chaussures : trop étroites, trop rigides. Le temps était magnifique ce jour-là et elle aurait préféré aller s'asseoir dans le Jardin botanique, sous les arbres. Mais Harold voulait aller au musée et elle, elle voulait être avec lui. Bientôt ils s'étaient retrouvés dans la salle des fossiles – deux dizaines de squelettes sur des estrades, certains gros comme des rhinocéros, d'autres avec des crocs d'un mètre de long, tous affublés de crânes massifs, aux orbites creuses.

— Cent quatre-vingts millions d'années avant les dinosaures, hein ? chuchota Harold.

Tout près, des écolières ruminaient du chewing-gum. Alma regarda la plus grande cracher lentement dans une fontaine en porcelaine, avant de ravaler sa salive. Un panneau indiquait *Réservé aux Blancs* dans une calligraphie soignée. Alma avait l'impression d'avoir les pieds broyés dans des étaux.

— Encore une minute, dit Harold.

L'Alma de soixante et onze ans regardait tout à travers les yeux de la jeune fille de vingt-quatre ans. Elle était cette jeune fille de vingt-quatre ans ! Ses paumes étaient moites, ses pieds douloureux et elle sortait avec un Harold vivant ! Un jeune et tout maigre Harold ! Il s'extasiait sur ces squelettes : on aurait dit des animaux greffés sur d'autres animaux. Têtes de reptiles sur corps de chiens. Têtes d'aigles sur corps d'hippopotames.

— Je ne me lasse jamais de les voir, disait le jeune Harold à la jeune Alma, avec des joues reluisantes de petit garçon.

Il y avait deux cent cinquante millions d'années, disait-il, ces créatures étaient mortes dans la boue et leurs ossements avaient été lentement comprimés pour se changer en pierre. Aujourd'hui quelqu'un les avait dégagées ; aujourd'hui elles étaient rendues à la lumière.

— Ce sont aussi nos ancêtres, chuchota Harold.

Alma trouvait cette vue insupportable : il manquait les yeux, il manquait la chair, c'étaient des tueurs conçus seulement pour s'entre-dévorer. Elle aurait voulu emmener ce grand dadais dans le parc, s'asseoir tout près de lui sur un banc et ôter ses chaussures. Mais Harold la traînait.

— Voici le gorgonopsien. Une gorgone. Gros comme un tigre. Deux, trois cents kilos. Daté du Permien. Ce n'est que le second squelette complet à avoir été retrouvé. Pas très loin de là où j'ai grandi, tu sais.

Il serra la main d'Alma.

Alma avait le vertige. Ce monstre avait des pattes courtes et puissantes, des orbites grosses comme le poing, une gueule pleine de crocs.

— Il paraît qu'ils chassaient en bande, chuchotait Harold. Tu te vois, les croisant dans le bush ?

La jeune fille de vingt-quatre ans en frémit.

— On considère notre existence comme allant de soi, avait-il ajouté. Mais c'est juste un coup de chance, non ?

Il se tourna vers elle, sur le point d'expliquer, mais là des ombres affluèrent depuis les bords comme de l'encre, recouvrant toute la scène, noircissant le plafond voûté, la jeune écolière qui avait craché dans la fontaine, et jusqu'au jeune Harold lui-même dans son pantalon trop court. L'appareil couina ; la cartouche fut éjectée ; le souvenir se ratatina sur lui-même.

Alma cligna des yeux et se retrouva en train d'agripper le pied du lit dans la chambre d'amis, hors d'haleine, à cinq kilomètres et cinquante ans de distance. Elle dévissa le casque. Par la fenêtre, une grive chantait – *chi-chi-choui-houhou*. Elle avait des élancements dans les racines de ses dents.

— Mon Dieu, dit-elle.

LE COMPTABLE

C'était il y a trois ans. Aujourd'hui, une demi-douzaine de médecins de Cape Town recueillent les souvenirs des patients fortunés et les impriment sur des cartouches, et de temps en temps ces cartouches sont revendues dans la rue. Des vieillards en maison de retraite, dit-on, utilisent les machines mémorielles comme des drogues, remettant les mêmes cartouches usagées dans leurs stimulateurs : nuit de noces, après-midi printanier, balade-à-vélo-le-long-du-cap. À force d'être manipulés par ces vieux doigts, les petits lingots en deviennent lisses et satinés.

Pheko ramène Alma de la clinique avec quinze nouvelles cartouches dans une boîte en carton. Elle ne veut pas faire la sieste. Elle ne veut pas des toasts triangulaires que Pheko dépose sur un plateau, près de son siège. Elle veut seulement rester dans la chambre du haut, muette et avachie dans son fauteuil, le casque sur son crâne, des filets de bave coulant de temps à autre de sa bouche. Moins présente en ce monde que dans quelque passé synthétique en Technicolor où les moments oubliés arrivent cahin-caha à travers des câbles.

Toutes les demi-heures environ, Pheko essuie son menton et glisse une des nouvelles cartouches dans l'appareil. Il inscrit le code et regarde les yeux de la vieille dame se révulser. Il y a presque mille cartouches sur ce mur ; des centaines d'autres sont entassées sur le tapis.

Vers seize heures, la BMW du comptable s'arrête au-dehors. Il entre sans frapper et appelle Pheko depuis le bas de l'escalier. Lorsque celui-ci redescend, l'homme a déjà ouvert son porte-documents sur la table de la cuisine et il est en train de noter quelque chose dans une chemise. Il porte des mocassins sans chaussettes et un pull bleu canard qui a l'air extrêmement moelleux. Son stylo plume est en argent. Il dit bonjour sans relever la tête.

Pheko le salue, met en route la cafetière et se tient à l'écart du plan de travail, les mains dans le dos. Tâchant de ne pas tendre le cou comme un vil flagorneur. La plume crisse sur le papier. Dehors, des nuages mauves stagnent au-dessus de l'Atlantique.

Quand le café est prêt, Pheko remplit un mug et le pose près du porte-documents. Il reste debout. Le comptable écrit pendant encore une minute. Sa respiration est sifflante. Enfin, il relève la tête et dit :

— Elle est là-haut ?

Pheko opine.

— Bon. Écoutez-moi. J'ai reçu un appel de ce... médecin aujourd'hui.

Il lui lance un regard douloureux et tapote la table de son stylo plume. Toc. Toc. Toc.

— Trois ans. Et pas beaucoup de progrès. Le toubib dit qu'on s'y est pris trop tard. Il dit qu'on a peut-être retardé sa déchéance, mais à présent c'est fini. Le rocher est trop gros pour qu'on puisse le freiner.

En haut, Alma ne fait pas de bruit. Pheko regarde la pointe de ses chaussures. En imagination, il voit un rocher débouler entre des arbres. Il voit son fils de cinq ans, Temba, dans l'école de Miss Amanda, à quinze kilomètres de là. Que fait-il en ce moment ?

Il mange, peut-être. Ou il joue au football. Il a mis ses lunettes.

— Mme Konachek nécessite une surveillance de tous les instants, dit le comptable. Nous n'avons que trop attendu. Vous auriez dû le voir venir, Pheko.

Pheko se racle la gorge.

— Je prends soin d'elle. Je viens sept jours sur sept. Du matin au soir. Souvent, je reste plus tard. Je fais la cuisine, le ménage, les courses. Ce n'est pas une grosse difficulté.

Le comptable sourcille.

— Elle pose trop de problèmes ; Pheko, vous le savez bien. Et vous faites de votre mieux. Du bon travail. Mais votre temps est écoulé. Vous l'avez vue au « boma » le mois dernier. Le toubib dit qu'elle oubliera comment se nourrir. Elle oubliera comment sourire, comment parler, comment aller aux toilettes. Finalement, elle oubliera d'avaler. C'est une vacherie, cette maladie, si vous voulez mon avis. Qui mérite cela ?

Le vent dans les palmiers du jardin fait un bruit qui ressemble à la pluie. Un grincement, à l'étage. Pheko s'efforce de garder les mains dans son dos. Il pense : Si seulement M. Konachek était ici. Il sortirait de son bureau avec sa poussiéreuse chemise de grosse toile, son masque de protection sur le front, la figure rouge comme un homard. Il boirait directement à la cafetière, passerait son grand bras autour des épaules de Pheko et dirait : « Vous ne pouvez pas le virer ! Il est chez nous depuis quinze ans ! Il a un fils, maintenant ! Allons, allons ! » Clins d'œil à la ronde. Peut-être une grande claque dans le dos du comptable.

Mais le bureau est dans le noir. Harold Konachek est mort depuis plus de quatre ans. Mme Alma est à l'étage, branchée à sa machine. Le comptable glisse son stylo plume dans sa poche et fait claquer les fermoirs de son porte-documents.

— Je pourrais loger ici avec mon fils, hasarde Pheko. On pourrait dormir ici.

Même à ses propres oreilles, sa requête semble dérisoire et condamnée d'avance.

Le comptable se lève, chasse d'une chiquenaude une chose invisible sur son pull.

— La maison sera mise en vente dès demain. Je déposerai Mme Konachek à Suffolk Home la semaine prochaine. Inutile de faire ses bagages tant qu'elle est là ; ça ne ferait que l'affoler. Vous pouvez rester jusqu'à lundi prochain.

Ensuite, il prend son porte-documents et s'en va. Pheko entend sa voiture repartir sans bruit. Alma se met à l'appeler depuis le premier étage. Le café du comptable est resté sur la table, intact.

L'ÎLE AU TRÉSOR

Le soir venu, Pheko fait pocher un blanc de poulet et dépose une pile de haricots verts à côté. Dehors, des flottilles de nuages de pluie s'amassent au-dessus de l'Atlantique. Alma contemple fixement son assiette

comme s'il s'agissait d'un puzzle incompréhensible.
Pheko dit :

— Le docteur vous en a trouvé de bonnes ce
matin, madame Alma ?

— De bonnes ?

Elle bat des paupières. L'horloge du living fait
entendre son tic-tac. Une belle lumière argentée trem-
blote dans la pièce. Pheko est une paire d'yeux, une
odeur de savon.

— Des vieilles, dit Alma.

Il l'aide à enfiler sa chemise de nuit et étale une
noisette de dentifrice sur sa brosse à dents. Ensuite,
les cachets. Deux blancs. Deux jaunes. Alma grimpe
dans son lit en marmonnant des questions.

Une pluie apportée par le vent se met à crépiter
doucement sur les fenêtres.

— Et voilà, madame Alma, dit Pheko.

Il ramène la couverture sous son menton.

— Je me sauve, maintenant.

Sa main est sur la lampe. Son téléphone vibre dans
sa poche.

— Harold, dit Alma. Fais-moi la lecture.

— Moi, je suis Pheko, madame Alma.

Alma secoue la tête.

— Et puis merde !

— Vous avez déchiré votre livre, madame Alma.

— Ah oui ? Pas du tout. C'est quelqu'un d'autre.

Un souffle. Un soupir. Sur la commode, trois perruques lustrées trônent sur des têtes en porcelaine
toutes lisses.

— Dix minutes, dit Pheko.

Alma se rallonge, chauve, le regard vitreux, une enfant ratatinée. Pheko s'assied dans le fauteuil et prend *L'Île au trésor* sur la table de chevet. Des pages en tombent quand il l'ouvre.

Il lit les premiers paragraphes de mémoire. *Je me souviens de lui comme si c'était hier, lorsqu'il arriva d'un pas lourd à la porte de l'auberge, son coffre de marin le suivant dans une brouette ; un homme grand, fort, massif, au teint noisette...*

Une page de plus et Alma s'est endormie.

B478A

Pheko attrape le bus de neuf heures vingt pour Khayelitsha. C'est un petit homme vêtu d'un pantalon noir et d'un pull rouge à torsades. Quand il est sur son siège, ses pieds touchent à peine le sol. Résidences sécurisées, murs de bougainvillées et petits bistros éclairés par des ampoules colorées défilent. Dans Hanny Street, le bus s'arrête devant Virgin Active Fitness, où trois piscines couvertes s'animent d'une lumière aquatique, quelques nageurs tardifs s'acharnant dans les couloirs de nage, un éléphantesque toboggan déversant de l'eau dans l'angle.

Le bus se remplit de femmes du township : femmes de ménage, serveuses, blanchisseuses, des femmes qui répondent à un nom à Cape Town et à un autre dans les bidonvilles, gouvernantes prénommées Sylvia ou

Alice, sur le point de devenir des mères de famille appelées Malili ou Momtolo.

Du crachin strie les vitres. Des voix murmurent en xhosa, sotho, tswana. Les espaces entre les éclairages publics se creusent ; bientôt Pheko ne voit plus que les halos des projecteurs des panneaux d'affichage, çà et là dans les ténèbres. *Buvez Opa. Dénoncez les voleurs de câbles. Mettez des préservatifs.*

Khayelitsha, c'est quarante-sept kilomètres carrés de baraques composées d'aluminium et de parpaings, de toile de jute et de portières de voiture. Au tournant du siècle il y vivait un demi-million de personnes – aujourd'hui c'est quatre fois plus. Réfugiés de guerre, réfugiés de l'eau, réfugiés du sida. Soixante pour cent de la population est au chômage. Un millier de tours d'éclairage de fortune se dressent au-dessus des cabanes tels des arbres amputés. Des femmes portent des bébés ou des légumes dans des sacs en plastique, ou des jerricans d'eau de quarante litres. Les hommes roulent sur des vélos bringuebalants. Des chiens errent.

Pheko descend à Secteur C et s'empresse de passer devant un alignement de baraques, sous la pluie. Des carillons tintent. Une chèvre avance en contournant des flaques. Des hommes apathiques sont perchés sur des ailes de taxis vandalisés ou des cageots de fruits renversés, ou avachis sous des bâches déguenillées. Quelqu'un, à quelques ruelles de là, allume une fusée de feu d'artifice qui fleurit et pâlit au-dessus des toits.

B478A est une cabane vert pâle au sol sablonneux avec une porte bleu pâle. Trois pneus lisses maintiennent le toit. Des barreaux défendent les deux fenêtres. Temba est là, encore éveillé, excité, chuchotant, sautant presque sur place. Il porte un T-shirt trop grand de plusieurs tailles ; ses petites lunettes rebondissent sur son nez.

— P'pa ! dit-il. P'pa, t'as vingt et une minutes de retard ! Papa, Boginkosi a attrapé trois chats aujourd'hui, Tu te rends compte ? Papa, tu peux faire de la paraffine avec des sacs en plastique ?

Pheko s'assied sur le lit et attend que ses yeux s'habituent à la pénombre. Les murs sont tapissés de prospectus décolorés de supermarché. Savon à vaisselle à 1,99 R. Jus d'orange, deux pour le prix d'un. La lessive d'hier pend du plafond. Un poêle rouge de rouille est calé sur des briques, dans l'angle. Deux chaises pliantes en métal et plastique complètent l'ameublement.

Dehors, la pluie filtrée par l'éclairage des lampes à vapeur crible le toit, produisant un son apaisant. Des insectes se faufilent à l'intérieur, en quête d'un abri : moucherons, mille-pattes et grosses mouches luisantes. Deux files de fourmis s'étalent sur le sol et s'entremêlent, formant des canaux sous le poêle. Des papillons de nuit se pressent contre les moustiquaires des fenêtres. Pheko entend encore la voix du comptable : *Vous auriez dû le voir venir.* Il revoit son stylo plume en argent, miroitant dans la cuisine d'Alma.

— As-tu mangé, Temba ?

— Je ne me rappelle pas.

— Tu ne te rappelles pas ?

— Si, j'ai mangé ! J'ai mangé ! Miss Amanda avait du « samp » et des haricots.

— Et as-tu mis tes lunettes aujourd'hui ?

— Oui, oui.

— Temba...

— Si, papa ! Tu vois bien ?

Il braque deux doigts sur sa propre figure. Pheko se déchausse.

— D'accord, mon grand. Je te crois. Et maintenant, quelle main ?

Il lui tend ses poings. Temba se tient pieds nus dans son maillot ultra-large, et ses yeux bruns clignent derrière ses lunettes.

Finalement, il choisit le gauche. Pheko prend un air désolé, sourit et révèle une paume vide.

— Rien.

— La prochaine fois, dit Pheko.

Temba tousse, s'essuie le nez. Il semble ravaler une déception familière.

— Et maintenant, retire tes lunettes et fais-moi l'attaque du bernard-l'hermite, dit Pheko.

Et son fils met ses lunettes sur le poêle et bondit sur lui, enroulant ses jambes autour de sa cage thoracique. Ils roulent sur le lit. Temba lui enserre le cou et le dos.

Pheko se redresse, fait des foulées de géant tout autour de la pièce, tandis que le petit garçon s'accroche à lui.

— Papa, dit-il, contre sa poitrine. Qu'est-ce qu'il y avait dans l'autre main ? Qu'est-ce que tu avais, cette fois ?

— Je ne peux pas te le dire, répond Pheko.

Il fait mine d'essayer de se délivrer de l'emprise de son fils.

— C'est à toi de deviner correctement la prochaine fois.

Pheko déambule autour de la pièce. L'enfant tient bon. Son front est comme une pierre contre le sternum de Pheko. Ses cheveux sentent la poussière, la mine de crayon et la fumée. La pluie murmure contre le toit.

HOMME GRAND DANS LE JARDIN

Lundi soir, Roger Tshoni emmène le sage petit récupérateur de mémoire prénommé Luvo dans la luxueuse banlieue de Vredehoek et s'introduit, une fois de plus, dans la maison d'Alma Konachek. Roger a les cheveux blancs, une barbe blanche et un nez comme une grosse calebasse brune. Ses dents sont orangées. Il dégage des relents de tabac bon marché. Sur le ruban de son chapeau de paille, *Ma Horse* est imprimé trois fois.

Chaque fois que Roger a crocheté la serrure de la grille anti-intrusion, Alma s'est réveillée. Ce pourrait être à cause d'une alarme, mais il n'a pas vu d'alarme sur place. De toute façon, il ne cherche plus à se cacher. Cette nuit, c'est à peine s'il essaie d'être discret. Il attend sur le seuil, compte jusqu'à quinze, puis guide l'enfant à l'intérieur.

Parfois elle menace d'appeler la police. Parfois elle l'appelle Harold. Parfois, c'est pire : Boy. Ou Nègre. Ou moricaud. Comme dans : Au travail, boy. Ou : Et merde, boy. Parfois, elle le transperce de son regard vide comme s'il n'existait pas. S'il lui fait peur, il se contente d'aller fumer dans le jardin avant de rentrer par la porte de la cuisine.

Cette nuit, Roger et Luvo se tiennent dans le living pendant un moment, mouillés par la pluie, et ils regardent la ville à travers les portes-fenêtres du balcon. Quelques feux clignotent parmi des dizaines de milliers de lumières ambrées. Ils essuient leurs chaussures. Ils entendent Alma marmonner toute seule dans la chambre au fond du couloir ; l'océan au-delà du front de mer est une invisible étendue noire sous la pluie.

— Une vraie chouette, cette bonne femme, chuchote Roger.

L'enfant prénommé Luvo ôte son bonnet, se gratte la tête tout autour des quatre petits orifices ménagés dans son crâne et gravit les marches. Roger se rend dans la cuisine, sort trois œufs du frigo et met une casserole d'eau à chauffer. Bientôt, Alma arrive en traînant ses pieds nus, chauve, pas plus épaisse qu'une gamine.

Les mains de Roger palpent sa chemise, trouvent une cigarette coincée dans le ruban de son chapeau, et retournent dans ses poches. Ce sont ses mains, il l'a compris, plus que tout, qui l'épouvantent. De longues mains. Des mains brunes.

— Tu es…, siffle-t-elle.

— Roger. Parfois vous m'appelez Harold.

Elle passe son poignet sous son nez.

— J'ai une arme à feu.

— Mais non. De toute façon, vous ne pourriez pas me descendre. Venez vous asseoir.

Alma le regarde, déconcertée. Mais au bout d'un moment elle s'assied. Il n'y a de lumière que celle du rond de flammes bleues sur la plaque de cuisson. En contrebas, les minuscules points lumineux des phares des automobiles se dilatent et se dissolvent à mesure qu'ils voyagent entre les gouttes de pluie, sur la vitre de la fenêtre.

La maison semble se resserrer autour de Roger, ce soir, avec l'horloge et son tic-tac, les divans immaculés, la grande vitrine dans le cabinet de travail. Il a désespérément envie d'allumer sa cigarette.

— Aujourd'hui, votre médecin vous a donné de nouvelles cartouches, hein ? J'ai vu votre domestique vous conduire à Green Point.

Alma garde le silence. Dans la casserole, les œufs s'entrechoquent. À la voir, on dirait que le temps s'est arrêté en elle : grosses veines apparentes, fragilité d'un oiseau, expression figée. Une artère bleue en diagonale palpite au-dessus de son oreille droite. Les quatre capuchons en caoutchouc collent à son crâne.

Elle fronce vaguement les sourcils.

— Qui êtes-vous ?

Roger ne répond pas. Il éteint le brûleur et retire les quatre œufs qui fument avec une cuillère.

— Moi, c'est Alma, dit-elle.

— Je sais.

— Je sais ce que vous êtes en train de faire.

— Ah oui ?

Il dépose les œufs sur un torchon devant elle. Ce doit être la dixième fois qu'ils composent ce tableau au cours du mois : attablés dans la cuisine en pleine nuit, en tête à tête, lui le grand homme noir, elle la Blanche âgée, avec les lumières de Trafalgar Park et les gares de triage et le front de mer disséminés en contrebas. Un tableau pas tout à fait de ce monde. Comment expliquer, se demande Roger distraitement, que les innombrables échecs de sa vie aient convergé pour aboutir à cette scène-là ?

— Et maintenant, mangez, dit-il.

Alma lui lance un regard dubitatif. Mais quelques instants plus tard, elle prend un œuf, le tape contre la table et entreprend de l'écaler.

L'ORDRE DES CHOSES

Rien n'est classé. Il n'y a ni A menant à B, ni C menant à D. Toutes les cartouches ont la même taille, sont du même beige récurrent. Pourtant, certaines concernent des époques éloignées dans le temps, d'autres l'année dernière. L'intensité est variable, également : certaines aspirent Luvo et le retiennent pendant quinze ou vingt secondes ; d'autres le projettent de force dans le passé d'Alma et cela peut durer une demi-heure. De brefs instants se distendent ; des mois passent dans un souffle. Il émerge, haletant, comme s'il avait été sous l'eau ; il se sent catapulté à nouveau dans son propre cerveau.

Parfois, quand il reprend connaissance, Roger se tient à côté de lui. Une cigarette éteinte aux lèvres, il contemple l'énigmatique mur de papiers, cartes postales et cartouches, comme s'il attendait qu'une explication essentielle en émane.

D'autres fois, la maison est silencieuse, et il n'y a que le vent qui soupire par la fenêtre ouverte, les papiers qui frémissent au mur, et une centaine de questions qui repassent en boucle dans la tête de Luvo.

Il croit avoir une quinzaine d'années. Il n'a que très peu de souvenirs à lui : aucun de ses parents, aucune idée de qui a bien pu ménager les quatre orifices dans son crâne avant de le lâcher parmi les dix mille orphelins de Cape Town. Nul souvenir du pourquoi ou du comment. Il sait lire : il sait parler l'anglais et le xhosa ; il sait que les étés à Cape Town sont torrides et venteux, les hivers frais et bleus. Mais il ne peut pas dire comment il a pu apprendre de telles choses.

Son histoire récente est faite de douleurs : migraines, mal au dos, mal aux os. Des élancements enflamment ses vertèbres : des migraines le dévastent comme des tempêtes. Les trous dans son crâne picotent et laissent s'écouler un liquide aqueux : ils ne sont pas loin d'être aussi symétriques que ceux d'Alma Konachek.

Roger prétend qu'il l'a trouvé au Jardin botanique, même si Luvo n'en a aucun souvenir. En ce moment, il dort dans l'appartement de Roger. Une dizaine de fois, ce type l'a réveillé de force au milieu de la nuit, fourré dans un taxi. Ils montent depuis le front de mer jusqu'à ce quartier résidentiel ; Roger crochète deux serrures et ils pénètrent dans cette élégante maison blanche sur les hauteurs.

Luvo procède de gauche à droite dans la chambre à l'étage, allant de la cage d'escalier vers la fenêtre. En l'espace d'une dizaine de nuits, il a visité environ cinq cents des souvenirs d'Alma. Il y a encore des centaines de cartouches à découvrir, certaines empilées sur le tapis, la majorité étant fixées au mur. Les chiffres gravés ne correspondent à aucune chronologie repérable.

Mais il lui semble progresser petit à petit, maladroitement, vers le cœur de quelque chose. Ou plutôt, s'écarter à petits pas d'un tableau composé d'une multitude de petits points. Bientôt, l'image se révélera d'elle-même, une vérité fondamentale sur la vie d'Alma apparaîtra distinctement.

Il en sait déjà beaucoup. Il sait qu'Alma, enfant, était obsédée par les îles, les mutins, les naufrages, les peuplades étranges, les naufragés fixant des yeux l'horizon. Il sait que Harold et elle ont travaillé dans la même agence immobilière pendant des dizaines d'années, qu'elle a possédé trois berlines Mercedes gris métallisé, chacune pendant douze ans. Il sait qu'elle a conçu sa maison avec un architecte de Johannesburg, choisissant elle-même sur catalogue les peintures, les poignées de porte et les robinets, qu'elle a accroché des reproductions à l'aide d'un niveau à bulle et d'un mètre souple. Il sait qu'ils allaient au concert, achetaient des vêtements au Gardens Centre, qu'ils ont visité une ville qui s'appelle Venise. Il sait que le lendemain de son départ en retraite, Harold a acheté un Land Cruiser d'occasion et un revolver neuf millimètres, et qu'ils se sont lancés dans la chasse aux fossiles dans une région immense et aride à l'est de Cape Town – le Grand Karoo.

Il sait aussi qu'Alma n'est pas spécialement gentille avec son domestique. Il sait que Pheko a un petit garçon, Temba, et que le mari d'Alma a payé l'opération des yeux qui fut nécessaire à la naissance, et qu'elle en fut très fâchée en l'apprenant.

Sur la cartouche 5015, une Alma de sept ans réclame à sa nounou une bouteille de Coca tout juste décapsulée. Comme la nounou hésite, grimace, Alma menace de la faire renvoyer. La nounou lui passe la bouteille. Un instant plus tard, la mère d'Alma apparaît, furieuse, traînant sa fille dans un coin de la chambre. « On ne met jamais, jamais ses lèvres là où une domestique a mis les siennes ! » crie-t-elle. Le visage de l'enfant se crispe, ses petites dents étincellent. Luvo sent son estomac se contracter.

Sur la cartouche 9136, une Alma septuagénaire assiste aux obsèques de son mari. Quelques dizaines de Blancs se tiennent sous des lustres, engloutissant des oreillons d'abricots grillés. Le méticuleux petit domestique se fraie un chemin parmi eux, en chemise blanche et cravate noire. Il a un bambin à lunettes avec lui ; l'enfant s'enroule autour de sa jambe gauche comme du lierre. Pheko tend à Alma un pot de miel orné d'une simple faveur bleue.

— Toutes mes condoléances, dit-il, et il a l'air vraiment peiné.

Alma soulève le pot de miel. Les lumières d'un lustre s'y trouvent fugitivement captées.

— Ce n'était pas la peine de venir, dit-elle, et elle pose le pot sur la table.

Luvo sent les écœurants effluves de parfums capiteux dans le salon funéraire, il lit l'anxiété dans les yeux de Pheko, sent dans ses propres jambes la faiblesse d'Alma. Puis il est arraché de cette scène comme par d'invisibles cordes et redevient lui-même, assis au bord du lit dans la chambre d'amis, frissonnant légèrement, avec une douleur sourde qui s'évacue par sa mâchoire.

Peu après, c'est l'heure qui précède l'aube. La pluie a cessé. Roger se tient près de lui, exhalant la fumée de sa cigarette par la fenêtre ouverte, contemplant le jardin en contrebas.

— Alors… rien ?

Luvo confirme d'un signe de tête. Son cerveau est lourd, explosif. L'espérance de vie d'un récupérateur de mémoire, a-t-il entendu dire, est de un à deux ans. Infections, convulsions, crises d'épilepsie.

Certains jours, il sent des vaisseaux sanguins se déformer autour des colonnes installées dans son cerveau, il sent les neurones déchiqueter et mordre dans leurs efforts pour se faufiler entre ces obstacles.

Roger a l'air gris, presque malade. Il passe une main tremblante sur les poches de sa chemise.

— Rien sur le désert ? Rien sur le Land Cruiser avec son mari ? Tu es sûr ?

De nouveau, Luvo confirme. Il demande :

— Est-ce qu'elle dort ?

— Enfin !

Ils retournent au rez-de-chaussée. Les souvenirs se tordent lentement dans les pensées de Luvo : Alma, six ans, dans une salle à manger, nappe blanche, rires des grandes personnes, froufrou des serviteurs en chemise blanche qui apportent les plats. Alma enroulant un ver de terre autour de la pointe d'un hameçon. Un cimetière faiblement éclairé, et les doigts osseux de la mère d'Alma serrant un volant. Des bulldozers, des bus bruyants et des trous dans les clôtures de sécurité cernant les banlieues où elle a grandi. Achat d'une eau-de-vie appelée « foudre blanche » au coin d'une rue à des gamins noirs ayant la moitié de son âge.

À l'instant où il atteint le living, Luvo frise l'évanouissement. Les deux fauteuils, la lampe, les portes-fenêtres du balcon, la grosse horloge avec son décor et son balancier en cuivre, ses épais pieds en acajou, tout cela semble palpiter dans le demi-jour. Sa migraine progresse, irrésistiblement ; c'est une flamme orangée qui lèche le moindre contour. À chaque battement de son cœur, son cerveau cogne aux murs de son crâne. À tout instant, son champ de vision pourrait s'enflammer.

Roger lui remet son bonnet de laine, passe un long bras sous son aisselle, et l'aide à passer la porte tandis que les premiers rais de lumière percent au-dessus de Table Mountain.

MARDI MATIN

Pheko arrive juste après l'aube, alors qu'il flotte encore dans la maison une faible odeur de tabac. Il y a trois œufs de moins dans le frigo. Il reste là une minute, intrigué. Rien d'autre ne semble avoir été dérangé. Alma dort d'un profond sommeil.

L'agent immobilier doit venir ce matin. Pheko passe l'aspirateur, fait les vitres, astique les surfaces jusqu'à obtenir un reflet profond. Des flots d'une lumière blanche et pure, lavée par la pluie de la veille, entrent par les fenêtres. L'océan est un étincelant plat d'étain.

À dix heures, Pheko boit une tasse de café dans la cuisine. Deux torchons, blancs et bien repassés, sont suspendus à la poignée du four. Les sols ont été récurés, le lave-vaisselle a été vidé, l'horloge remontée. Tout est à sa place.

Soudain, Pheko pense qu'il pourrait voler des choses. Prendre le téléviseur dans la cuisine, certains livres de Harold, le lecteur de musique d'Alma. Des bijoux. Des manteaux. Les deux vélos vert pomme au garage – combien de fois Alma a-t-elle utilisé le sien ? Une seule ? Qui sait seulement qu'ils sont là ? Pheko pourrait appeler un taxi maintenant, y flanquer des valises, rentrer à Khayelitsha et avant la tombée de la nuit une centaine de choses qu'Alma ignore posséder pourraient être converties en argent liquide.

Qui le saurait ? Pas le comptable. Pas Alma. Lui seul. Et Dieu.

Alma se réveille à dix heures et demie, groggy, vaseuse. Il l'aide à s'habiller, l'escorte jusqu'à la table du petit déjeuner. Elle s'assied, les mains tremblantes, des mèches de sa perruque prises dans ses cils, sans toucher à son thé.

— Autrefois, je venais ici, marmonne-t-elle. Avant.

— Vous ne voulez pas de thé, madame Alma ?

Elle lui lance un regard perplexe.

En haut, le mur de souvenirs est froissé par le vent. La grosse voiture de l'agent immobilier s'arrête sans bruit dans l'allée du garage à onze heures précises.

LE MUSÉUM D'AFRIQUE DU SUD

Dans l'après-midi, Luvo se réveille dans le studio de Roger, aux Cape Flats. Près de lui, une table et deux chaises. Des poêles dans un placard, un réchaud à kérosène, une rangée de livres sur une étagère. Pas tellement mieux qu'une cellule de prison. L'unique fenêtre montre le coin inférieur d'un panneau d'affichage, à six mètres de distance. Sur ce panneau, une Blanche au bikini encore plus blanc qu'elle se prélasse sur la plage, une bouteille de Crown Beer en main. De son lit, Luvo peut voir le bas des jambes, les chevilles croisées, les plantes de pieds pailletées de sable.

À travers les murs et le plafond, c'est le vacarme des Cape Flats, rires, bébés, prises de bec, sexe, vrombissement de moteurs et de ventilateurs. À six ou sept reprises, ce mois-ci, à travers son sommeil, il a entendu des coups de feu. Des femmes aux ongles vernis et aux colliers de chien passent par les couloirs ouverts. Chaque soir, quelqu'un s'approche de la porte en murmurant : « Mandrax, Mandrax ! »

Roger est sorti. Il a dû suivre Alma. Luvo se met à table, grignote des biscuits apéritif et lit l'un des livres de Roger. C'est un roman d'aventures qui se déroule au pôle Nord. À court de vivres, les aventuriers chassent les phoques, mais la couche de glace est trop fine et ils risquent à tout moment de passer à travers, de tomber dans l'eau glaciale.

Une heure plus tard, Roger n'est toujours pas de retour. Luvo prend deux pièces de monnaie dans un tiroir, se débarbouille devant l'évier et passe un papier absorbant humide sur les pointes de ses baskets. Puis il enfonce son bonnet sur son crâne et prend le bus pour se rendre au Jardin botanique.

Il entre au Muséum d'Afrique du Sud aux alentours de seize heures et va, sous les regards méfiants de deux gardiens, dans la galerie de paléontologie. Des centaines de fossiles sont exposés dans des vitrines, provenant de toute l'Afrique du Sud : coquilles, vers, nautiles, fougères et trilobites. Des minéraux, aussi : cristaux jaune-vert et agglomérats de quartz : moustiques dans des gouttes d'ambre, scheelite, wulfénite.

Dans les reflets des vitres, Luvo croit voir les papiers et cartouches accrochés au mur d'Alma flotter dans le clair-obscur au-dessus des pierres. Os, dents, empreintes de pas, poissons, les côtes déformées de reptiles préhistoriques – dans les souvenirs d'Alma, Luvo a vu Harold rentrer du Karoo débordant d'ardeur, s'enthousiasmant pour la dolérite, le siltstone, les strates de fossiles, les sillons d'empreintes. Il taillait des pierres dans le garage, montrait à Alma des amphibiens entiers, une libellule de trente centimètres de long enchâssée dans le calcaire, des traces de petits vers dans de la boue durcie. Il débarquait dans la cuisine, tout congestionné, exalté, sentant la poussière, la chaleur et les rochers, son masque de protection relevé sur le front, agitant une canne en ébène qu'il avait ramassée quelque part, presque aussi grande que lui, avec des perles rouges entortillées sur le manche et un éléphant gravé sur le pommeau.

Tout ce cinéma faisait enrager Alma ; cette canne pour touristes en mal de safari, les lunettes de protection, cette passion puérile. Quarante-cinq ans de mariage, et maintenant il décidait de devenir un minéralogiste toqué ? Et leurs amis, les promenades ensemble, les croisières ? La retraite, lui criait Alma, c'était censé apporter plus de confort, pas l'inverse.

Voilà ce que sait Luvo : à l'intérieur du portefeuille usé, déglingué de Roger, se trouve une notice nécrologique vieille de quatre ans. Le titre est : *L'agent immobilier devenu chasseur de dinosaures*. Dessous, une photo noir et blanc granuleuse de Harold Konachek.

Luvo a demandé à voir la notice si souvent qu'il l'a mémorisée. Un retraité de soixante-huit ans, habitant Cape Town, roulant avec son épouse sur des petites routes au fin fond du désert du Karoo, s'était arrêté pour chercher des fossiles dans une excavation, quand une crise cardiaque le terrassa. Selon son épouse, juste avant de mourir, il avait fait une découverte d'une grande portée : un rare fossile du Permien. Les fouilles intensives dans les parages n'avaient pas abouti.

Roger, avec son chapeau de paille, sa barbe blanche et ses chicots, a dit à Luvo qu'il est allé dans le désert avec des dizaines d'autres chasseurs de fossiles, et même avec un groupe d'universitaires. Il prétend que plusieurs paléontologues sont allés chez Alma lui demander ce qu'elle a vu.

— Elle a dit qu'elle ne se rappelait plus. Que le désert était gigantesque et que toutes les collines se ressemblaient.

L'intérêt retomba. On supposa que le fossile resterait introuvable. Puis, quelques années plus tard, Roger vit Alma Konachek sortir d'une clinique de la mémoire à Green Point avec son domestique. Et il se mit à les suivre dans leurs allées et venues.

— *Gorgonops longifrons*, avait dit Roger à Luvo un mois plus tôt, quand il l'avait emmené pour la première fois là-bas.

Luvo avait gravé ce nom dans sa mémoire.

— Un gros, féroce prédateur du Permien. Si c'est un squelette complet, ça vaut entre quarante et cinquante millions de rands. Les gens sont fous de ces trucs-là. Stars de cinéma, banquiers. L'an dernier, un crâne de tricératops a été vendu aux enchères à un Chinois pour trente-quatre millions de dollars.

Luvo détache les yeux de la vitrine. Des pas résonnent à travers la galerie ; de petits groupes de touristes circulent. Le squelette de gorgone sur son piédestal de granit est celui-là même que Harold a montré à Alma, il y a cinquante ans. Sa tête est aplatie sur les côtés, sa mâchoire déborde de dents. Ses griffes semblent capables d'une grande violence.

La plaque dit : *Désert du Karoo, Permien supérieur, 260 millions d'années.* Luvo reste très longtemps en contemplation devant ce squelette. Il entend la voix de Harold, chuchotant à Alma à travers les sombres couloirs de sa mémoire : *Ce sont aussi nos ancêtres.*

Il pense : Nous sommes tous des intermédiaires. Et aussi : donc, voilà ce que cherche Roger. Ce vieux machin incroyable.

47

MERCREDI SOIR, JEUDI SOIR

Lorsque Luvo se réveille, Roger se tient au-dessus de lui. Il est minuit passé et il est de nouveau dans le studio. Revenir dans sa propre tête trafiquée lui cause une douleur fulgurante. Roger s'accroupit sur ses talons, avale la fumée de sa cigarette et consulte sa montre avec une expression contrariée.

— Tu es sorti…

— Je suis allé au musée. Je me suis endormi.

— Il va falloir que je t'enferme ?

— Quoi… ?

Roger s'assied sur la chaise, dépose son chapeau sur la table et regarde sa cigarette à demi consumée d'un air mécontent.

— On a mis une pancarte « À vendre » devant sa maison, aujourd'hui.

Luvo se presse les tempes du bout des doigts.

— Ils vendent la maison de la vieille.

— Pourquoi ?

— Pourquoi ? Parce qu'elle a perdu la boule.

Des projecteurs brillent sur les jambes bronzées de la femme à la bouteille de bière. Sous elle, les feuilles occultent et révèlent les lumières colorées au cadmium des Cape Flats. Des silhouettes vagues se déplacent de temps en temps entre les arbres. Le voisinage grouille. L'extrémité de la cigarette de Roger s'embrase et s'éteint.

— Alors, on a fini ? On n'y retournera plus ?

Roger le considère.

— Fini ? Non. Pas encore. Il va falloir faire vite.

De nouveau, il consulte sa montre.

Une heure plus tard, ils sont de retour dans la maison d'Alma Konachek. Luvo s'assied sur le lit et examine le mur, tâchant de se concentrer. Au centre, un homme jeune sort de la mer, pantalon retroussé au niveau des genoux. Tout autour gravitent des livres, des cartes postales, des photos, des noms mal orthographiés, des listes de commissions soulignées à petits coups de crayon timides. Voyages. Sorties. *L'Île au trésor*.

Chaque cartouche devient un petit brasier, qui se consume dans les ténèbres. Luvo se promène entre elles, explorant peu à peu le labyrinthe de cette vie. Peut-être qu'au début, avant l'aggravation de son mal, ce mur était pour Alma une façon de maîtriser dans une certaine mesure son destin. Peut-être pouvait-elle suspendre une cartouche par un clou et la retrouver un ou deux jours plus tard, et sentir alors que son cerveau retrouvait ce souvenir – une nouvelle voie forgée à travers le crépuscule.

Tant que ça fonctionnait, ce devait être comme descendre dans une cave complètement sombre, à la recherche d'un pot de confiture, pour découvrir que le pot vous attendait là, frais et lourd. Et elle pouvait alors le rapporter, remontant les marches concaves et poussiéreuses pour retrouver la lumière de la cuisine. Pendant quelque temps, cela a dû marcher – l'aider à croire qu'elle pouvait repousser l'inéluctable effacement.

Ça n'a pas marché aussi bien pour Roger et Luvo. Luvo, lui, ne sait comment tirer profit de ce mur ; ça ne lui montre que la vie d'Alma à sa guise. La cartouche l'amène par la bande près de son but, puis l'en éloigne, sans qu'il puisse jamais l'atteindre ; il s'empêtre à l'intérieur d'un passé et d'un esprit sur lesquels il n'a aucune prise.

Sur la cartouche 6786, Harold dit à Alma qu'il est en train de se réapproprier quelque chose de vital, qu'il s'efforce enfin de comprendre quelque chose du pays où il a grandi, de se confronter à son propre espace-temps infinitésimal. Il apprend à voir ce qui fut jadis : tempêtes, monstres, cinquante millions d'années de proto-mammifères du Permien. Le voici, le sexagénaire, encore assez alerte pour aller se balader du côté des plus riches lits de fossiles existant en dehors de l'Antarctique. Marcher parmi les pierres, se servir de ses yeux et ses doigts, trouver les empreintes d'animaux ayant vécu à une époque inconcevablement lointaine ! C'est assez, dit-il à Alma, pour vous donner envie de vous prosterner.

— Se prosterner ? s'exclame Alma. Se prosterner ? Devant qui ? Devant quoi ?

— Je t'en prie…, dit Harold sur la cartouche 1204. Je n'ai pas changé. Laisse-moi vivre cela.

— Tu débloques complètement, lui répond Alma.

Cartouche après cartouche, Luvo se sent attiré par Harold : la grosse figure rougeaude, la tendre curio-

sité qui brille dans ses yeux. Même sa ridicule canne
en ébène et les gros débris de pierre dans le garage
sont touchants. Sur celles où il apparaît, Luvo est
dans la peau d'Alma, près d'elle, et il voudrait s'attar-
der là où elle voudrait s'en aller. Il veut apprendre de
cet homme, voir ce qu'il extrait de son 4 × 4 et gratte
avec des instruments de dentiste dans son bureau.
Il voudrait l'accompagner dans le désert pour rôder
dans les lits des fleuves, les cols de montagne et les
déblais – et c'est une déception d'en être incapable.

Et tous ces livres dans le bureau ! Il n'en avait jamais
vu autant de sa vie. Il commence même à apprendre
les noms de fossiles exposés dans la vitrine, au rez-
de-chaussée : escargot de mer, dentalium, ammonite.
Il voudrait pouvoir les disposer sur le bureau quand
Roger et lui arrivent ; il voudrait pouvoir les caresser.

Sur la cartouche 6567, Alma pleure. Harold est
parti quelque part, à la chasse aux fossiles sans doute,
et c'est une longue soirée lugubre dans la maison, sans
concert ni invitation, personne n'appelle au téléphone.
Et Alma mange des pommes de terre sautées toute
seule devant la télévision qui diffuse une série poli-
cière. Les visages à l'écran se brouillent et fuient, et
les lumières de la ville, visibles par les portes-fenêtres,
ressemblent aux hublots d'un lointain paquebot de
croisière, dorés, chaleureux, inaccessibles. Quand elle
était petite, comme elle aimait regarder des photos
d'îles. Elle pense à Billy Bones, à Long John Silver,
un naufragé sur une île déserte.

La machine couine ; la cartouche s'éjecte. Luvo ferme les yeux. Les plaques de son crâne l'élancent ; il sent les fils du casque bouger contre les tissus de son cerveau.

D'en bas, il entend la voix grave de Roger, qui parle à Alma.

VENDREDI MATIN

Une infection se propage à travers le Secteur C, s'attaquant aux enfants, cabanon par cabanon. Un journaliste affirme que ça se transmet par la salive ; le suivant, que c'est par la voie des airs. Non, ce sont les chiens errants. Non, c'est l'eau qu'on boit. Non, c'est un complot des puissances pharmaceutiques occidentales. Il peut s'agir de la méningite, d'une nouvelle pandémie grippale, d'une nouvelle maladie infantile. Personne ne semble rien savoir. On parle de dispensaires où l'on distribue des antibiotiques au public. On parle de quarantaine.

Vendredi matin, Pheko se réveille à quatre heures trente, comme tous les jours, et il va avec la bassine émaillée jusqu'au robinet, à six cabanes de là. Il dispose son rasoir, son savon et son gant sur une serviette et s'accroupit sur ses talons pour se raser, seul et sans miroir, dans la fraîcheur de la nuit. Les lampes au sodium sont éteintes, et quelques étoiles se montrent ici et là entre des nuages. Des corbeaux familiers l'observent en silence depuis un toit.

Ensuite, il se frotte les bras et la figure, et vide la bassine dans la rue. À cinq heures du matin, il emprunte la sente pour aller chez Miss Amanda et frappe doucement avant d'entrer. Amanda se redresse sur les coudes, dans son lit, et lui adresse un sourire vaseux. Il dépose l'enfant toujours endormi sur son divan et les lunettes sur la table à côté.

En allant à la gare routière, il voit un groupe d'écolières en uniforme blanc et bleu marine faire la queue pour monter à bord d'un bus blanc. Chacune porte un masque en papier.

Il monte sur la passerelle et attend. Dans le pré en contrebas, d'énormes conduites d'eau en béton gisent çà et là, tels les piliers d'une civilisation disparue, taguées d'inscriptions : *Exacta* et *Fuck* et *Blind 43*. *Les riches s'enrichissent. Jamakota se meurt, à l'aide.*

Des trains font la navette comme des animaux bruyants. Pheko pense : plus que trois jours.

CARTOUCHE 4510

Alma semble plus fatiguée que jamais. Pheko l'aide à sortir du lit à onze heures trente. Une substance transparente suinte de son œil gauche. Son regard est absent.

Aujourd'hui, elle se laisse habiller mais ne veut pas manger. Par deux fois, un agent immobilier vient faire visiter la maison et Pheko doit emmener Alma dans le jardin et patienter avec elle sur une chaise longue en lui tenant la main, tandis qu'un jeune couple passe de pièce en pièce en admirant la vue et laisse des traces sur les tapis.

Vers deux heures de l'après-midi, Pheko soupire et abandonne. Il installe Alma dans le lit à l'étage, la raccorde à la machine et la laisse regarder la cartouche 4510, celle qu'il garde toujours dans le tiroir près du lave-vaisselle pour pouvoir la retrouver quand il en a besoin. Quand elle en a besoin.

La tête d'Alma s'incline ; ses genoux s'écartent. Pheko redescend pour aller manger une tartine. Le vent commence à chahuter les palmiers du jardin. « Le Cape Doctor[1] arrive ! » annonce la télévision dans la cuisine. Ensuite, place aux pubs. Une grande femme blanche court dans un aéroport. Un sandwich d'un mètre de long s'étire à l'écran. Pheko ferme les yeux et imagine que le vent atteint Khayelitsha, emportant les cartons caracolant devant les petits commerces, les sacs en plastique qui glissent à travers les routes, se collent aux clôtures. À la gare routière, les gens relèveront leurs cols pour ne pas avaler de la poussière.

Au bout de quelques minutes, il entend Alma qui l'appelle. Il monte à l'étage, l'aide à se rasseoir, et remet la même cassette.

---

1. Vent fort soufflant dans la région de Cape Town en Afrique du Sud. (*N.d.T.*)

CHEF CARPENTER

Vendredi, Roger escorte Luvo sur un trottoir devant une maison qui n'est pas celle d'Alma Konachek, dans un tout autre quartier. La maison est ceinturée d'un mur en stuc de six mètres de haut, hérissé de tessons de bouteille. Une dizaine d'eucalyptus se dressent au-dessus de ce mur et s'agitent.

Roger a un sac en plastique dans une main, qui contient quelque chose de lourd. Arrivé au portail, il lève les yeux vers une caméra de surveillance sous globe et soulève le sac. Au bout d'une dizaine de minutes, une femme les fait entrer sans dire un mot. Deux colleys parfumés gambadent derrière elle.

La maison est petite et les murs sont en verre. La femme les fait asseoir dans une vaste pièce où se trouve une grosse cheminée. Au-dessus de cette cheminée il y a un fossile – on dirait un crocodile ailé, tout écrasé, qui s'élève en formant une spirale depuis une plaque d'ardoise polie. En fait, Luvo s'aperçoit qu'ils sont cernés par les fossiles. Suspendus à des colonnes, dressés sur des socles, ou présentés dans une vitrine rétroéclairée. Certains sont énormes. Il voit une coquille spiralée, grosse comme une plaque d'égout, une coupe de bois pétrifié montée sur une porte, un genre de défense d'éléphant passée dans des anneaux dorés.

Peu après, un homme arrive. Il se penche sur les chiens, leur flatte la tête. Roger et Luvo se lèvent.

L'homme est pieds nus, il porte un pantalon de toile roulé aux chevilles et une chemise souple qui n'est pas boutonnée. Sa nuque est déformée par un gros bourrelet de graisse et il a un bracelet en or au poignet. Ses ongles ont l'air manucurés. Il relève les yeux et se cale dans un fauteuil en cuir, bâille à s'en décrocher la mâchoire.

— Voici Chef Carpenter, dit Roger.

S'adresse-t-il à Luvo ou pas ? Ce n'est pas très clair. On ne se serre pas la main. Roger et Luvo se rasseyent.

— Ton fils ?

Roger fait non de la tête. La femme réapparaît avec un mug, le Chef le prend sans rien proposer à ses hôtes. Il boit le contenu en trois gorgées, repose la tasse, grimace et fait craquer quelques os dans son dos, opère des mouvements de rotation avec le cou et dit enfin :

— Alors, tu as quelque chose pour moi ?

À la grande surprise de Luvo, Roger sort du sac en plastique un fossile qu'il reconnaît. C'était dans le bureau de Harold. Un fossile qui a conservé l'empreinte d'une fougère à graines, trois feuilles presque parallèles qui semblent presque blanches sur ce fond sombre. Il aimerait passer les mains dessus.

Chef Carpenter y jette un coup d'œil mais ne se lève pas ni ne tend la main pour s'en emparer.

— Je peux t'en donner cinq cents rands.

Roger émet un rire forcé, mielleux.

— Allons ! En ce moment, j'en ai une centaine dans le solarium. À qui veux-tu que je les vende ? Qu'est-ce que tu as d'autre ?

— Rien pour l'instant.

— Et ce gros coup dont tu m'as parlé ?

— Ça vient.

L'homme tend la main vers son mug, y jette un coup d'œil, et le repose par terre.

— T'as des dettes, non ? Des types vont venir chercher l'argent, hein ?

Il regarde Luvo.

— Tu vas avoir du mal à rembourser, non ?

Roger répond :

— J'ai un gros coup en vue.

— Cinq cents rands, dit l'autre.

Roger opine, vaincu.

— Et maintenant…, dit le Chef.

Il se lève et son gros visage luisant s'illumine, comme si un coup de vent avait chassé un nuage qui masquait le soleil.

— Je montre la collection au petit ?

À L'ÉTAGE

Il y a des manques sur le mur d'Alma, des omissions et des lacunes. Même si Luvo réorganisait tout, arrangeait cette vie dans l'ordre chronologique, s'il alignait les petites cartouches beiges sur les marches de l'escalier et tout autour du living, en serait-il avancé ? Il y aurait toujours des failles temporelles, des obscurités, des mois hors de sa portée. Existe-t-il, d'ailleurs, une cartouche qui contienne les instants précédant la mort de Harold ?

Vendredi soir, il décide d'abandonner la méthode de gauche à droite. Si un ordre a jamais présidé à la présentation de ces cartouches, il s'est depuis long-temps volatilisé. Ceci est un musée créé par une folle. Il se met à sélectionner celles qui, pour une raison ou une autre, semblent se démarquer au milieu de cette confusion. Sur l'une, une petite Alma est allongée sur un lit bourré d'oreillers tandis que son père lui lit un chapitre de *L'Île au trésor*. Sur une autre, un méde-cin dit à une Alma bien plus âgée qu'elle ne pourra certainement pas avoir d'enfants. Sur une troisième, Alma a écrit *Harold et Pheko*. Celle-ci, Luvo se la passe deux fois. Dans ce souvenir, Alma demande à Pheko de transporter plusieurs caisses de livres dans le bureau de Harold et de ranger les volumes dans l'ordre alphabétique sur les étagères. « Par auteurs », dit-elle.

Pheko est très jeune ; il doit avoir été embauché depuis peu. Il a l'air à peine plus vieux que Luvo. Il porte une chemise blanche repassée et son regard semble se remplir de terreur à l'écoute de ses ins-tructions.

— Oui, madame, dit-il à plusieurs reprises.

Alma disparaît. À son retour, une heure plus tard environ, avec Harold dans son sillage, Pheko a rangé quasiment tous les titres à l'envers. Alma s'approche tout près des étagères. Elle décale deux volumes dans la rangée, puis les repousse.

— C'est classé, ça ?

La confusion envahit le visage de Pheko. Harold se met à rire.

Alma regarde de nouveau les étagères.

— Il est analphabète ! s'exclame-t-elle.

Luvo ne peut tourner la tête pour regarder Pheko ; Pheko est un fantôme, une tache extérieure à son champ de vision. Mais il entend la voix amusée de Harold, disant :

— T'en fais pas, mon petit. Tout s'apprend. Ça va s'arranger.

L'atmosphère s'assombrit. Luvo détache le casque et remet la cartouche beige sur son clou. Du côté du jardin, les palmiers bruissent dans le vent. Bientôt la maison sera vendue, les cartouches seront renvoyées à la clinique, ou suivront Alma là où elle va être placée, et cet étrange fatras sera fourré dans un sac-poubelle. Livres, appareils électroménagers, meubles – tout sera vendu. Pheko sera congédié.

Luvo frissonne. Il pense aux fossiles de Harold au rez-de-chaussée, qui attendent dans le bureau. Il croit entendre encore la voix de Chef Carpenter, quand celui-ci lui montrait plusieurs dents grosses et lisses qui avaient appartenu, disait-il, à un mosasaure, extrait d'une carrière de craie au Pays-Bas.

— La science, disait-il, s'intéresse toujours au contexte. Mais… et la beauté ? L'amour ? Cette humilité qui devrait nous saisir, quand on considère notre place dans le temps ? Quelle importance accorde-t-on à cela... ?

En les quittant, il leur avait dit :

— Trouvez-le, ce gros truc. Et vous savez où je suis...

Espoir, foi. Échec ou succès. Une fois sur le trottoir, Roger avait allumé une cigarette, tirant des bouffées avides, fébriles.

Luvo se tient dans la chambre d'amis, en pleine nuit, et il entend Harold Konachek chuchoter comme depuis sa tombe. *Nous tous, nous nous enfonçons lentement dans la boue. Tout fait retour à la boue. Jusqu'au jour où nous ressusciterons, auréolés de lumière.*

Il réalise que ce vent, qui se déchaîne actuellement dans le jardin d'Alma, souffle sur Cape Town tous les ans, en novembre, et qu'il reviendra à la même époque l'an prochain, et l'année d'après, et ainsi de suite, dans les siècles des siècles, même quand tous ceux qu'ils auront jamais connus, et tous ceux qu'ils connaîtront jamais, auront disparu.

AU REZ-DE-CHAUSSÉE

Trois œufs fument sur un torchon en face d'Alma. Elle fait craquer une coquille. Dehors, le ciel et l'océan sont très sombres. L'homme grand aux mains immenses gesticule dans sa cuisine.

— Le temps presse, dit-il. Vous et moi ensemble, la vieille...

Il se met à arpenter la pièce, de long en large. La rambarde du balcon gémit sous le vent, ou bien c'est le vent qui gémit tout seul, ou c'est les deux ensemble. Les oreilles d'Alma sont incapables de faire la différence. L'homme grand lève la main vers la cigarette coincée dans le ruban de son chapeau et la glisse entre ses lèvres, sans l'allumer.

— Vous devez vous croire forte, à agiter l'épée contre toute une armée...

Il brandit un glaive imaginaire, fendant l'air. Alma s'efforce de l'ignorer, s'efforce de se concentrer sur l'œuf tiède entre ses doigts. Elle aimerait bien avoir du sel, mais n'en voit nulle part.

— Mais vous êtes en train de perdre. Et dans les grandes largeurs. Vous perdez, et vous allez finir comme tous les autres vieux riches camés – larguée, à la masse, à vous goinfrer de souvenirs. Jusqu'à ce qu'il ne reste plus rien de vous. Hein ? Vous n'êtes plus qu'un tube, la vieille ! On y verse quelque chose et ça coule par-dessous !

Dans la main d'Alma, il y a un œuf qu'elle vient manifestement d'écaler. Elle le mange lentement. Dans le visage de cet homme, quelque chose de refoulé apparaît par intermittence, une colère, un mépris très ancien. Sans tourner la tête, elle sent que là, dans les ténèbres, au-delà des fenêtres de la cuisine, quelque chose de terrible avance dans sa direction.

— Et votre larbin ? dit-il.

Elle voudrait qu'il arrête de parler.

— D'un certain point de vue, c'est attendrissant.
Oh, quel bon garçon. Bien élevé. Parle anglais, n'a
pas de maladie, père d'un petit négrillon, fait quinze
bornes tous les jours en bus pour venir faire du thé,
arroser le jardin, peigner ses perruques. Remplir
le frigo. Lui couper les ongles. Plier ses culottes.
L'apartheid, c'est fini, et il fait un boulot de bonne
femme. Un saint. Un serviteur. J'ai pas raison ?

Deux œufs de plus sont posés devant Alma. Son
cœur gonfle et dégonfle trop vite dans sa poitrine.
Le grand homme noir garde son chapeau dans la
maison. Une phrase de *L'Île au trésor* lui revient,
comme de nulle part : *Leurs yeux flamboyaient, leurs
pas devenaient plus légers et plus vifs ; toute leur âme
était attachée à cette fortune, à cette vie d'extravagance
et de plaisir qui attendait chacun d'eux.*

Roger se tapote la tempe avec son doigt. Ses yeux
sont des maelströms dans lesquels il ne faut pas regarder. Je ne suis pas là, se dit Alma.

— Mais vu sous un autre angle, à quoi ça ressemble ? poursuit l'homme. Le domestique s'est
introduit à l'intérieur, il vous voit flageoler sur vos
jambes. Sûr qu'il pense à l'héritage. Les mains dans
la caisse. Il mange les saucisses, en plus, non ? Il
doit payer les factures. Il sait combien d'argent vous
claquez chez ce docteur…

— Taisez-vous ! dit Alma.

Elle pense : Je ne suis pas là. Je ne suis nulle part.

— Je lui ai fait ça, au petit. Je peux bien vous le
dire, vu que vous êtes gaga. Je l'ai trouvé dans le Jardin

botanique et c'était qui ? Un orphelin. J'ai payé pour l'opération. Je l'ai nourri, logé. Il est en bonne santé, non ? Je le laisse se balader.

— Arrêtez de parler, maintenant, dit-elle.

— Allez, bouffez ! Bouffez, et j'arrêterai de parler, et le petit là-haut trouvera ce que je recherche et alors vous pourrez aller crever en paix.

Elle bat des paupières. L'espace d'un instant, cet homme est devenu un démon : impérieux, imposant. Il la considère de dessous ses sourcils crayeux. Il agite ses terribles mains.

— On a tous une gorgone là-dedans, dit-il.

Il désigne sa propre poitrine.

— Je sais qui vous êtes.

Elle dit cela tranquillement et avec force.

— Je vous vois tel que vous êtes vraiment.

— Ben voyons…, dit Roger.

CAUCHEMAR

Dans son rêve, Alma se retrouve dans la galerie des fossiles où elle avait accompagné Harold, il y a cinquante ans. Toutes les lumières du plafond sont éteintes. La seule clarté est celle des faisceaux bleu azur qui balaient l'espace, effleurant tour à tour chaque squelette avant de l'abandonner aux ténèbres, comme si d'étranges balises tournoyaient depuis les pelouses, à l'extérieur.

La gorgone qui enthousiasmait Harold n'est plus là. L'armature d'acier qui soutenait le squelette est restée, ainsi qu'une silhouette poussiéreuse sur le socle, mais la gorgone n'est plus là.

Le pouls d'Alma s'emballe, elle a le souffle coupé. Ses mains sont le long de son corps, mais dans son rêve elle a l'impression qu'elle est en train de se griffer le cou.

Un fuseau de lumière bleu, oscillant par les fenêtres en arcade, montre des toiles d'araignée, les squelettes de monstres dans leurs diverses postures, et le socle vide, et Alma. Des ombres se dressent et sont aspirées de nouveau par les ténèbres. Le toit au-dessus de sa tête produit des gémissements océaniques. Le but de sa course la contourne, va par là, disparaît.

C'est alors qu'elle le voit. À la fenêtre se dresse un démon. Des naseaux, une mâchoire, un faciès d'un blanc de craie, avec deux canines jaunes, chacune longue comme son avant-bras, dépassant d'une calleuse gencive rose. La bête souffle par son mufle reptilien ; deux taches de buée ovales troublent la vitre. De la bave coule de sa mâchoire, grosses gouttes animées d'un mouvement pendulaire. Le faisceau passe ; le monstre l'évite. Sa gorge plissée se contracte. Il la regarde d'un seul œil – un œil étoilé de vaisseaux sanguins, réseau miniature de canaux transportant le sang au plus profond de ses globes oculaires jaunes – insondable, terrible, humide. C'est un démon exhumé de quelque recoin noir de sa mémoire. Même à distance, elle peut voir dans la crypte de cet œil, énorme et sans pitié, et le sentir, aussi : la créature sent le marais, la fange, la vase, et une idée, un fragment, une phrase tirée d'un livre s'élève en elle comme d'un abcès de la mémoire et elle se réveille avec, sur le bout de la langue : *Ils viennent. Ils viennent et ils ne sont pas animés de bonnes intentions.*

SAMEDI

Cape Doctor jette un épais voile de brume sur Table Mountain. Sur les hauteurs, tout est vaporeux, ténu. Des voitures surgissent de cette blancheur et disparaissent aussitôt. Alma dort jusqu'à midi. À son réveil, elle sort à petits pas, la perruque bien comme il faut, le regard vif.

— Bonjour, dit-elle.

Pheko sursaute.

— Bonjour, madame Alma.

Il sert le porridge, les raisins, le thé.

— Pheko, dit-elle, prononçant son nom comme si elle le savourait. Toi, c'est Pheko.

Elle répète son nom plusieurs fois.

— Voulez-vous vous installer à l'intérieur, aujourd'hui, madame Alma ? C'est très humide, dehors.

— Oui, je vais rester à l'intérieur. Merci.

Ils s'asseyent dans la cuisine. Alma enfourne de grosses cuillerées de porridge. La télévision babille

– tensions croissantes, attaques de fermes, violence devant un centre médical.

— Mon mari..., dit-elle subitement, parlant moins à Pheko qu'à la cuisine. Sa passion, c'étaient les pierres. Les pierres et les choses mortes à l'intérieur. Il était toujours parti pour, comme il disait, « profaner les tombes ». Ma passion à moi était moins évidente. Moi, c'étaient les maisons. J'ai été agent immobilier à l'époque où ce n'était pas fréquent pour une femme.

Pheko met la main sur son crâne. Hormis un léger vibrato dans la voix, Alma s'exprime comme jadis. La télévision ronronne. Le brouillard se presse contre les portes-fenêtres.

— Il y a des époques où j'ai été heureuse et d'autres pas. Comme tout le monde. Dire de quelqu'un qu'il est heureux ou malheureux, c'est ridicule. On est des milliers de personnes différentes en l'espace d'une seule heure.

Elle regarde Pheko, pas tout à fait en face. Comme si un invité flottait derrière lui, un peu sur sa gauche. La brume investit le jardin. Les arbres disparaissent. Les chaises longues aussi.

— Et toi, qu'est-ce que tu en dis ?

Pheko ferme les yeux, les rouvre.

— Es-tu heureux ?

— Moi, madame Alma ?

— Tu devrais fonder une famille.

— Mais j'ai une famille, vous ne vous rappelez pas ? J'ai un fils. Il a cinq ans.

— Cinq ans, répète-t-elle.

— Il s'appelle Temba.

— Je vois.

Elle remue sa cuillère dans ce qui reste de porridge, la lâche, et regarde le manche tomber lentement, heurtant le bord du bol.

— Viens avec moi...

Pheko la suit jusque dans la chambre d'amis. Pendant toute une minute elle se tient à côté de lui, face au mur. Elle s'accroupit et se déplace le long du mur devant toutes ces choses affichées. Ses lèvres remuent silencieusement. Juste sous les yeux de Pheko, une carte postale montre un îlot cerné par une mer turquoise. Il y a deux ans, Alma travaillait tous les jours à ce mur, affichant des choses, concentrée. Combien de fois Pheko lui a-t-il monté un plateau-repas ?

Elle tend la main vers la photo de Harold et en effleure un coin.

— Parfois, dit-elle, j'ai du mal à me remémorer les choses.

Dehors, la brume accomplit des révolutions. Le ciel est invisible. Les toits ont disparu. Le jardin aussi. Tout est blanc.

— Je sais, madame Alma, répond Pheko.

LAMPES À VAPEUR

Il est neuf heures trente et le vent mugit contre les dix mille baraquements de fortune du Secteur C. Dès qu'il passe le seuil, Pheko devine aux lèvres pincées de Miss Amanda que Temba est tombé malade. Il sent la fièvre irradier du corps de l'enfant.

— Mon trésor, dit-il.

La file d'attente devant le centre médical ouvert vingt-quatre heures sur vingt-quatre est déjà longue. Nettement plus longue que d'habitude. Mères et enfants sont assis sur des cageots retournés ou endormis sur des couvertures. Derrière eux, une fresque murale longue comme un bus montre Jésus tendant des bras démesurés. Feuilles mortes et sacs en plastique filent dans la rue.

Par deux fois au cours des heures qui suivent, Pheko doit quitter la file parce que Temba s'est souillé. Il le nettoie, l'enveloppe dans un torchon, et reprend sa place. Les lampes à vapeur, là-haut sur les tours, au-dessus du Secteur C, se balancent comme des agrégats de lunes distantes. Bouts de papier et écheveaux de poussière volent dans les airs.

À deux heures de l'après-midi, ils sont encore très loin du but. Toutes les heures environ, une infirmière aux yeux chassieux parcourt la file et remercie, en xhosa, chacun pour sa patience. Le centre, dit-elle, attend des antibiotiques.

La sueur de Temba a trempé le torchon. Les joues de l'enfant ont la couleur de l'eau de vaisselle.

— Temba, chuchote Pheko.

Une fois, le petit lève faiblement son visage et Pheko peut voir les tours d'éclairage se refléter dans ses yeux sous la forme de petits points tremblotants.

À LA MÊME HEURE

Roger et Luvo entrent dans la maison d'Alma Konachek aux petites heures du jour, le dimanche matin. Alma ne se réveille pas. Sa respiration semble régulière. Roger se demande si le domestique ne lui aurait pas donné un somnifère.

Luvo monte d'un pas lourd à l'étage. Roger ouvre le réfrigérateur et le ferme ; il envisage d'aller fumer dans le jardin. Ce soir, il sent avec une acuité toute particulière qu'il a presque épuisé son capital de temps. Quelque part, derrière ce mur de brume, Cape Town est endormie.

Distraitement, sans aucune raison, il ouvre le tiroir à côté du lave-vaisselle. Cette cuisine, il la connaît bien, mais jamais encore il n'avait ouvert ce tiroir. À l'intérieur, il y a des briquets jetables, de la menue monnaie, une boîte d'agrafes. Et une cartouche beige.

Il l'examine devant la fenêtre. Numéro 4510.

— Hé, le gosse ! dit-il en s'adressant au plafond. Le gosse !

Luvo ne répond pas. Roger monte à l'étage et attend. Le garçon est branché à la machine. Son torse semble vibrer légèrement. Au bout d'une minute, la machine soupire, et ses yeux s'ouvrent. Le garçon se redresse et se frotte les paupières. Roger lui montre la cartouche.

— Teste celle-ci...

Il y a une émotion dans sa voix qui les surprend tous deux.

Luvo s'en empare.

— Je connais pas encore... ?

CARTOUCHE 4510

Alma est au cinéma avec Harold. Ils ont la trentaine. Le film a pour sujet des plongeurs sous-marins. À l'écran, des oiseaux blancs à la queue fourchue planent au-dessus d'une plage. Le soleil ourle les déferlantes. Alma et Harold sont côte à côte. Alma en robe vert pomme, chaussures vertes, boucles d'oreilles vertes. Harold en coûteuse chemise brune. Son genou se presse contre celui d'Alma. Luvo sent comme un faible courant électrique passer entre eux.

À présent, la caméra glisse sous l'eau. Des arcs-en-ciel de poissons traversent l'écran. Des récifs de coraux défilent. Le cœur d'Alma bat avec ardeur.

Bond en avant : Alma et Harold sont dans un taxi. La sacoche contenant l'appareil photo d'Alma est posée sur la banquette, entre eux. Le paysage ressemble à Camps Bay. Tout est vague à l'extérieur ; comme si, pour Alma, il n'y avait rien à regarder du tout. Comme s'il n'y avait plus que la sensation, l'attente, la présence de son mari.

L'instant d'après, ils gravissent les marches d'un luxueux hôtel blanc cassé, adossé à des falaises baignées par le clair de lune. Partout des mouettes

planent. Un petit panneau indique en lettres d'or :
Twelve Apostles Hotel. À la réception, une femme
svelte en chemisier et pantalon blanc, avec une ceinture à grosse boucle dorée, leur remet une clé attachée à une chaînette en laiton. Ils parcourent un
dédale de couloirs.

Dans la chambre, Alma pousse quelques rires
joyeux, sincères. Elle avale du vin à grands traits.
Tout est impeccable : deux grandes fenêtres, un lit
bien large, des abat-jour à fanfreluches. Harold met
de la musique, se déchausse et danse en chaussettes,
gauchement. Dehors, les vagues illuminées déferlent
sur la plage.

Au bout de quelques minutes, Harold saute par-
dessus la rambarde de la terrasse et se déshabille.

— Viens ! lui crie-t-il, et Alma prend l'appareil
photo et le suit.

Elle rit en le voyant foncer sur la déferlante. Il
s'ébroue dans l'eau, hilare.

— Glaciale ! hurle-t-il.

Au moment où il sort de l'eau, elle soulève son
appareil et le prend en photo.

S'ils se disent autre chose, ça ne s'est pas gravé dans
la mémoire. Dans la cartouche, ils font par deux fois
l'amour. Luvo sait qu'il devrait s'en aller, arracher
cette cartouche, se renvoyer dans la maison d'Alma,
sur les hauteurs ; mais cette chambre est si propre,
les draps sont si frais contre le dos d'Alma. Tout est
doux, vibrant de promesses. Alma goûte le sel sur la
peau de Harold. Elle sent les mains aux grosses pha-

langes agripper ses côtes, la pulpe des doigts toucher les nœuds de sa colonne vertébrale.

Vers la fin, Alma ferme les yeux et semble glisser sous l'eau. C'est comme si elle se retrouvait dans le film qui passait au cinéma. Elle voit un très gros oursin noir agiter ses piquants, note que l'eau n'est pas silencieuse mais pleine de clics doux, et bientôt les couleurs des coraux défilent sous ses yeux, des petits poissons-aiguilles esquivent ses doigts, et le corps de Harold ne semble plus être au-dessus d'elle, mais dériver à ses côtés. Ensemble ils nagent, s'éloignent lentement du récif pour aller là où le fond marin se dérobe, devient invisible ; il n'y a plus que de la lumière filtrant dans l'eau profonde, l'eau sans fond, et le sang d'Alma semble se gonfler pour affleurer à la surface de sa peau.

DIMANCHE, QUATRE HEURES DU MATIN

Alma se redresse dans son lit. On marche au-dessus de sa tête. Sur sa table de chevet se trouve un verre d'eau, dont le fond est tapissé de bulles miniatures. À côté, un livre relié. La jaquette manque et la reliure est déchirée, mais le titre resplendit toujours dans sa mémoire. *L'Île au trésor*. Ah oui.

Au plafond, autre grincement. Il y a quelqu'un dans ma maison, pense-t-elle, et une connexion qui fonctionne encore dans son cerveau crache l'image d'un homme. Ses dents sont jaunies. Son nez ressemble à une petite calebasse brune. Son pantalon est kaki, taché, et un accroc à sa chemise, au niveau de l'épaule, révèle la peau plus sombre, dessous. Au creux de son poignet, un jaguar pâli s'apprête à bondir.

Alma se lève brusquement. Un démon, pense-t-elle, un cambrioleur. Un homme grand dans le jardin.

Elle s'empresse d'aller dans le bureau en passant par la cuisine et ouvre le lourd tiroir à deux poignées au bas du placard à fossiles de Harold. Un tiroir qu'elle n'avait pas ouvert depuis des années. Au fond, sous un tas de revues de paléontologie, se trouve un coffre à cigares doublé de tissu orange pâle. Avant même de l'avoir trouvé, elle est certaine que c'est là. En fait, son esprit lui semble particulièrement lucide. Huilé. Opérationnel. Tu es Alma, se dit-elle. Je suis Alma.

Elle retire le coffret, le pose sur le bureau qui fut celui de Harold et l'ouvre. À l'intérieur il y a un revolver neuf millimètres.

Elle le considère un moment avant de s'en saisir. Gris, comme neuf. Harold le rangeait dans sa boîte à gants. Elle ignore s'il est chargé.

Tenant cette arme dans la main gauche, elle retourne dans le living en repassant par la cuisine et s'assied dans le fauteuil gris argent d'où l'on peut voir l'escalier. Elle n'allume pas. Son cœur palpite dans sa poitrine comme un papillon de nuit.

De là-haut descend une fine volute de fumée de cigarette. Le balancier de la vieille pendule oscille.

Dehors, on ne voit qu'une blancheur diffuse : brume. Tout semble s'illuminer, lui dire quelque chose qu'elle ne décrypte que maintenant. Ma maison. J'aime ma maison.

Si elle regarde droit devant elle, ni à droite ni à gauche, il est possible de croire que Harold va s'installer dans l'autre fauteuil, près d'elle, de l'autre côté de la table avec la lampe. Elle sent le poids de son corps bouger par là, elle flaire la poudre de roche qui imprègne ses vêtements, perçoit la presque imperceptible attraction magnétique qu'un corps exerce sur un autre. Elle a tant à lui dire.

Elle reste là. Elle attend. Elle s'efforce de se souvenir.

QUITTER LA FILE

À quatre heures trente du matin, Pheko et Temba ont encore une vingtaine de personnes devant eux, à l'entrée de la clinique. Temba dort paisiblement à présent, les membres flasques, ses grosses paupières l'isolant du monde. Le vent est retombé. Des nuées de moucherons se matérialisent au-dessus des cabanons. Pheko s'accroupit contre le mur, son fils sur ses genoux. L'enfant a l'air vidé ; ses joues sont creusées, les tendons de son cou apparents.

Au-dessus d'eux, Jésus étire ses bras de géant. Les tours d'éclairage sont éteintes et une vague lueur orangée se reflète sur la panse des nuages.

Mon dernier jour de travail, se dit-il. Aujourd'hui le comptable me paiera. Une seconde pensée succède à celle-ci : Mme Alma a des antibiotiques. Comment n'y a-t-il pas pensé plus tôt ? Elle en a des tonnes. Combien de fois n'a-t-il pas réapprovisionné le régiment de petits flacons qui se trouve dans la pharmacie de la salle de bains ?

Des chauves-souris passent et repassent au-dessus des toits. Une fillette est prise d'une quinte de toux. Pheko sent la poussière sur sa figure, il sent le goût de la terre sur ses dents. Au bout d'une minute, il soulève son fils endormi et abandonne sa place dans la file, l'emmène par les ruelles silencieuses jusqu'à la gare routière.

HAROLD

— C'est peut-être un truc que le larbin ne voulait pas qu'elle voie ? marmonne Roger. Un truc qui la contrariait.

Luvo attend que le souvenir s'estompe. Il examine le mur dans le demi-jour. *L'Île au trésor. Gorgonops longifrons. Porter Properties.*

— Non, c'est pas ça, dit-il.

Sur ce mur, devant eux, flottent d'innombrables itérations d'Alma Konachek : à sept ans, assise en tailleur par terre ; en dynamique agent immobilier de trente ans ; en vieille femme chauve. Une privilégiée, une amoureuse, une épouse.

Et au milieu, Harold sort de l'eau pour l'éternité. Son nom est inscrit dessous, d'une main tremblante. Une photo prise le soir même où Harold et elle ont atteint le sommet de tout ce qu'ils pouvaient être. C'est exprès qu'Alma a placé cette photo au centre, avant que ses perpétuelles interventions ne brouillent la logique initiale de son projet. La seule chose qu'elle n'a pas déplacée.

La photo est décolorée, les bords sont légèrement racornis. Elle a dû être prise il y a quarante ans, se dit Luvo. Il tend la main et la détache du mur.

Et là, tout de suite, il sait que ça sera là. La photo est un peu plus lourde qu'elle ne devrait l'être. Deux bandes de ruban adhésif s'entrecroisent au verso ; on a fixé là quelque chose.

— Qu'est-ce que c'est ? dit Roger.

Luvo retire l'adhésif avec soin, afin de ne pas déchirer la photo. Dessous, il y a une cartouche. Semblable aux autres, à ceci près qu'il y a un grand X noir tracé dessus.

Ils considèrent cela pendant un moment, puis Luvo glisse la cartouche dans la machine. La maison se décolle, perd ses couches successives.

Alma est au côté de Harold dans un 4 × 4 poussiéreux : le Land Cruiser de Harold. Celui-ci tient le volant de sa main gauche, le visage buriné par le soleil, la main droite traînant par la vitre abaissée. La petite route est cahoteuse, non goudronnée. De chaque côté, les prés cèdent la place à des flancs de montagnes éboulés.

Harold est en train de parler. Alma n'écoute que d'une oreille.

— Quelle est la seule permanence en ce monde ? dit-il. Le changement ! Le changement continuel, incessant. Toutes ces pentes, tous ces éboulis – tu vois cet énorme glissement de terrain, là-bas ? –, ça témoigne de cataclysmes. Au milieu de tout cela, nous ne sommes que quantités négligeables.

Il secoue la tête, sincèrement émerveillé. Brasse l'air de sa main à l'extérieur de la portière.

Dans le souvenir d'Alma, une pensée surgit si clairement que c'est comme si Luvo la voyait s'imprimer sur le pare-brise. Elle se dit : Notre amour est fini, et toi, tu ne t'intéresses qu'à tes cailloux...

Des fermes passent, murs blancs et toit rouge ; pompes éoliennes délabrées ; parcs à moutons écrasés de soleil. Tout semble minuscule sur ce fond de montagnes qui ne cessent de grandir au-delà de l'ornement du capot. Le ciel est un tourbillon de nuages et de lumière.

Le temps se comprime ; Luvo se sent projeté en avant. À un moment donné, un rempart de falaises devant lui brille d'un blanc crayeux, miroitant légèrement comme s'il était composé de flammes. L'instant d'après, Alma et Harold sont parmi les rochers, et le Land Cruiser prend de la hauteur, négociant de longs virages en lacets. La route est formée de gravillons couleur rouille, bordée de temps en temps par des murailles irrégulières. Des précipices s'ouvrent sur

leur gauche, puis sur leur droite. Une pancarte dit :
Swartbergpas.

Dans le cœur d'Alma, Luvo sent que quelque chose
atteint un point culminant. Ça monte, bouillonne en
elle. La chaleur lui donne des picotements sur la peau.
Harold rétrograde et le 4 × 4 grimpe à travers une
incroyable succession de virages en épingle à cheveux.
Le fond de la vallée et son patchwork de terres culti-
vées semblent à des milliers de kilomètres.

À un moment donné, il s'arrête sur une aire de sta-
tionnement environnée de débris rocheux. Il sort des
sandwichs d'une glacière en aluminium. Il mange
avec voracité. Le sandwich d'Alma reste sur le tableau
de bord, intact.

— Je vais aller jeter un petit coup d'œil, déclare
Harold, qui n'attend pas de réponse.

À l'arrière du 4 × 4, il prend un jerrican d'eau, sa
canne à pommeau et escalade le mur de soutènement
composé de pierres sèches, avant de disparaître.

Alma reste à sa place, remâchant sa colère. Le vent
joue dans les herbes, de chaque côté de la route.
Des nuages se traînent par-dessus les crêtes. Pas une
voiture ne passe.

Elle a essayé – non ? Elle s'est efforcée de se pas-
sionner pour les fossiles. Ils viennent de passer trois
jours dans un lodge, non loin de Beaufort West : une
rangée de studettes cernées par les rochers et le vent.
Il y avait des tiques à l'intérieur de son pantalon, une
fourmi qui pédalait en rond dans son thé. Des éclairs
de chaleur zébraient l'horizon. Des scorpions arpen-

taient la kitchenette. Harold partait aux aurores et elle-même allait s'installer dehors, sur un pliant, avec un roman policier sur les genoux et la désolation du Karoo chatoyant dans toutes les directions.

Un scintillement, une folie. « Le Grand Vide », c'est le surnom que les gens de Cape Town lui ont donné, et à présent elle voit pourquoi.

Ils ne se parlent plus, ne dorment plus ensemble. Après avoir franchi ce col, ils passeront une nuit dans un hôtel digne de ce nom, avec climatisation et bouteille de vin blanc dans un seau à glace. Elle lui dira qu'elle a atteint un point de non-retour. La perspective de cette confrontation est à la fois exaltante et abrutissante.

Le soleil tombe derrière la ligne de crêtes. Des ombres se déplacent à travers la route. Le temps dérape, ondule. Luvo commence à avoir mal au cœur, comme si Alma et le 4 × 4 vacillaient au bord d'un gouffre, comme si la route elle-même était près de se détacher de la montagne pour plonger dans le néant. Alma chuchote toute seule des choses sur les serpents, les lions.

— Grouille-toi, bon sang…

Mais il ne revient pas. Une autre heure s'écoule. Pas la moindre voiture dans un sens ou dans l'autre. Le sandwich d'Alma disparaît. Elle urine à côté du véhicule. C'est presque le crépuscule quand Harold repasse par-dessus le mur. Il fait une drôle de tête. Son front est écarlate. Ses mots sortent très rapidement, par grappes embrouillées, comme s'il les débitait à coups de hache.

— Alma, Alma, Alma...

Des postillons jaillissent de ses lèvres. Il a trouvé, dit-il, les restes d'un *Gorgonops longifrons* sur une corniche, à mi-hauteur de l'escarpement. Un squelette aux dents saillantes, incurvé, gros comme un lion. Ses longues griffes recourbées sont toujours là ; son crâne aussi, et son squelette est entièrement articulé. C'est, pense-t-il, la plus grande gorgone fossilisée jamais retrouvée. Le holotype.

Il commence seulement à reprendre son souffle.

— Tu te sens bien ? demande Alma, et Harold lui répond :

— Non... Ça ira mieux quand je me serai reposé.

Puis il croise les bras sur sa poitrine, s'appuie à la carrosserie et s'affaisse dans la poussière.

— Harold ? s'écrie Alma.

Un jet de salive mousseuse, mouchetée de sang, coule sur le cou de son mari. Déjà la poussière commence à adhérer aux films humides de ses globes oculaires.

La lumière est rase, dorée, et impitoyable. Dans la vallée, les toits en zinc des fermes reflètent les derniers rayons du soleil. Chaque ombre de chaque caillou se découpe avec une extraordinaire netteté. Un mini-glissement de terrain s'amorce sous la cage thoracique d'Alma. Elle retourne Harold, ouvre la portière arrière. Elle crie sans relâche le nom de son mari.

Quand le stimulateur recrache enfin la cartouche, Luvo a l'impression de s'être absenté pendant des jours. Des pans de lumière couleur rouille flottent devant ses yeux. Il ressent encore les cahots de la route. Il entend encore le vent, voit encore le profil des crêtes dans sa vision périphérique, il a encore l'impression d'être en altitude. Roger le regarde ; d'une chiquenaude il jette sa cigarette dans le jardin, par la fenêtre ouverte. Des mèches de brume passent entre les arbres.

— Alors ? dit-il.

Luvo tente de relever la tête, mais c'est comme si son crâne allait éclater.

— C'est celle-ci, répond-il. Celle que vous recherchiez.

HOMME GRAND DANS LE JARDIN

Alma a soif. Elle aimerait bien qu'on lui apporte du jus d'orange. Elle passe sa langue contre ses dents. Harold est ici. N'est-il pas là, dans le fauteuil ? Ne l'entend-elle pas respirer, de l'autre côté de la lampe ?

Des pas dans l'escalier. Alma lève les yeux. La peur lui donne presque le vertige. L'arme dans sa main gauche a une vague odeur de graisse.

Des oiseaux survolent la maison, toute une nuée, hantant le ciel telles des âmes tourmentées. Elle entend les battements d'ailes.

Le balancier de l'horloge va et vient. Le feu tricolore en haut de la côte émet ses lueurs intermittentes à travers les fenêtres.

Le brouillard se déchire. Les lumières de la ville palpitent entre les feuilles des palmiers. Au loin, l'océan est un vaste bouclier bombé. Il semble mugir vers elle tel un haut-parleur, un immense haut-parleur reflétant les étoiles.

D'abord, il y a la chaussure droite de l'homme : sans lacets, une gueule étroite entre les orteils et la semelle. Puis la chaussure gauche. Chaussettes noires. Pantalon sans ourlet.

Elle tente de hurler, mais seul un faible son animal sort de sa bouche. Un homme qui n'est pas Harold est en train de descendre l'escalier et ses chaussures sont sales, et ses mains sont visibles, et il ouvre la bouche pour parler dans l'un de ces dialectes qu'elle n'a jamais eu à apprendre.

Ses mains sont immenses et terribles. Sa barbe est blanche. Ses dents ont la couleur des feuilles en automne.

Son chapeau dit : Ma Horse, Ma Horse, Ma Horse.

VIRGIN ACTIVE FITNESS

Le bus s'arrête dans un grincement de freins à Claremont et Temba se redresse pour regarder de ses yeux larmoyants le club, pas encore ouvert. Son regard balaie les bassins éclairés mais déserts à travers ses lunettes. Des spots rayonnent à travers l'eau verte.

Le bus repart dans une secousse. Par la vitre, l'enfant voit les ténèbres se dissiper. Les premiers rayons du soleil passent l'horizon et se déversent sur les vallées de Table Mountain orientées vers l'est. De grosses touffes de brume glissent du sommet.

Debout dans la ruelle, le dos très droit, une femme lit un livre de poche.

— Papa ? dit Temba. J'ai l'impression que mon corps tombe en morceaux.

Son père resserre les bras autour de ses épaules.

— Comment ça ?

L'enfant ferme les yeux.

— En morceaux…

— On va te trouver des médicaments. Repose-toi. Tiens bon, petit.

AUBE

Luvo est en train de se détacher de la machine quand il entend Roger dire, dans la cage d'escalier :

— Hé, pas de blague !

Puis quelque chose explose au rez-de-chaussée. Chacune des molécules dans la chambre semble avoir été violemment secouée. Les fenêtres vibrent. Les cartouches au mur tremblent. En état de choc, il entend Roger tomber dans l'escalier et pousser un unique sanglot, comme s'il expulsait d'un seul coup tout ce qu'il lui restait de souffle.

Luvo reste là, paralysé, au bord du lit. La vieille horloge reprend sa progression métronomique. Quelqu'un en bas parle, mais si doucement qu'il n'entend presque pas. Son regard tombe sur une petite aquarelle énigmatique, au milieu des centaines de papiers au mur : un voilier glissant à travers des nuages. Il l'a vue mille fois, mais ne l'avait jamais bien regardée. Voiles gonflées, nuages défilant joyeusement.

Peu à peu, les molécules de l'atmosphère semblent retourner à leur état primitif. Il n'entend plus rien du côté du rez-de-chaussée, en dehors de l'horloge et son vacarme. Roger a dû se faire descendre. On a tiré sur Roger. Et Roger a la cartouche avec le X dessus, dans la poche de sa chemise.

Un courant d'air s'infiltre par la fenêtre ouverte. Les feuillets au mur s'ouvrent devant lui comme des fleurs, comme un cerveau qu'on aurait retourné.

Luvo écoute l'horloge, compte jusqu'à cent. Il voit encore Harold sur les gravillons, près du 4 × 4, son visage comme un masque, la poussière collée à ses yeux, la salive brillant sur son menton et sa gorge.

Finalement, il rampe sur le palier et va jeter un coup d'œil. Le corps de Roger est au pied de l'escalier, affalé sur lui-même, presque plié en deux. Son chapeau est toujours sur sa tête. Ses bras sont tordus sous lui. Une partie de son visage a disparu. Un halo de sang s'est formé autour de sa tête, sur le carrelage.

Luvo se rallonge sur le tapis, voit la chambre immaculée d'Alma au Twelve Apostles Hotel, voit une chaîne montagneuse défiler devant le pare-brise poussiéreux d'un 4 × 4. Il voit les jambes de Harold agitées de soubresauts sur les gravillons.

Qu'est-ce qui fait sens, dans la vie de Luvo ? Le crépuscule dans le Karoo fait place à l'aube à Cape Town. Ce qui est arrivé il y a quatre ans vient d'être revécu il y a vingt minutes. La vie d'une vieille femme devient celle d'un jeune homme. Un visionneur de souvenirs rencontre une gardienne de souvenirs.

Luvo se met debout. Il cueille les cartouches au mur et les fourre dans sa poche. Quarante, cinquante. Une fois ses poches pleines, il se dirige vers l'escalier, mais s'arrête pour regarder en arrière. La petite pièce, le tapis immaculé, la fenêtre. Sur le couvre-lit, une centaine de roses identiques s'entrelacent. Il prend la photo de Harold sortant de la mer et la glisse dans sa chemise. Il place la cartouche 4510 au milieu du couvre-lit où quelqu'un pourra la trouver.

Ensuite, il se poste au sommet de l'escalier, reprend courage. Depuis le living monte une odeur de sang et de poudre. Une odeur plus sinistre et écœurante qu'il ne l'aurait cru.

Il est sur le point de descendre, quand la grille fait un bruit de ferraille et il entend une clé s'introduire dans la serrure de la porte d'entrée.

PENDULE

C'est la dernière chose que Pheko s'attendait à voir : cet homme au pied de l'escalier en acier, face contre terre, baignant dans une flaque de sang.

Temba s'est rendormi, poids brûlant sur le dos de son père. Pheko est hors d'haleine et en sueur d'avoir grimpé la côte en le portant. Il voit d'abord le cadavre, puis le sang ; et cependant il lui faut encore quelques secondes pour digérer tout cela. Des parallélogrammes de lumière tombent par les portes-fenêtres.

Au fond du couloir, attablée dans la cuisine, Alma tourne calmement les pages d'un magazine. Elle est pieds nus.

Les questions viennent trop rapidement pour être triées. Comment cet homme est-il entré ? A-t-il été tué par une arme à feu ? Par Mme Alma ? Où est l'arme ? Pheko sent la chaleur de son fils irradier dans son dos. Soudain, il voudrait que tout s'en aille. Que le monde entier s'en aille.

Je devrais partir en courant, se dit-il. Je ne devrais pas être là. Mais il enjambe le corps, évite la flaque de sang, passe devant Mme Alma dans la cuisine. Il sort dans le jardin par la porte de service, y installe son fils sur une chaise longue, après quoi il rentre ôter la couverture blanche qui est au pied du lit d'Alma et en enveloppe son enfant. Ensuite, il va chercher les flacons. Ses mains tremblent tandis qu'il s'efforce de lire les étiquettes. Finalement, il choisit deux types d'antibiotiques dont il existe des flacons pleins et il les écrase dans une cuillerée de miel. Alma ne lève pas les yeux des pages qu'elle est en train de tourner, l'une après l'autre, le regard vide, indéchiffrable et reptilien.

— J'ai soif, dit-elle.

— Un moment, madame Alma, dit Pheko.

Dans le jardin, il fourre la petite cuillère dans la bouche de Temba, s'assure que l'enfant avale, puis retourne à la cuisine pour empocher les antibiotiques et écoute Alma faire claquer les pages, après quoi il branche la cafetière et quand il est certain de pouvoir parler clairement, il tire son téléphone de sa poche et appelle la police.

ENFANT TOMBÉ DU CIEL

Temba est en train de contempler les formes mouvantes, imprécises des feuilles, quand un jeune garçon tombe du ciel. Il s'écrase dans des haies, se ramasse dans l'herbe et vient mettre sa tête devant le soleil, avant de le regarder de haut. Les rayons brillent tout autour de sa tête.

— Temba ? dit la silhouette.

Sa voix est enrouée, timide. Ses oreilles, transpercées par les rayons de soleil, sont roses. Il parle en anglais.

— Es-tu Temba ?

— Mes lunettes, dit Temba.

Le jardin est un océan noir et blanc. Le visage devant lui bouge et une subite avalanche de lumière lui transperce les yeux. Quelque chose bouillonne en lui. Sa langue a gardé le goût sucré et la texture poisseuse du médicament que son père lui a fait avaler.

À présent, des mains sont en train de lui mettre ses lunettes. Il plisse les yeux, bat des paupières.

— Mon papa travaille ici.

— Je sais, chuchote le garçon.

La peur s'entend dans sa voix. Temba s'efforce, lui aussi, de chuchoter.

— Je devrais pas être ici.

— Moi non plus.

La vue de Temba lui revient. De grands palmiers, des rosiers et un arbre chou se dressent contre le mur du jardin. Il s'efforce de distinguer le garçon qui se tient au-dessus de lui, à contre-jour. Il a une peau brune et lisse, un bonnet sur sa tête un peu cotonneuse. Il remonte la couverture sur les épaules de Temba.

— Je suis malade, déclare Temba.

— Chut, fait l'autre.

Il retire son bonnet, appuie trois doigts contre sa tempe comme pour juguler une migraine. Temba entrevoit d'étranges protubérances sur son cuir chevelu, mais le garçon remet son bonnet, renifle et jette un coup d'œil inquiet du côté de la maison.

— Je m'appelle Temba. J'habite au B478A, Secteur C, Khayelitsha.

— Entendu, Temba. Repose-toi, maintenant.

Temba regarde vers la maison. Sa silhouette pure se profile au-dessus des haies, avec ses cadres de fenêtres en métal et les rambardes en chrome du balcon.

— Je vais me reposer, dit-il.

— Bien, chuchote le garçon à la peau lisse et aux oreilles roses.

Puis il traverse le jardin, bondit entre les troncs de deux palmiers, escalade le mur et disparaît.

LES JOURS SUIVANTS

Le visage agonisant de Harold, la carcasse écroulée de Roger, et le regard brumeux de Temba – tout cela tourne et tourne dans l'esprit de Luvo comme un épouvantable film. La mort succédant à la mort dans un enchaînement perpétuel.

Il passe le reste de son dimanche à se cacher dans le dédale des chemins du Jardin botanique, tapi dans les fourrés. Des écureuils courent ici et là. Des employés municipaux tendent des guirlandes lumineuses en travers d'une allée de chênes. Est-ce qu'on le cherche ? La police ?

Le lundi, il se planque dans une ruelle, à l'extérieur d'un restaurant à viande, et suit les actualités télévisées par une fenêtre ouverte. Plusieurs heures s'écoulent avant que ça ne soit annoncé : une vieille dame a abattu un cambrioleur à Vredehoek. Un reporter se tient dans la rue, à quelques maisons de distance, et parle dans son micro. À l'arrière-plan, un ruban rouge et jaune barre la chaussée. Le reporter ne parle pas de la folie d'Alma, ni de Pheko ou Temba, ni de complices. Ça ne dure pas plus de vingt-cinq secondes.

Il ne retourne pas chez Roger. On ne vient pas le chercher. Plus de Roger pour le secouer en pleine nuit, l'embarquer dans un taxi. Pas de Pheko pour exiger des explications. Il ne voit ni le fantôme de Harold ni celui d'Alma. Le mardi matin, il se rend en bus à Derry Street et gravit les pentes de Table Mountain, traversant le quartier huppé de Vredehoek. Une fourgonnette bleue stationne devant le domicile d'Alma et la porte du garage est ouverte. Le garage est complètement vide. Pas de Mercedes, pas de pancarte « À vendre ». Pas de lumière. Le ruban rouge et jaune de la police est toujours là. Tandis qu'il se tient près du trottoir, il aperçoit derrière une fenêtre une femme à la peau sombre qui passe l'aspirateur.

Cet après-midi-là, il revend les cartouches d'Alma à un commerçant nommé Cabbage. Cabbage fait venir un adolescent aux yeux rougis qui se cachait derrière des arbres et lui demande de tester les cartouches dans un stimulateur déglingué. La transaction dure plus de deux heures.

— C'est bon, affirme enfin l'ado, et Cabbage toise Luvo avant de lui offrir 3 300 rands pour le tout.

Luvo examine les cartouches au fond de son sac à dos. Soixante et une. Fragments d'une vie. Il demande au marchand s'il ne pourrait pas acheter le stimulateur avec le casque qui est voilé et sale, mais Cabbage se contente de sourire de toutes ses dents.

— T'as pas les moyens, dit-il, et il referme son sac d'un coup sec.

Ensuite, Luvo repasse par le Jardin botanique pour aller au musée et il se tient dans la salle des fossiles avec l'argent dans sa poche. Il se poste devant toutes les vitrines. Brachiopodes, amygdalum papyrium, palourde des marais. Prêle, hépatiques, fougère à graines.

Dehors, une pluie légère se met à tomber. Un gardien arrive tranquillement, déclare à la cantonade que le musée va fermer. Deux touristes passent le seuil, jettent un regard, et repartent. Bientôt la salle est déserte. Luvo reste longtemps planté devant la gorgone. C'est un squelette à la tête émaciée, à l'affût de quelque proie sur ses longues pattes, et qui montre ses énormes canines.

Au marché de Greenmarket Square, Luvo achète : un sac marin vert pré, neuf pains de mie, un grattoir, un marteau, un filet d'oranges, quatre bouteilles d'eau de deux litres, un sac de couchage en polyester et une doudoune rouge avec l'inscription *Kansas City Chief* dans le dos. Il lui reste neuf cents rands dans sa poche – c'est toute sa fortune.

B478A

Pheko scrute l'obscurité dans sa petite maison et entend la pluie crépiter sur le toit. Auprès de lui, Temba cligne ses grands yeux, attendant que le sommeil se dissipe. La fièvre est tombée ; il revient lentement à lui.

Pheko pense à son cousin qui prétend qu'il pourrait éventuellement lui trouver du travail : remplir des sacs de ciment destinés à être expédiés par bateau. Il pense aux couches d'insectes morts contre les moustiquaires des fenêtres, aux colonnes de fourmis qui paradent par terre. Et il pense à Alma.

Six heures durant, on lui a posé des questions. Il ne savait pas où on avait emmené Temba ; c'était à peine s'il savait où il se trouvait lui-même. Puis on l'a relâché. On l'a autorisé à garder les antibiotiques, on lui a même payé son billet de retour en train. Depuis qu'il a quitté la cuisine ce matin-là avec la police, tandis qu'Alma tournait toujours les pages de cet épais magazine vieux de cinq ans, il n'a pas revu cette dernière.

Partout autour de lui, il y a ce que Harold et Alma lui ont donné au fil des ans : surplus, rebuts. Une soupière ébréchée, un peigne en plastique, un mug émaillé *Porter Properties Summer Picnic*. Un torchon, une passoire en plastique, un thermomètre. Combien d'heures a-t-il passées là-bas, pendant vingt ans ? Alma est gravée en lui ; elle fait partie de lui.

— J'ai vu un garçon, dit Temba. On aurait dit un des anges de l'église.

— En rêve ?

— Peut-être. Peut-être que c'était en rêve.

COL DU SWARTBERG

Dans le bus du matin au départ de Cape Town qui va vers l'est, il y a cette route incroyablement rectiligne qui fend le désert jusqu'à l'horizon. Elle est avalée par le grand pare-brise teinté comme un ruban noir infini. De chaque côté de la N1, des herbages desséchés se prolongent jusqu'à des faisceaux de montagnes brunes. Partout il y a la lumière, la roche et des distances inimaginables.

Luvo est à la fois craintif et émerveillé. Du plus loin qu'il s'en souvienne, il n'est jamais sorti de Cape Town, même s'il porte en lui les souvenirs d'Alma : les anses bleu azur du Mozambique, la pluie à Venise, des voyageurs en costume plantés dans la file des première classe, dans une gare de Johannesburg.

Il tire du sac la photo : Harold sortant des flots, avec son sourire grimaçant. Il pense à Roger, mort au pied de l'escalier. Il entend Chef Carpenter dire : « T'as des dettes, hein ? »

C'est déjà l'après-midi quand il descend au croisement avec Prince Albert Road. Une station-service et quelques semi-remorques sont blottis sous un soleil couleur cuivre. Des aigles noirs décrivent lentement des courbes ovales à cinq cents mètres au-dessus de la route. Trois femmes à l'air sympathique, assises sous un parasol en vinyle, vendent du fromage, de la confiture et des petits pains.

— Il fait bon, disent-elles pour le taquiner. Ôte donc ton bonnet.

Luvo fait non de la tête. Il mastique une brioche et attend avec son gros sac. Le crépuscule tombe quand un représentant de commerce bantou, au volant d'une Honda de location, s'arrête pour lui.

— Où tu vas ?

— Au Swartberg.

— Tu veux dire : de l'autre côté du col ?

— Oui, monsieur.

Le type se penche pour lui ouvrir la portière. Luvo monte. Ils se dirigent vers le sud-est. Le soleil descend dans un lavis orangé et le clair de lune se répand sur le désert du Karoo.

La chaussée s'interrompt. L'homme roule à travers ce paysage lunaire en silence. De temps en temps, les yeux ahuris des renards à oreilles de chauves-souris se reflètent dans ses phares et un vaste champ d'étoiles les suit tandis que des voiles de poussière s'élèvent derrière les pneus.

La voiture vibre. Bientôt, ils ne croisent plus personne. De hautes murailles se dressent, plus sombres que le ciel. Au détour d'un virage apparaît un panneau brun et rectangulaire, criblé de balles : *Swartbergpas*. Luvo se dit : Harold et Alma ont vu ce panneau-là. Juste avant le malaise de Harold, ils sont passés par là.

Quinze minutes plus tard, la Honda négocie l'un des innombrables lacets, quand Luvo dit :

— Pouvez-vous m'arrêter ici ?

L'homme ralentit.

— Tu veux descendre ?

— Oui.

— T'es malade ?

— Non.

La petite voiture stoppe dans un frémissement. Luvo détache sa ceinture. L'homme le regarde en clignant des yeux dans l'obscurité.

— C'est ici que tu descends ?

— Oui. Juste sous le sommet.

— Tu rigoles ?

— Non.

— Ça caille par ici. Et même, il peut neiger ! T'as déjà vu la neige ?

— Non.

— C'est très froid.

L'homme relève son col. La bizarrerie de cette requête semble le priver d'oxygène.

— Je ne peux pas te laisser ici.

Luvo garde le silence.

— Pas moyen de te faire changer d'avis ?

— Non.

Luvo soulève son gros sac marin et les quatre bouteilles d'eau qui étaient sur la banquette arrière, et il s'enfonce dans la nuit. L'homme l'observe un moment avant de repartir. Il ne fait pas froid, mais Luvo reste immobile pendant un moment, à grelotter,

avant d'aller au bord de la route et de contempler les
ténèbres en contrebas, par-dessus le mur de soutènement. Il trouve un petit sentier, à flanc de coteau,
et parcourt environ deux cents mètres vers le nord,
s'arrêtant de temps en temps pour voir les phares
jumeaux de la Honda enchaîner les lacets au-dessus
de lui, vers le sommet du col.

Il trouve un coin rocailleux tapissé d'herbes sèches
et à peu près plat, grand comme la chambre d'amis
d'Alma. Il y déroule son duvet, urine, regarde par-
dessus la pente éclairée par les étoiles qui plonge sur
les plaines du Karoo, tout en bas.

Il boit une gorgée d'eau, se glisse dans son duvet
et s'efforce de refouler sa peur. La pierre a conservé
la chaleur de la journée. Les étoiles sont brillantes et
innombrables. Plus on scrute un pan de ciel, plus on
en voit surgir. Des successions de soleils qui flamboient, hors de sa portée.

Aucune voiture ne se montre sur la route. Pas
d'avion. On n'entend que le vent. Quelle faune ?
Mille-pattes. Vautours. Serpents. Potamochères,
autruches, koudous. Plus loin, sur les plateaux du
nord : chacals, chiens sauvages, léopards. Les derniers
rhinocéros.

PREMIER JOUR

À l'aube, quand il se réveille, Luvo est au chaud
dans son duvet et un vent léger passe sur sa tête

découverte et ses orifices implantables. Au loin, un camion progresse péniblement sur les lacets de la route. *Happy Chips* est peint sur son flanc.

Il se redresse sur son séant. Tout autour de lui, il y a des rochers et, au-delà de sa petite terrasse, encore des rochers. Les pentes en sont jonchées – rochers de toutes tailles, fichés dans la terre comme des pierres tombales. Plus loin, des dalles détachées des falaises, cassées, grosses comme des maisons. En fait, il semble y avoir des blocs de grès et de calcaire partout, une infinité de pierres.

Le camion *Happy Chips* disparaît au détour d'un autre virage en épingle à cheveux. Pas âme qui vive, juste quelques arbres rabougris – de gros rochers et des distances. Sur son socle, au musée, la gorgone semblait immense, comme un dinosaure, mais ici, l'échelle des choses n'est plus du tout la même. C'était quoi, un dinosaure, comparé à des falaises pareilles ? Sans avoir à tourner la tête, Luvo peut voir dix mille rochers où une gorgone pourrait se cacher.

Comment a-t-il pu croire qu'il pourrait trouver un fossile ici ? Un gamin de quinze ans, qui ne connaît que des romans d'aventures et les souvenirs d'une vieille dame ? Qui n'a jamais trouvé un fossile de sa vie ?

Luvo mange deux tranches de pain et marche lentement en rond autour de son duvet, retournant des pierres du bout du pied. Des taches de lichen en rongent certaines : pâles orangés et beiges, et les rochers contiennent des grains de couleur aussi, des striures noires, des atomes gris argent. C'est ravissant, mais il n'y a là rien qui ressemble aux fossiles du musée, ou à ceux qui appartenaient à Harold, ou qui se trouvaient dans les souvenirs d'Alma.

Toute la journée, Luvo décrit des cercles de plus en plus larges autour de son modeste bivouac, emportant une bouteille d'eau, regardant son ombre glisser à flanc de colline. Des nuages se déplacent au-dessus de la chaîne montagneuse à l'horizon et font de l'ombre aux fermes qu'ils survolent. Luvo se rappelle quand Harold parlait de la temporalité à Alma. Les choses les plus récentes étaient « dans les couches supérieures ». Les plus anciennes, « en profondeur ». Mais ici, où sont les strates ? Ce n'est qu'un désert aride. Et chaque pierre qu'il retourne est quelconque, vierge de traces.

Une voiture franchit le col toutes les deux heures environ. Trois aigles planent au-dessus de lui dans la soirée, s'interpellant, sans battre une seule fois des ailes tandis qu'ils flottent dans les airs.

LE GRAND KAROO

Dans ses rêves, Luvo est Alma : une Blanche exerçant la profession d'agent immobilier, en bonne santé, bien nourrie. Il arpente le centre commercial à grandes enjambées. Des employés se précipitent pour l'aider. Partout, des portants circulaires chargés de vêtements. Climatisation, parfums, escalators. Les employés lui montrent un visage ouvert, aimable.

Ses migraines semblent de plus en plus violentes. Il a l'impression qu'on est en train de lui pressurer lentement le crâne et que ce goût métallique qui s'infiltre dans sa bouche, c'est celui de la substance qui en jaillit.

Le lendemain, des fourmis font un trou dans l'emballage en plastique d'un des pains de mie. Le soleil lui grille les bras et la nuque. La nuit, il a l'impression que la gorgone est le moyeu d'une roue d'où partent d'innombrables rayons. Luvo est l'un de ces rayons, Roger en est un autre, ainsi que Temba, Pheko, Harold et Alma. Tout défile dans la nuit, tout tourne, énorme, presque fantomatique, telle la roue de la Voie lactée. Seul le centre – la gorgone – reste dans le noir.

De sa mémoire, Luvo tente de convoquer des visions de la gorgone du musée, tente d'imaginer à quoi pourrait ressembler une gorgone ici, parmi ces rochers, mais son esprit revient inlassablement dans la maison d'Alma Konachek.

Roger est mort. Harold est mort. Alma est soit en prison, soit enfermée dans un foyer pour riches Blancs. S'il reste quelque chose de ce qu'elle a été, c'est un fragment, une bribe, une note griffonnée qu'une femme de ménage ou Pheko ont détachée du mur avec un léger remords et jetée à la poubelle. Et combien de temps tiendra-t-il, lui, avec ses migraines ? Quelques mois ?

Mais voici le plus étonnant : il aime cet étrange travail qui consiste à retourner des pierres. C'est apaisant de se trouver accroché au flanc de la Swartberg Pass. Les nuages sont comme de gigantesques vaisseaux d'argent, les crépuscules de l'ambre en fusion – le Karoo est un lieu de lumière crue, de cieux monumentaux et de silence implacable. Mais sous ce silence, sous le vent accablant, il y a toujours du bruit : celui de l'herbe qui chuchote à flanc de colline, le frémissement des arbres du berger plantés çà et là dans des crevasses. Couché dans son duvet, le troisième soir, il croit discerner un froissement à la limite de l'imperceptible : des fleurs nocturnes qui dévoilent leurs pétales à la lune. Quand il est très calme, et que son esprit tient en bride les craintes qui le rongent et le laminent, il a l'impression d'entendre courir l'eau sous les montagnes, et les racines des plantes plonger dans cette direction – on dirait des voix d'hommes, chantant doucement entre eux. Et, outre tout cela – si seulement son ouïe était plus fine ! –, il y aurait tellement plus à entendre : les cris supersoniques des chauves-souris et, sur les distants hauts plateaux, les conversations subsoniques d'éléphants dans les réserves, des grognements et plaintes si profonds qu'ils parviennent à des congénères confinés à des kilomètres de là dans des réserves isolées, tels des naufragés sur des îles lointaines, échangeant des appels à travers les montagnes.

Cette nuit-là, il est réveillé par les piétinements de six grandes antilopes, timides et craintives, dont la kératine des sabots claque sur les pierres. Leur haleine fume au clair de lune tandis qu'elles passent en file indienne devant son duvet, à même pas quinze mètres de lui.

Le quatrième jour, en marchant en contrebas du col, à environ huit cents mètres de la route, il retourne une pierre qui a la taille de sa main et trouve, imprimé au verso, le dessin très net de ce qui ressemble à une coquille de palourde. La coquille est plus claire que la pierre et cannelée sur les bords. Le nom du fossile surgit d'un coin de son cerveau : brachiopode. Il s'assied au soleil et passe le bout de ses doigts sur les dizaines de sillons. Un être qui a vécu il y a des éternités, quand ce flanc de montagne était le fond d'un océan et que des galaxies de palourdes faisaient claquer leurs coquilles au soleil.

Luvo entend la grosse voix enthousiaste de Harold Konachek : *Il y a deux cent cinquante millions d'années, c'était un endroit luxuriant, plein de fougères, de rivières et de boue.* La chair se décomposant, des minéraux pénétrant les os, le poids des millénaires s'additionnant, des corps devenant pierre.

Et aujourd'hui, cette petite créature-là a refait surface, parce que la terre a été érodée par le vent et la pluie, tout comme il arrive qu'un corps congelé affleure à la surface d'un glacier après avoir été ruminé dans les profondeurs insondables pendant des siècles.

QUE RESTE-T-IL ?

Ses rêves s'éloignent de plus en plus de la réalité. C'est comme s'ils émergeaient non de sa propre enfance qu'il a oubliée, mais d'existences qui lui ont été transmises par la voie du sang. Des rêves d'ancêtres, des rêves d'hommes du temps jadis qui traînaient leurs propres têtes douloureuses à travers ces terres arides, des siècles de nations chassant des troupeaux dans les sables, des bandes passant dans la brume, la face barbouillée d'ocre, javelot au poing, des tentes en lambeaux, pliées et attachées sur leurs dos, les longues perches dodelinant tandis qu'ils cheminaient, des chiens trottant à leur côté, langue pendante. Troupeaux d'animaux lourds, d'« animaux de pluie », et empreintes de mains, pointillés descendant d'un ciel pour se planter dans une corne de rhinocéros. Hommes à tête d'antilope. Poissons à face d'homme. Femmes se dissolvant dans des brumes rouges.

Le cinquième jour, il est exténué et souffre trop pour se lever. Il sort la photo racornie de Harold et l'examine, passe les doigts sur ses traits. De minuscules points lumineux transpercent les trous aux quatre coins.

Il s'efforce de surmonter sa migraine, de retrouver dans sa mémoire les moments précédant la mort de Harold. Harold parlait de géologie, de la mort. « Qu'est-ce qui ne change pas ? Le changement ! »

Pompes éoliennes, parcs à moutons, un panneau qui dit *Swartbergpas*.

Luvo se rappelle le sandwich d'Alma sur le tableau de bord, le vent dans les herbes au bord de la route, le retour de Harold, passant par-dessus le mur de caillasse, vacillant tout en prononçant le nom d'Alma. La mousse rose au coin de sa bouche. Alma tapant sur les touches du téléphone en vain. Les gravillons s'imprimant dans la joue de Harold et la poussière sur ses globes oculaires.

Luvo contemple fixement la photo de Harold. Il commence à penser que le mur de papiers et de cartouches, chez Alma, se reproduit ici, au centuple, sur ce flanc de colline, ces légions de pierres sont comme des cartouches beiges, chacune moulée dans le même matériau. Et le voici condamné à répéter à l'envi le même projet : traquer parmi un millier de choses un motif, rechercher dans ce paysage torturé les restes d'une chose qui l'a précédé.

Les cartouches du Dr Amnesty, le Muséum d'Afrique du Sud, les fossiles de Harold, la collection de Chef Carpenter, le mur d'Alma – n'est-ce pas, chacun à sa manière, une façon d'essayer de défier l'effacement ? Et d'ailleurs, qu'est-ce que la mémoire ? Comment cela peut-il être une chose si fragile, si périssable ?

Les ombres tournent, raccourcissent ; le soleil surgit par-dessus une crête. Luvo se rappelle pour la première fois une chose que le Dr Amnesty avait dite à Alma, sur l'une des cartouches : « La mémoire se construit sans logique claire ou objective : un point ici, un autre là, et plein d'obscurités dans l'entredeux. Ce que nous savons est en perpétuelle évolution, subdivision. À force de se rappeler un souvenir, il s'en crée un nouveau : le souvenir du souvenir. »

Se remémorer un souvenir suffisamment souvent, songe Luvo. Peut-être que le dernier prend alors le dessus. Peut-être que ce souvenir redevient tout neuf.

Dans sa propre mémoire, une arme fait feu. Roger s'écroule au pied de l'escalier et expire. Un enfant de cinq ans, installé sur une chaise longue et enveloppé d'une couverture, cligne des yeux vers le ciel. Alma déchire une page de *L'Île au trésor* et la punaise au mur. Tout recommence éternellement.

Un cadavre, a dit un jour Harold à Alma, s'évanouit à une vitesse sidérante. Si son père déposait une brebis morte au bord de la route, trois jours plus tard les chacals l'avaient dévorée, ne laissant que les os et la laine. Au bout d'une semaine, même les os avaient disparu.

— Rien ne dure, disait encore Harold. La fossilisation, c'est un miracle. Il y a une chance sur cinquante millions. Nous autres ? On disparaît dans les herbes, les insectes, les vers de terre. On se transforme en rubans de lumière.

Il est extrêmement rare, comprend Luvo, qu'une chose soit préservée. Ni effacée, ni morcelée, ni transformée.

Comme il manipule les photos, une nouvelle pensée lui vient. Lorsque Harold s'appuyait au 4 × 4, la main sur le cœur, haletant, il ne tenait pas sa canne. Cette vulgaire canne en ébène, au pommeau à l'éléphant. Celle qu'Alma ne pouvait pas souffrir. En quittant son véhicule, il avait pris cette canne sur la banquette et, à son retour, quelques heures plus tard, il ne l'avait plus.

L'a-t-il lâchée en chemin, ou laissée sur les pierres pour marquer l'emplacement de la gorgone ? Quatre années ont passé et elle a pu être ramassée, ou emportée par une tempête. Luvo se trompe peut-être, mais enfin cette canne a jadis été là, sur ce versant, quelque part sous la route. Tout près de son bivouac actuel. Et elle y est peut-être encore.

Cette gorgone, Luvo veut la trouver. Il doit la trouver. Pour lui, pour Alma, pour Pheko, pour Roger, pour Harold. Si cette canne est toujours là, elle ne sera pas trop difficile à trouver. Il n'y a pas d'arbres aussi grands, ni de branches aussi longues que cette canne. Il n'y a pas de bois aussi sombre que l'ébène.

C'est une petite chose, oui, mais c'est assez pour le pousser à se mettre debout et à reprendre ses recherches.

LA GORGONE

Pendant toute cette journée et la suivante, Luvo arpente cet océan de pierre. Il ne lui reste plus que deux bouteilles d'eau et il se rationne prudemment. Il décrit des cercles, des rectangles, des triangles.

Ceintures, morceaux, tapis de pierres. Il cherche à présent quelque chose de sombre, éventuellement décoloré par le soleil, quelques perles rouges entortillées autour du pommeau éléphant. C'est le genre de choses que les enfants vendent au bord de la route de l'aéroport, dans des boutiques à touristes, et à Greenmarket Square.

Le sixième jour, il se met à pleuvoir dans la soirée et Luvo drape son duvet par-dessus un buisson sous lequel il rampe et s'endort, tandis que tout autour de lui, des araignées tissent leurs toiles entre les branches. À son réveil, le ciel est pâle.

Il se lève, secoue son duvet humide. Sa tête est d'une légèreté étonnante. Il n'a presque plus mal. C'est le matin, se dit-il. J'ai dormi pendant tout l'orage. Il fait quelques pas vers les hauteurs et s'installe sur une pierre plate et lisse, et commence à mâcher une tranche de pain, et c'est là qu'il la voit.

La canne de Harold dépasse entre deux rochers, à deux cents mètres de distance. Même de là où il est assis, il peut voir le trou tout en haut, un minuscule espace foré entre les pattes de l'éléphant et son corps.

À chaque seconde, tandis qu'il s'avance dans cette direction, c'est comme quand on saute dans une eau glaciale, cet instant où votre corps est en état de choc, et où tout ce que vous êtes, tout ce que vous appelez votre vie se désintègre l'espace d'un instant, et qu'il ne reste plus que l'eau et le froid, et votre cœur qui tente de faire voler en éclats un bloc de glace.

La canne est décolorée par le soleil et les perles ne sont plus sur le pommeau, mais elle est restée droite. Comme si Harold l'avait laissée là à son intention. Il la contemple, craignant de la toucher. La lumière matinale est douce et limpide. La pluie tombée la nuit dernière dégouline lentement sur le flanc de la colline.

Il y a des pierres soigneusement entassées juste à côté, et Luvo met quelques minutes à réaliser, même après en avoir ôté le plus gros, qu'il se trouve devant un fossile. La gorgone est blanche sur le fond grisâtre de calcaire et la silhouette de l'animal semble être interrompue par endroits. Mais finalement, il parvient à distinguer sa forme, depuis l'une des pattes de devant jusqu'au bout de la queue : elle a la taille d'un crocodile, est inclinée sur le flanc, et comme enfoncée dans un énorme bain de ciment. Ses grosses griffes recourbées sont toujours là. Et son crâne est complètement séparé du reste, comme s'il avait été détaché par le reflux d'une crue. Elle est énorme. Plus grosse, pense-t-il, que le spécimen du musée.

Luvo dégage encore quelques blocs, balaie des gravillons et de la poussière avec ses mains. Le squelette est entièrement articulé, inséré dans la pierre. Il doit faire dans les trois mètres de long. Le cœur de Luvo s'emballe.

Avec son marteau, il met environ deux heures à dégager le crâne. Des petits éclats de roche plus sombre volent sous ses coups et il espère qu'il n'est pas en train d'abîmer ce qu'il était venu chercher. Gros comme une vieille télévision, fait entièrement de pierre, même une fois délivré de sa matrice, ce crâne est impossible à soulever. Même les orbites et les naseaux sont remplis de pierre, une pierre d'une teinte plus claire que le crâne. Luvo se dit : Je n'arriverai jamais à le faire bouger tout seul.

Mais si. Il dézippe le duvet et l'enroule autour du crâne, le matelassant de tous côtés, et, se servant de la canne comme d'un levier, il se met à le rouler, centimètre par centimètre, en direction de la route. Il fait nuit et il est à court d'eau avant de l'avoir amené au pied du mur de soutènement. Puis il rebrousse chemin, ensevelit de nouveau le squelette sous des pierres et du gravier, marque l'emplacement avec la canne et déplace son bivouac en surplomb de la route.

Il a mal aux jambes, des coupures aux doigts. Des amas stellaires se déploient au-dessus de la ligne de crête. Des insectes dans l'herbe exultent, interprétant leur chœur nocturne. Luvo s'assied sur son duvet avec ses dernières oranges sur les genoux et le crâne qui attend à deux mètres de lui, en contrebas. Il enfile sa grosse doudoune rouge. Il attend.

La lune passe délicatement par-dessus les montagnes, énorme, verte, grêlée de cratères.

RETOUR

Trois Finlandaises anglophones s'arrêtent à sa hauteur après minuit. Deux d'entre elles s'appellent Paula. Elles ont l'air vaguement ivres. Elles ne semblent pas trop étonnées de le voir dans cet état-là, et ne demandent pas depuis combien de temps il est assis au bord d'une des routes les moins fréquentées d'Afrique du Sud. Il garde son bonnet sur la tête, déclare qu'il cherchait des fossiles, leur demande de l'aider avec le crâne. « OK », disent-elles et ils travaillent ensemble, s'arrêtant de temps en temps pour se passer une bouteille de cabernet, et quinze minutes plus tard le crâne a été soulevé par-dessus le mur et placé à l'arrière du camping-car.

Elles font du tourisme en Afrique du Sud. L'une d'elles vient d'avoir quarante ans et les autres sont là pour faire la fête avec elle. Le sol du van aménagé est recouvert d'une épaisse couche d'emballages alimentaires, de cartes et de bouteilles en plastique. Elles se passent un gros morceau de fromage passablement massacré ; l'une des Paula en coupe des tranches et les empile sur des crackers. Luvo mange lentement, tout en regardant ses ongles ébréchés et en se demandant à quel point il peut sentir mauvais. Pourtant, il y a de la musique reggae qui monte du tableau de bord, le rire généreux de ces femmes. « Quelle aventure ! » disent-elles et il pense à ses livres de poche, au fond de son sac marin. Quand elles s'arrêtent au sommet du col et demandent à Luvo de les prendre en photo à côté de la pancarte déglinguée qui dit *Die Top*, il a l'impression que ce sont des anges qu'on lui a envoyés.

L'aube les trouve en train de manger des œufs brouillés aux tomates concassées dans la salle à manger miteuse et déserte du Queens Hotel, dans une localité au bord de la N1 qui s'appelle Matjiesfontein. Luvo boit un Fanta glacé et regarde les femmes manger. Leur voyage s'achève et elles se montrent des photos sur l'écran de l'appareil. Autruches, bars à vin, discothèques.

Après le premier Fanta, Luvo en boit un autre, sous les pales des ventilateurs qui brassent lentement l'air, charmé par les sourires chaleureux de ces trois femmes tournées vers lui, comme si, dans leur monde à elles, noir ou blanc c'était pareil, comme si les différences entre les gens n'avaient pas tellement d'importance, après quoi ils se lèvent et s'entassent dans le van – direction Cape Town.

L'une des Paula conduit, les deux autres dorment. Dehors, les lignes de communication passent en décrivant des paraboles, de poteau en poteau. La route est absolument rectiligne. Paula-la-conductrice regarde en arrière, dans la direction de Luvo, qui est sur la banquette arrière.

— Mal à la tête ?

Il acquiesce.

— C'est quoi, comme fossile ?

— Peut-être un truc qui s'appelle une gorgone.

— Une gorgone ? Comme la Méduse ? Celle qui avait des serpents à la place des cheveux ?

— Je ne suis pas sûr…

— Elles, c'en étaient des gorgones ! Méduse et ses sœurs. Si on les regardait dans les yeux, elles vous changeaient en pierre.

— C'est vrai ?

— C'est vrai, répond Paula-la-quadragénaire-finlandaise.

— Cette gorgone-là est très vieille. Elle a vécu à l'époque où tout ce désert était un marais, parcouru par des rivières.

— Je vois, dit Paula.

Elle roule encore en silence, marquant le rythme de la musique en pianotant sur le volant.

— T'aimes ça, Luvo ? La chasse aux vieilleries ?

Il regarde par sa vitre. Là-bas, par-delà les clôtures, sous les collines au sommet aplati, éclairées par les étoiles, sous le veld, sous les buissons nains, sous le vent inlassable du Karoo, que reste-t-il encore à trouver ?

— Oui, dit-il. J'aime ça.

LE TWELVE APOSTLES HOTEL

Paula se gare devant le mur d'enceinte de chez Chef Carpenter et tous les quatre descendent. Luvo agite la main en direction de la caméra de surveillance, mais rien ne se passe et ils s'asseyent donc sur le trottoir, et attendent. Moins de dix minutes plus tard, Carpenter remonte la rue en boubou, promenant ses deux colleys. Il considère Luvo, puis les Finlandaises aux cheveux emmêlés et aux chemises fripées, et quand elles ouvrent l'arrière du fourgon et soulèvent les restes déchiquetés du duvet de Luvo, il regarde le fossile pendant toute une minute sans rien dire. Son regard est à la fois incrédule et rêveur, comme s'il n'était pas tout à fait sûr d'être dans le réel. Avec sa lèvre qui tremble et ses yeux attendris, Luvo a l'impression qu'il va fondre en larmes.

Vingt minutes plus tard, ils se tiennent dans son garage immaculé à boire du café tandis que le crâne trône sur le sol peint. Cette énorme tête arrachée au passé et extraite de son contexte. Le Chef passe un appel et un Indien vient regarder ce crâne, le menton dans la main, avant de passer quelques appels à son tour. Son émotion est flagrante. Dans l'heure qui suit, trois autres hommes viennent voir ce crâne, les trois Finlandaises qui bâillent et cet étrange gamin avec son bonnet sur la tête.

Finalement, le Chef disparaît et revient, vêtu d'un costume bleu bien coupé. Il déclare qu'il peut offrir 1,4 million de rands. Les Finlandaises en restent bouche bée. Elles donnent des claques dans le dos de Luvo. Elles crient et font des bonds sur place. Luvo demande combien il pourrait avoir maintenant et le Chef dit :

— Maintenant ? Tu veux dire : aujourd'hui ?

— C'est ce qu'il a dit, déclare l'une des Paula.

Au bout d'une autre demi-heure d'attente, le Chef donne à Luvo 30 000 rands en liquide. Le volume est tel qu'il doit le lui remettre dans un grand sac en papier. Luvo demande à ce que le reste soit envoyé à Pheko Garrett, B478A, Secteur C, Khayelitsha.

— Tout le reste ? demande le Chef, et Luvo dit : « Tout le reste. »

— Qu'est-ce qui nous prouve que vous allez le faire ? questionne Paula, et le Chef toise les trois Finlandaises, détachant le regard du crâne à regret, comme s'il ne savait pas très bien qui a parlé.

— Je ne vous retiens pas, dit-il.

À trois pâtés de maisons de là, Luvo leur dit au revoir. Elles le serrent dans leurs bras, lui donnent leur adresse mail sur de petites cartes blanches, et l'une des Paula pleure doucement en le voyant descendre de leur fourgon de location.

Près de l'entrée du Jardin botanique, il y a une petite librairie. Luvo entre avec son sac en papier plein d'argent. Il trouve en livre de poche *L'Île au trésor*, paie avec un billet de 1 000 rands.

Ensuite, il hèle un taxi sur le front de mer et demande qu'on l'amène au Twelve Apostles Hotel. Le chauffeur lui lance un regard, et la femme à l'accueil lui en lance un autre, mais Luvo a du cash et, une fois qu'il a payé, elle le précède dans un couloir tapissé d'une carpette blanc cassé jusqu'à une porte noire – le numéro 7.

La chambre est aussi blanche et propre que dans les souvenirs d'Alma. Du balcon, on peut voir les vagues turquoise déferler sur la plage dorée. Dans la salle de bains, des petits carreaux blancs couvrent le sol, formant des motifs en losange. Des serviettes blanches et repassées sont suspendues aux tringles plaquées nickel. Il y a de grands W.-C. immaculés.

Des tapis de bain en éponge par terre. Une orchidée blanche dans un vase rectangulaire, sur le réservoir des W.-C.

Luvo prend une douche de quarante-cinq minutes. Il a une quinzaine d'années – et peut-être six mois encore à vivre. Après la douche, il s'allonge sur les draps parfaitement blancs et regarde le ciel, immense et fluide. Une masse de mouettes cinglent au-dessus de la plage. Il songe aux souvenirs d'Alma, ceux qu'il a dans la tête et ceux qui sont quelque part, en ville – Cabbage doit les avoir déjà revendus, à présent. Il songe aux souvenirs d'Alma concernant cet hôtel, le film sur les poissons, glissant hors du cadre pour se fondre dans le grand bleu. Il s'endort.

À son réveil, quelques heures plus tard, il s'absorbe dans la contemplation des carrés de nuit bleu cobalt découpés par les fenêtres, puis allume sa lampe et ouvre *L'Île au trésor*.

Je me souviens de lui comme si c'était hier, lorsqu'il arriva d'un pas lourd à la porte de l'auberge, son coffre de marin le suivant dans une brouette ; un homme grand, fort, massif, au teint noisette...

LA GORGONE

Il faut six semaines à une équipe de six hommes pour extraire le squelette. Ils travaillent uniquement de jour et se garent à deux tournants du chemin le plus facile et, quand il faut amener la grue, c'est la nuit qu'ils le font. Le squelette est acheminé à Cape Town dans un camion banalisé. Le marchand qui le rachète à Chef Carpenter le présente à une vente clandestine aux enchères à Londres. Là-bas, il est nettoyé, préparé, verni et monté sur une armature en titane, puis vendu pour 4,5 millions de dollars, la quatrième plus forte somme jamais payée pour un fossile. Le squelette traverse la Méditerranée et le canal de Suez dans un conteneur, puis l'océan Indien, et arrive à Shanghai. Une semaine plus tard, il est installé par une équipe spécialisée sur un socle, dans le hall d'un hôtel de cinquante-huit étages.

Pas de végétation factice, pas de couleur, juste de l'acétate de polyvinyle pulvérisé sur les jointures et un cube en Plexiglas par-dessus. Quelqu'un dispose deux gros palmiers en pots de part et d'autre, mais deux jours plus tard le propriétaire de l'hôtel les fait retirer.

PHEKO

Fin février, Pheko se rend au bureau de poste derrière l'échoppe et dans sa boîte aux lettres il y a une simple enveloppe à son nom. Dedans se trouve un chèque de presque 1,4 million de rands. Pheko relève la tête. Tout à coup, il entend le bruissement du sang dans sa tête. Le sol se dérobe. Mme Gecelo, derrière son guichet, le regarde puis reporte son attention sur le formulaire qu'elle est en train de remplir. Un bus sans fenêtres passe. De la poussière enveloppe le petit bureau de poste.

Personne ne regarde. Le sol se stabilise. Pheko regarde de nouveau dans l'enveloppe et relit le montant. Il relève la tête. Il la penche de nouveau.

Dans la case « Objet », le chèque dit : *Vente fossile*. Pheko referme sa boîte, remet la clé autour de son cou et reste un moment ainsi, les yeux clos. Quand il rentre à la maison, il montre à Temba ses poings. Temba le considère à travers ses petites lunettes, regarde les poings. Il attend, plongé dans ses réflexions, puis tapote le droit. Pheko sourit.

— Essaie l'autre.
— L'autre ?

Pheko acquiesce.

— Tu ne m'as jamais dit d'essayer l'autre.
— Cette fois, je te le dis.
— Ce n'est pas une ruse ?
— Non.

Temba tapote le poing gauche. Pheko ouvre sa main.

— Ta carte de bus ? dit-il, et son père opine. Ta carte de bus ? répète-t-il.

Ils s'arrêtent au marché sur le chemin de la gare routière et achètent des maillots de bain, rouge pour Pheko et bleu clair pour Temba. Ensuite, ils prennent le Golden Arrow qui va en ville. Pheko tient le sac en plastique qui contient les maillots, mais ne laisse pas Temba regarder à l'intérieur. C'est une chaude journée de mars et Table Mountain se découpe avec une vivacité incroyable contre le ciel.

Ils descendent à l'arrêt Claremont, parcourent à pied deux pâtés de maisons en se tenant par la main, et entrent dans une agence de la Standard Bank of South Africa, tout près de Virgin Active Fitness. Pheko ouvre un compte, montre sa carte d'identité et l'employé passe dix minutes à entrer diverses informations dans son ordinateur avant de lui demander un dépôt initial. Pheko lui passe le chèque.

Un manager se montre trente secondes plus tard pour regarder ce chèque et l'emporter derrière la paroi vitrée d'un bureau. Il parle au téléphone pendant un certain temps.

— Qu'est-ce qu'on fabrique ? demande Temba à mi-voix.

— On espère, répond Pheko.

Au bout d'une éternité, le manager revient, il leur sourit et la banque accepte le chèque.

Quelques minutes plus tard, ils se tiennent tous deux en plein soleil, devant les cloisons de verre de la salle de sport. Au-dessus d'eux, ils peuvent voir des gens en train de s'épuiser sur des tapis de jogging et, droit devant, à travers leurs propres reflets, les piscines couvertes avec ceux qui peinent dans les couloirs de nage, les surveillants sur leurs sièges et des enfants qui crient en dévalant les circonvolutions du toboggan vert.

À l'entrée, Pheko donne un billet de 1 000 rands et l'employée maugrée mais finit par lui rendre la monnaie, et il remplit une fiche sur une écritoire, après quoi ils pénètrent dans un vaste vestiaire aux murs tapissés de casiers en acajou. Des hommes sont en train de se raser, ou de lacer leurs tennis, ou de nouer leur cravate. Pheko s'avance, Temba trottinant à sa suite, ajustant ses petites lunettes avec une incrédulité ravie. Il choisit le casier numéro 55, ils enfilent leurs maillots tout neufs, puis traversent un couloir carrelé bordé de douches qui gouttent, descendent douze marches et franchissent une porte vitrée qui ouvre sur l'ambiance chlorée des bassins.

Temba se chuchote quelque chose, que son père ne saisit pas. Des maîtres-nageurs à polo rouge sont assis sur des sièges. Le toboggan bouillonne ; les cris des enfants se répercutent contre le plafond.

Pheko monte avec son fils l'échelle qui mène au toboggan en tenant sa petite main, les bassins rapetissent, les dos roses des enfants qui les précèdent sont parsemés de gouttelettes. En haut, il y a une légère attente, le temps que chacun se mette en position avant de se lâcher, glissant sur le toboggan, tournant comme un bolide dans les virages, et bientôt Pheko et Temba ont atteint le dernier barreau et se tiennent au sommet.

Pheko s'installe, soulève son fils et le cale entre ses jambes. L'eau tiède s'engouffre à travers leurs maillots, jaillit le long du couloir et disparaît au premier tournant. Pheko ôte les lunettes de son fils et les tient dans son poing.

Temba lui jette un regard de myope.

— Ça va très vite, papa…

— Oui, ça va très vite.

Pheko contemple la pente raide avant le premier virage, puis le bassin qui semble loin, si loin de lui, les nageurs pareils à des abeilles somnolentes, les rayons du soleil qui se déversent par les vitres, les voitures qui passent sans aucun bruit.

— Prêt ? dit-il.

— Prêt ! dit Temba.

ALMA

Alma est dans la salle à manger, calée dans un fauteuil jaune. Ses cheveux sont courts, argentés, raides. Les vêtements qu'elle porte ne sont pas les siens. Dans cette maison, le linge semble se mélanger. Par la fenêtre à sa gauche elle distingue un mur en béton, la moitié supérieure d'un mât de drapeau et un polygone de ciel.

Ça sent le chou bouilli. Des néons bourdonnent au plafond. Tout près, deux femmes s'efforcent de jouer au rami, mais elles ne cessent de faire tomber les cartes. Quelque part dans le bâtiment, peut-être au sous-sol, quelqu'un est peut-être en train de hurler. Difficile à dire. Il se peut que ce soit seulement l'air qui gronde par les canalisations.

L'ombre d'un souvenir se présente à Alma, puis s'en va. Une télévision montre un homme avec un micro, une roue qui tourne, un public en train d'applaudir.

Une forte femme en jean et débardeur blancs passe la porte. À la lumière du hall d'entrée, sa peau sombre est presque invisible à Alma, et c'est comme si sa tenue immaculée se dirigeait toute seule vers elle – pantalon blanc, haut blanc, globes oculaires blancs flottant dans les airs. Elle marche droit vers elle et se met à vider des boîtes sur la longue table.

Une infirmière en blouse à fleurs derrière Alma frappe dans ses mains.

— Travaux manuels ! Tous ceux qui souhaitent travailler avec Mlle Stigers, venez…

Plusieurs personnes entreprennent de se rapprocher, dont quelqu'un poussant un déambulateur. La femme en blanc est en train de disposer des seaux, des assiettes, de la peinture. Elle ouvre un grand Tupperware. Elle regarde Alma.

— Bonjour, ma petite dame, dit-elle.

Alma détourne la tête. Elle garde le silence. Quelques minutes plus tard, certains se mettent à rire, brandissant leurs mains pleines de plâtre. La femme en blanc chantonne doucement tout en distribuant aux pensionnaires diverses tâches. Sa voix se fond dans le brouhaha.

Alma reste assise bien droite. Elle porte un pull rouge où figure un renne. Elle ne reconnaît pas ce pull. Ses mains, inertes sur ses genoux, sont froides et ressemblent à des griffes. Comme si elles aussi appartenaient à quelqu'un d'autre.

La femme chante en xhosa. La chanson est douce et dolente. Dans un débarras, quelque part en ville, dans une clinique de la mémoire à Green Point, un millier de cartouches contenant les souvenirs d'Alma prennent la poussière. Dans le tiroir de sa table de chevet, parmi les boules Quies, les vitamines et les Kleenex froissés, il y a la cartouche que Pheko lui a donnée quand il est venu la voir, la 4510. Elle ne se rappelle plus ce que c'est, ni ce que cela contient, ni même que ça lui appartient.

À la fin de la chanson, un homme en pull bleu se met à applaudir de ses mains pleines de plâtre. Le pan de ciel visible de la fenêtre est violet. Un avion de ligne le traverse, tout doré.

Quand Alma regarde en arrière, la femme en blanc se tient tout près d'elle.

— Allons, ma petite dame, dit-elle de cette voix toute douce, comme de l'huile chaude. Essayez donc. Vous verrez, c'est amusant…

La femme place un moule en alu devant Alma. Il y a du papier journal sur la nappe, constate-t-elle, ainsi que de la peinture, des fleurs en soie, des petits cœurs en bois et des bonshommes de neige éparpillés ici et là dans des bols en plastique. La femme qui incline son Tupperware au-dessus du moule en alu y verse du plâtre de Paris, utilisant une spatule en bois pour racler le fond.

Le plâtre de Paris a une belle consistance crémeuse. L'un des pensionnaires en a maculé la nappe. Un autre en a dans les cheveux. La femme en blanc entame une

autre chanson. Ou peut-être est-ce toujours la même,
Alma ne sait pas très bien. *Kuzo inzigo zalomhlaba*,
chante-t-elle. *Amanda noxolo, uxolo kuwe.*

Alma lève la main gauche. Le plâtre est encore
humide.

— D'accord, dit-elle. D'accord.

Elle pense : J'avais quelqu'un. Mais il m'a laissée
tomber.

*Kuzo inzigo zalomhlaba. Amanda noxolo, uxolo
kuwe*, chante la femme.

Alma plonge la main dans le plâtre.

Engendrer, créer

Imogene est petite et menue, blafarde. Cheveux en sucre filé, front ivoire, bras crayeux. Imogene, la Reine de Glace. Imogene, le Cachet d'Aspirine. Une toile d'araignée noire est tatouée sur son biceps gauche. Elle est gestionnaire d'allocations de ressources pour Cyclops Engineering à Laramie, Wyoming.

Herb est de taille moyenne, chauve et pas spécialement courageux. Son sourire est une disgracieuse mosaïque de dents. Des veines courent telles des formations de racines le long de ses avant-bras. Il enseigne la phylogénie moléculaire à des étudiants de premier cycle. Lui et Imogene habitent une maison de plain-pied en brique et cèdre sur un terrain de trois hectares, à vingt-quatre kilomètres de la ville. Buissons d'armoise, principalement, et hautes herbes, mais ils ont quelques peupliers dans un cours d'eau à sec et un cimetière de pneus que Herb essaie d'éliminer, ainsi que des volées entières de cailles qui parfois piquent un sprint dans l'allée, tôt le matin. Imogene a vingt-deux mangeoires, certaines perchées sur des poteaux, d'autres suspendues à l'avant-toit, plates-formes ou globes, boîtes à café ou mini-chalets suisses. Tous les soirs, de retour du travail, elle traîne un escabeau de l'une à l'autre, trimballant un seau plein de graines mélangées, de façon à ce qu'elles restent garnies.

En septembre 2002, Imogene avale sa dernière pilule contraceptive et ensemble ils vont dans l'allée où elle écrase le pilulier vide avec la partie biseautée du merlin. Cela émoustille Herb : les fragments de plastique sur le gravier, les tendons saillants dans la gorge d'Imogene. Depuis quelque temps, il a sans arrêt des images d'enfants ; il s'imagine revenant après ses cours pour trouver sa progéniture éparpillée un peu partout sur le mobilier.

Pendant les trente matinées qui suivent, ils font vingt fois l'amour. À chaque fois, ensuite, Imogene oriente ses hanches vers le plafond, ferme les yeux et tâche d'imaginer cela comme Herb l'a décrit : de grands bancs de spermatozoïdes se répandant en elle par le col de l'utérus, traversant l'utérus, escaladant ses trompes de Fallope. Dans son imagination, leurs chromosomes s'imbriquent en produisant le plus petit des sons qui puisse s'imaginer : deux dents d'un zip qui coulisse.

Ensuite : soleil aux fenêtres. Herb fait griller du pain. Un zygote, pareil à un tout petit point d'interrogation, flotte dans son ventre.

Il ne se passe rien. Un mois, menstrues. Deux mois, menstrues. Au bout de quatre mois, la veille du nouvel an, alors que le vent projette de la neige fondue à travers l'allée, Herb pleure un peu.

— Mon organisme doit se purger de ces fausses hormones, dit-elle. Ça n'arrive pas du jour au lendemain, ces choses-là.

Puis on est en 2003. Elle commence à voir des femmes enceintes partout. Descendant de minivans devant le Loaf'N Jug, encombrant les allées du magasin Walmart, portant à la lumière des grenouillères taille naissance. Une femme enceinte répare la photocopieuse au bureau ; une cliente enceinte renverse son jus d'orange dans la salle de réunion. Par rapport à elles, quel défaut peut bien avoir Imogene ?

Elle lit sur Internet qu'il faut un an, en moyenne, pour être enceinte. Bon. Pas de problème. Ils ont tout le temps. Elle n'a que trente-trois ans, après tout. Trente-quatre en mars.

À la demande de Herb, elle commence à mettre un thermomètre dans sa bouche tous les matins au réveil. Il note sa température sur une feuille de papier quadrillé. Il faut, lui dit-il, cibler les pics d'ovulation. Chaque fois qu'ils ont des rapports sexuels, il trace un petit X sur ce graphique.

Trois mois de plus, trois menstrues de plus. Quatre mois, quatre menstrues. Herb assaille les pointes de température d'Imogene avec des escouades de X. Elle est allongée sur le lit, orteils pointés vers le plafond, et Herb se démène au-dessus d'elle, grogne, et les spermatozoïdes remontent le courant à la nage.

Et rien ne se passe. Imogene a des crampes d'estomac, trouve du sang, chuchote au téléphone : « Je suis réglée comme une putain de montre suisse. »

L'université ferme. Le quiscale de Brewer est de retour. Le moineau d'alouette aussi. Imogene se traîne dans le jardin pour remplir ses mangeoires. Dans un passé pas si lointain, se dit-elle, j'aurais été lapidée en public. Herb aurait demandé le divorce. Nos champs auraient été rasés. Des sorciers auraient fourré des gousses d'ail dans mon appareil reproducteur.

En août, l'administratrice du département de biologie, Sondra Juetten, donne naissance à une petite fille. Herb et Imogene se rendent à l'hôpital avec un bouquet d'œillets. Le nouveau-né est fripé, il bigle, et il a un aspect miraculeux. Il a un bonnet de coton sur la tête. Son crâne est froncé et allongé.

Herb dit :

— On se réjouit pour vous, Sondra.

Et effectivement, il se réjouit. Imogene le voit bien ; il rebondit sur ses orteils. Il sourit. Il pose à Sondra une série de questions sur le cordon ombilical.

Imogene se tient sur le seuil et se demande si elle est assez généreuse pour se réjouir, elle aussi. Des infirmières la bousculent au passage. Il y a une projection de gouttes de sang séché sur le lino, près du lit ; on dirait des petites lames de scie sauteuse marron. Une infirmière démaillote l'enfant et son diaphragme monte et descend sous la fine corbeille des côtes. Ce corps frêle lui semble la distillation d'une dizaine de générations – la mère de la mère de la mère de Sondra, tout un pedigree extrait et condensé dans une flamme unique qui a été placée, toujours ardente, au sein des bleus affluents des veines qui palpitent sous la peau.

Pourquoi pas moi ? se dit-elle.

Le Wyoming bascule, s'éloigne du soleil. Adieu, canards branchus. Adieu, roitelets. Adieu au petit troglodyte familier qui s'est posé sur la mangeoire de la fenêtre, la veille, et a lancé un regard à Imogene, avant de vaquer à ses occupations. Les pneus abandonnés gèlent au sein de la terre. Les oiseaux effectuent leurs brutales migrations.

— Alors, vous deux ? demande le frère de Herb.

Thanksgiving, dans le Minnesota. La mère de Herb penche la tête de côté, soudain intéressée. Les neveux de Herb martèlent la table de leurs couverts tels des joueurs de tambour.

— Vous n'y pensez pas, à faire des gosses ?

Herb regarde Imogene.

— Si, si. Qui sait…

Dans la bouche d'Imogene, la tarte à la citrouille se change en ciment. La belle-sœur de Herb dit :

— N'attendez pas trop. Sinon, vous devrez aller à leurs récitals de flûte en fauteuil roulant.

Il y a d'autres moments. Le petit de deux ans grimpe de son propre chef sur les genoux d'Imogene et lui tend un livre intitulé *Gros poisson, petit poisson*.

— Grooooos ! dit-il en tournant les pages. Les grrooooos poissons !

Il se tortille contre sa poitrine. L'odeur de son cuir chevelu évoque un lac profond et froid en été.

Le lendemain, Herb tire Imogene par la manche, dans l'aéroport, et pointe le doigt : il y a des jumeaux près d'un distributeur de journaux, avec des cheveux filasse et des salopettes. Ils doivent avoir trois ans. Ils sautent sur la pointe des pieds et chantonnent une histoire de petite araignée emportée par une tornade ; ensuite ils applaudissent, sourient, et courent en rond autour de leur mère.

Quand Imogene avait vingt et un ans, ses parents ont été tués en même temps. Leur Buick LeSabre avait dérapé et quitté la route 506, à un kilomètre six cents de la maison, pour se renverser dans un fossé. Il n'y avait pas de verglas sur la chaussée, pas de véhicules arrivant en sens inverse, la Buick paternelle était en bon état. La police parla d'accident. Pendant deux semaines, Imogene et Herb se sont trouvés dans divers livings surchauffés et trop décorés, à tenir des crackers dans de petites assiettes, puis Imogene a obtenu son diplôme universitaire et est allée très vite s'installer au Maroc.

Elle a passé trois années dans un studio, à Rabat, où il n'y avait qu'une seule fenêtre et pas de frigo. Elle ne pouvait pas mettre de short ou de jupe, ni sortir avec les cheveux mouillés. Parfois, elle passait toute la journée dans sa cuisine, à lire des romans policiers. Ses lettres datées de cette époque remplissaient plusieurs pages et Herb les relisait sans cesse, penché au-dessus du tableau de bord de son 4 × 4.

Ici, il y a deux espèces de pigeons. Le pigeon domestique, qui est balourd, c'est celui qu'on voit chez nous. La nuit, ils gloussent sur le toit. Mais il y en a d'autres, avec de grandes taches blanches au cou. Ce sont de grands oiseaux qui se rassemblent pour former d'énormes nuées et ils planent au-dessus des toits, sombres et étincelants, tournoyant comme des mobiles en métal. Certains matins, les corbeaux plongent sur eux et ils se mettent alors à crier. De mon lit, on dirait des petits enfants emportés dans les airs et qui appellent à l'aide.

Jamais aucune allusion à ses parents. Un jour, elle écrivit : *Ici, personne ne met de ceinture de sécurité.* Une autre fois : *J'espère que tu as toujours des sacs de sel dans le coffre du 4 × 4.* Elle n'alla jamais plus loin. Finalement, elle rejoignit une ONG et entreprit de travailler avec des femmes aveugles.

En ce temps-là, Herb s'était arrêté plus d'une fois devant Destinations Travel, dans le centre de Laramie, pour regarder tourner le globe terrestre en vitrine, mais sans se décider à acheter un billet d'avion. Ils ne se fréquentaient que depuis quatre mois quand les parents d'Imogene étaient morts. Et elle ne l'avait pas invité.

Il rédigeait des réponses banales : une randonnée jusqu'à un lac, une nouvelle céréale qu'il appréciait. *Baisers, Herb*, concluait-il, se sentant à la fois résolu

et bête. Il craignait de trop écrire. Il craignait de ne
pas assez écrire.

En 2004, au bout de seize mois d'échecs, Imogene
en parle à son gynécologue. Celui-ci déclare qu'on
peut faire un bilan de santé. Contacter des endocrino-
logues. Des urologues. Il y a plein d'options.

— Ce n'est pas le moment de désespérer, dit-il.

— Pas le moment de désespérer, répète-t-elle à
Herb.

— Mais je ne désespère pas ! dit-il.

Ils font le test de dépistage du sida. Les tests de
dépistage des hépatites. Deux jours plus tard, Herb
se masturbe dans un gobelet de vingt-trois centilitres
et fait cent six kilomètres d'autoroute pour aller voir
un urologue à Cheyenne avec ce gobelet dans un petit
sac de Noël destiné à l'origine à des cadeaux pour des
collègues, car lui et Imogene n'ont plus de sacs en
papier kraft. Le sac voyage près de lui à la place du
passager avec ses petits Pères Noël hilares. Le gobelet
n'est pas rempli à ras bord. Il se demande : y a-t-il
des hommes qui le remplissent ?

Cet après-midi-là, Imogene quitte le travail de
bonne heure pour se faire projeter dans les entrailles
du dioxyde de carbone. Un produit teintant radio-
opaque est également injecté dans son utérus et
jusqu'à ses trompes de Fallope. Puis elle est amenée
en fauteuil roulant dans une salle de radiographie
où une infirmière à l'haleine imprégnée de beurre
de cacahuètes et qui a des boucles d'oreilles Snoopy

étale un tablier de plomb par-dessus sa poitrine et lui demande de ne plus bouger. Elle s'éloigne. Imogene entend la machine s'animer, elle entend la plainte aiguë des électrons s'amoncelant. Elle ferme les yeux, s'efforce d'être immobile. La lumière se déverse en elle.

Six jours plus tard, le téléphone sonne. Les médecins ont discuté de la situation. Infertilité bifactorielle. Imogene a trois mots : syndrome polykystique ovarien. Herb, deux : déficits sévères. En motilité, en densité, et autre chose. Seulement trois pour cent de son sperme est jugé viable.

Son visage semble se décomposer. Il pose sa tranche de melon entamée sur le plan de travail, va dans la salle de bains et ferme la porte. Imogene se surprend à contempler l'espace entre ce plan de travail et le réfrigérateur. Il y a de la poussière de ce côté-là, et un Cheerio. Un gémissement provient de la salle de bains. Puis la chasse d'eau. D'une main, Imogene se tâte délicatement le ventre avec les doigts.

Toute la matinée, elle reste devant son ordinateur, submergée par les souvenirs. Un car grimpe à travers des nappes d'air froid, des montagnes couleur de carton, un ciel d'une blancheur phosphorescente. Des gazelles dans une cour picorent des ordures. Des chiens de berger somnolent sur les toits d'un village.

— Pas de parents, pas de mari, pas d'enfant, lui a dit un jour une aveugle.

Son regard était vide. Imogene ne savait où poser les yeux.

— Je suis une tribu composée d'un seul membre.

Des poissons évoluent sur son fond d'écran. Elle appuie son front contre le plateau du bureau.

— Tu es en colère ? Tu es en colère contre moi, Imogene ?

Herb ne peut pas s'en empêcher. Cette rengaine devient presque visible, un tourbillon de brume, comme les pales d'un ventilateur qui tournerait devant son visage.

— Je ne suis pas fâchée, dit-elle.

Leurs échecs, juge-t-elle, c'était couru d'avance. Pré-écrit. Génétique. Leurs faiblesses, leur timidité, leur singularité. Elle a toujours été déphasée, toujours géographiquement isolée, toujours en train de lire, toujours déclinant les invitations à danser, à la fac. Imogene la Reine de Glace. Imogene la rêveuse. Trop menue, trop pâle, trop mignonne. L'épiderme trop délicat.

— Tout va bien, déclare-t-elle un soir, à table, pendant *Jeopardy !*

Dix ans à essayer de ne pas être enceinte et voilà qu'il s'avère qu'elle ne le sera jamais.

Herb développe sa propre théorie : ce sont les pneus dans le pré. Tout un cimetière de pneus, dix-sept sortes de métal, seize types d'hydrocarbures, et ça s'est infiltré dans le puits, la douche, les pâtes, et maintenant ces poisons sont en eux.

Autres examens. Imogene subit une laparoscopie durant laquelle un médecin pique une douzaine de fois ses ovaires avec une aiguille électrochirurgicale. Herb se masturbe encore dans un gobelet, fait encore un trajet d'une heure et demie jusqu'à Cheyenne, baisse encore son pantalon devant un urologue.

Encore six jours d'attente. Encore un coup de fil. Diagnostic confirmé. Imogene s'examine dans le miroir de la salle de bains. Elle avait songé depuis quelque temps à démissionner. Elle avait envisagé depuis quelque temps de se mettre à la cuisine marocaine ou tunisienne : un nouveau-né sanglé contre sa poitrine, des tagines mijotant sur la gazinière. Élever quelques poules, peut-être. À la place, elle prend du glucophage et se tape une diarrhée pendant une semaine.

Ce n'est pas une véritable souffrance, se dit-elle. Il s'agit tout simplement de reprogrammer sa vision de l'avenir. De comprendre qu'une lignée descendante n'est pas continue mais arbitraire. Que dans toute généalogie, il y aura toujours un dernier : la dernière feuille sur l'arbre familial, la dernière stèle dans l'enclos familial. N'a-t-elle pas déjà appris cela ?

Après la fac, Herb va dans le grand pré, derrière la maison, et s'attaque aux pneus. À certains endroits, ils sont si incrustés, si pleins de poussière et de neige que lorsqu'on en arrache un, ou ses morceaux, on en trouve fatalement un autre dessous. Parfois il se demande s'il n'y en a pas jusqu'au centre de la Terre. Il les débite à la hache, fourgue les morceaux à la pelle dans son camion. Il fait froid et il n'y a que le vent dans les herbes, et la glace qui tinte doucement dans les peupliers. Au bout de deux heures, il se redresse, regarde la maison – petite, vue d'ici, une boîte d'allumettes sous le ciel. La silhouette menue d'Imogene marche péniblement à travers les buissons d'armoise, rechargeant les mangeoires, traînant d'un bras un seau de dix-neuf litres, de l'autre un escabeau, les jambes perdues dans la brume.

Ils conviennent d'aller consulter une clinique spécialisée. C'est à une heure vingt par beau temps. Garée près de l'entrée, il y a une Mercedes avec BBYMKR sur sa plaque minéralogique.

Le médecin est assis derrière un bureau à plateau de verre, et il dessine à l'envers. Il dessine un utérus, des trompes de Fallope, deux ovaires. Il dessine des instruments qui vont y récolter des ovules. Au mur, un poster encadré représente un vagin géant et son fonctionnement interne. À côté, une photo également encadrée montre trois fillettes potelées, adossées à une Honda.

— Bon, dit Herb. C'est entendu.

Imogene a-t-elle la moindre question ? Imogene n'a pas qu'une seule question. Elle en a des milliers.

— Vous dessinez très bien à l'envers, dit-elle, et elle s'efforce de rire.

Le médecin lui décerne un quart de sourire.

— L'habitude, dit-il.

La dame de la comptabilité est gentille, elle empeste la cigarette. On peut obtenir des prêts. Les taux d'intérêt sont super avantageux. Sa fille a « fait trois cycles ». Elle montre des photos.

La procédure, qui comprend médicaments, laboratoire d'embryologie et anesthésiste, coûtera treize mille dollars. Sur le chemin du retour, des sigles serpentent à travers leurs cerveaux : PMA, ICSI, IIU. FIV. Une bande d'antilopes se tient dans les fines couches de neige, au bord de l'autoroute. Leurs ombres sont nettes et dures sur la pente, leurs yeux sont noirs et leurs regards impassibles. Elles passent avec la vivacité de l'éclair. Herb cherche la main d'Imogene. Le ciel est bleu et dénué de profondeur.

Ils signent. Une boîte de médicaments arrive. Herb l'ouvre dans le placard de la salle de bains. Imogene ne peut pas regarder. Herb a du mal à le faire. Il y a quatre étuis en plastique contenant des seringues. Des fioles et des flacons de comprimés. Des cassettes vidéo. Des récipients pour aiguilles usagées. Quatre cents tampons imbibés d'alcool. Pour quatorze cents dollars d'hormones synthétiques.

Le protocole d'Imogene commence, c'est un comble, par des contraceptifs oraux. Pour réguler son cycle, affirme la brochure. Elle se sert un verre de lait et examine la petite pilule rose.

Le crépuscule tombe sur les montagnes. Herb note des devoirs sur la table de la cuisine. Les nuages s'épaississent, s'assombrissent. Imogene va dans le jardin avec son escabeau et son seau de graines et la pilule en train de se dissoudre dans son intestin et le silence s'étend, et le ciel se ternit, et les mangeoires semblent à des kilomètres les unes des autres et c'est comme si elle était en train de mourir.

Chaque fois qu'elle entend se déchirer l'emballage de la seringue, Imogene a une vague nausée. Dix-sept jours d'un stimulateur ovarien qui s'appelle Lupron. Puis deux semaines de progestérone pour préparer son utérus à la grossesse ; puis des suppositoires vaginaux. Si elle tombe effectivement enceinte, huit semaines supplémentaires d'injections quotidiennes. Parfois une petite goutte de sang suit la sortie de l'aiguille et Herb la recouvre d'un tampon imbibé d'alcool, le maintient en place et ferme les yeux.

Après les piqûres, il dispose ses pilules, au nombre de cinq. Elle mange du pain grillé, tartiné de compote de pommes, avant d'aller travailler et avale les capsules en sortant.

— Dis-moi que tu m'aimes, Imogene ! lui lance Herb depuis la cuisine, et dans le garage, avec la vitre de sa portière remontée, il se peut qu'elle n'entende pas.

La Corolla démarre. La porte du garage s'escamote et redescend. Ses pneus crissent sur le mâchefer. La grande prairie américaine disparaît sous son tapis de glace.

Printemps. Les ovaires d'Imogene gonflent à la date prévue. Ils deviennent des baudruches, des têtes de pissenlit, des pivoines bouffies. Le médecin mesure ses follicules sur un moniteur d'échographie : son ventre est un blizzard de pixels. Neuf millimètres. Treize millimètres. Le médecin voudrait qu'ils aillent jusqu'à seize, vingt millimètres. Ils s'accrochent à des chiffres : trente œufs, vingt embryons, trois blastocystes. Un fœtus.

À la mi-avril, Ed Collins, le directeur régional de Cyclops Engineering, convoque Imogene dans son bureau et lui reproche d'avoir pris trop d'après-midi.

— Ça fait beaucoup de rendez-vous chez le médecin…

Il tripote les boutons de son polo.

— Je sais. Je regrette…

— Vous êtes malade ?

Elle regarde ses chaussures.

— Non, je ne suis pas malade.

Plus les œstrogènes affluent dans son corps, plus elle est jolie. Ses lèvres sont presque cramoisies, ses cheveux une grande couronne opalescente. Le long de ses bras, Herb peut voir les fils d'araignée violacés de ses veines.

Les hormones tourbillonnent à travers ses cellules. Elle transpire, elle gèle. Elle clopine en pantalon de jogging, avec ses ovaires bourrés de follicules et ses follicules bourrés d'ovules. « C'est comme avoir deux vessies pleines », dit-elle. Avant les nids-de-poule, elle doit ralentir et rouler au pas.

Herb se trouve à bord, à côté d'elle, avec son scrotum qui palpite entre ses cuisses, traître, trop tiède. Sur son bureau, il a quatre-vingt-trois devoirs sur la structure des protéines à corriger. Il devra certainement financer le remboursement mensuel pour la maison avec sa carte de crédit. D'autres sont moins bien lotis. D'autres, comme Harper Ousby, l'entraîneur de l'équipe de basket féminine, se font scier les côtes et remplacer les valves du cœur par des morceaux de cœurs d'animaux.

Les nuages s'amoncellent à l'horizon, couleur prune et pleins d'épaules.

Le 1er mai, Herb se masturbe encore dans un gobelet et conduit Imogene et son échantillon jusqu'à la clinique. Le médecin pénètre dans les ovaires d'Imogene, aspire son fluide folliculaire avec ce qui ressemble à une hydre en inox : d'un côté une douzaine environ de serpents en acier segmentés, de l'autre un aspirateur. Herb s'assied dans la salle d'attente et tend l'oreille pour l'entendre siffler, mais il ne capte que les ronronnements et les clics de la grille de chauffage, et la radio de la réceptionniste : Rod Stewart.

Au bout d'une heure, on le rappelle. Imogene est en train de grelotter sur une chaise, dans le bureau de l'infirmière. Ses lèvres sont grises et figées, et elle demande à Herb à plusieurs reprises si elle a vomi. Il dit qu'il ne sait pas trop, mais qu'il ne croit pas.

— Je me rappelle avoir vomi, dit-elle.

Elle sirote du jus d'orange dans un gobelet en carton. Il met une serviette hygiénique dans sa culotte, dénoue les cordons de sa blouse et remonte son pantalon de jogging.

Pendant trois jours, ils souhaitent que les ovules grossissent, une cellule se divisant en deux, puis en quatre. Fragilité de la mitose : un cristal de neige se déposant sur une branche, le battement d'ailes d'un papillon.

— J'ai été en Afrique, dit Imogene. Il y avait tous ces vautours dans le ciel.

Deux jours plus tard, une infirmière les appelle pour leur dire que seuls six ovules ont été fécondés, mais deux d'entre eux sont devenus de viables embryons à huit cellules. Une fois de plus, ils se rendent à Cheyenne. Le médecin implante les deux embryons à l'intérieur d'Imogene avec une seringue et un long tube qui ressemble à un spaghetti mal cuit. Toute l'opération dure trente secondes.

Elle rentre à Laramie couchée sur la banquette, avec le ciel qui défile à travers le pare-brise. Conformément aux instructions du médecin, elle reste couchée pendant trois jours, mangeant des yaourts, présentant sa hanche à Herb toutes les douze heures pour ses injections, tout en se demandant si quelque chose de minuscule est en train de se produire en elle, quelque étincelle microscopique qui s'embrase et s'éteint, s'embrase et s'éteint. Puis elle retourne travailler, meurtrie, toujours pleine, une invisible perforation dans chaque ovaire. Elle se surprend à marcher avec d'infinies précautions. Elle se surprend à penser : des jumeaux ? Une semaine plus tard, Herb la ramène à la clinique pour une analyse de sang.

Les résultats sont négatifs. L'implantation n'a pas réussi. Pas de grossesse. Pas de jumeaux. Pas de bébé. Rien.

Les choses entre eux se figent. Des factures arrivent par courrier, l'une après l'autre. Pour gagner davantage, Herb donne des cours de biologie générale en été. Mais il perd continuellement le fil au milieu de ses explications. Un après-midi, alors qu'il illustre à la craie la synthèse de la protéine basique, il s'écoule environ vingt-cinq secondes pendant lesquelles tout ce qu'il imagine, ce sont les médecins en train de tâtonner entre les jambes d'Imogene, retirant des œufs gros comme des balles de golf de ses ovaires.

Il y a des ricanements. Il lâche la craie. Une étudiante élancée de deuxième année, au premier rang, bénéficiaire d'une bourse sportive en natation et nommée Misty Friday, porte un short camouflage et un chemisier avec une centaine de lacets au niveau des seins, un peu comme ce qu'un chevalier portait sous son armure. Ses mollets sont incroyablement longs.

— Professeur Ross ?

Elle mâchonne les pointes des lacets de son chemisier. La vision de Herb dévie. Le sol semble effectuer de lentes révolutions sous ses pieds. Les dalles du plafond s'abaissent imperceptiblement. Il déclare que le cours est terminé.

Imogene et Herb font les courses, dînent, regardent leurs émissions. Un soir, elle s'accroupit au bord de l'allée et observe une mante qui dépose ses œufs sur un brin d'herbe, expulsant un flot apparemment interminable, des perles de tapioca dans une matière visqueuse et ambrée. Trois minutes plus tard, un escadron de fourmis a tout emporté dans ses minuscules mandibules. Qu'est-il arrivé à ces deux embryons ? se demande-t-elle. Ont-ils glissé hors d'elle pour se perdre dans les draps du lit ? Se sont-ils décrochés tandis qu'elle était au travail, dégringolant dans sa jambe de pantalon pour être écrasés sur cette affreuse moquette beige ?

Herb lui tend la perche en juin, puis le 4 juillet :

— Tu crois qu'on devrait essayer un autre cycle, Imogene ?

Aiguilles. Appels téléphoniques. Échec.

— Pas encore, marmonne-t-elle. Pas tout de suite.

Ils restent allongés côte à côte, éveillés, sans parler, à chercher des motifs dans le plâtre du plafond. Dix ans de mariage – et comme ils ont rêvé d'enfants ! Un fœtus recroquevillé dans un océan de liquide amniotique, une petite fille debout à la porte du jardin, avec de la boue sur ses baskets et un oisillon dans sa paume. Soixante-quinze trillions de cellules dans leurs corps, et pas moyen d'en réunir deux.

Autre problème : les clichés. Il y en a trop dans cette affaire, des armées de clichés. Les préférés en date d'Imogene sont les plus éculés et en général sont exprimés par les mères de famille, au bureau : *C'est que tu ne rajeunis pas.* Ou : *J'envie ta liberté – tu peux faire ce que tu veux !*

Tout aussi désagréable, ce moment au cours du pique-nique d'été du département de biologie où Goss, la nouvelle recrue en sciences végétales, annonce que son épouse est enceinte : « J'assure, moi ! » déclare-t-il, après quoi il repousse ses lunettes sur son nez et assène à Herb une claque sur l'épaule.

Cliché encore quand Imogene lui dit (samedi soir, dimanche soir) qu'elle va très bien, qu'elle n'a pas besoin d'en parler ; quand Herb entend un étudiant dans le couloir dire de lui que c'est un « prof plutôt couillu » ; quand Imogene, passant devant deux réceptionnistes à l'heure du déjeuner, entend dire : « Moi, je ne peux même pas frôler Jeff sans tomber enceinte. »

Vergetures, lait maternisé, marques de poussettes ; si on tend l'oreille, on n'entend que ça.

— Dis-moi n'importe quoi, Imogene, lui dit Herb. Mais je t'en prie, ne me dis pas que tu vas bien.

Elle continue à fixer son attention sur le plafond. Son prénom reste suspendu dans les airs, entre eux. Elle ne répond pas.

Le chapitre sur la reproduction humaine dans le manuel sur le bureau de Herb s'intitule *Le Miracle de la vie.* Imogene cherche à *miracle* : *Un événement qui semble contraire aux lois de la nature.*

Elle cherche à *fin* : *Composé d'éléments extrêmement petits.* Ou : *Très mince, effilé, ou délicat.*

Herb appelle son frère dans le Minnesota. Ce dernier tente de comprendre, mais il a ses propres problèmes, des licenciements, un gamin malade. Sur sa carte de Noël, cette année, on voyait un trou sur un terrain de golf, au premier plan. À l'intérieur, on pouvait lire : *La distance qui nous sépare du but est fonction de notre propre* drive. *Joyeuses fêtes.*

— Au moins, vous devez bien vous marrer à essayer, dit-il. Pas vrai ?

Herb fait une plaisanterie, raccroche. Juste à côté, Imogene appuie sa tête contre le frigo. Dehors, le vent souffle des montagnes, on n'a pas vu de phares sur la route de toute la nuit, et tout ce qu'elle peut entendre, c'est le ronron du lave-vaisselle, les sanglots discrets de son mari et le vent chaud qui ravage les buissons de sauge.

Laramie : pellicule de poussière sur le tableau de bord, ballet de voitures circulant sur des hectares de parkings. The Home Depot, Office Depot, Dollar Store, le soleil qui filtre à travers une fumée lointaine, des hommes épuisés qui grattent des tickets de loto sur un banc, à l'arrêt du bus. Deux femmes en robes longues tiennent des boîtes en plastique contenant des salades composées. Un avion passe en vrombissant. Tout est d'une normalité abrutissante. Combien de temps encore pourra-t-elle vivre ici ?

Ils se disputent. Il dit qu'elle est « détachée ». Il dit qu'elle ne parvient pas à gérer son chagrin. Dans les yeux d'Imogene, des feuilles sont chassées par le vent. « Détachée ». Elle se rappelle une certaine vidéo au ralenti – une étoile de mer se détachait du pieu d'un ponton pour parcourir le fond marin sur ses milliers de pieds minuscules.

Elle se réfugie dans le garage et brasse avec ses mains les graines dans les seaux.

Il débite les pneus dans la cour jusqu'à ce que de petites étoiles explosent derrière ses yeux. Dans un monde parallèle, se dit-il, je suis le père de neuf enfants. Dans un monde parallèle, j'attends sous un parapluie que mes enfants surgissent de la pluie.

Le cours d'été tire à sa fin. Misty Friday, la nageuse au premier rang, veut discuter de son partiel. Son débardeur est satiné, ses épaules sont parsemées de taches de rousseur et ses cheveux attachés par des élastiques dorés. La salle se vide. Herb s'installe au pupitre voisin ; elle se penche vers lui et ils étudient un paragraphe qu'elle a rédigé sur les eucaryotes, et bientôt le bâtiment est complètement désert. Une tondeuse à gazon ronronne quelque part. Des mouches bourdonnent contre les fenêtres. Sa peau a l'odeur d'une lotion de toilette et du chlore de la piscine. Herb regarde les grosses boucles bien rondes de son écriture, et alors qu'il se sent sur le point de s'étaler sur cette page, voilà qu'il l'appelle – vraiment par mégarde – chérie.

Elle cille par deux fois. S'humecte les lèvres, peut-être. Difficile à dire.

Il bafouille :

— Toutes les cellules ont quoi, Misty ? Membrane, cytoplasme et matériel génétique, n'est-ce pas ? Qu'il s'agisse de levure, de souris, de gens, peu importe…

Misty sourit, frappe le pupitre de la pointe de son stylo, contemple vaguement l'allée.

Les montagnes brunissent. Des incendies de forêt cernent le soleil de fumée. Imogene ne trouve pas la force de rentrer à la maison en voiture. Elle n'a même pas la force de se lever de son bureau. Les poissons glissent sur son écran et la lumière du jour décline, puis c'est le noir et elle est toujours assise sur sa chaise en plastique et sent le poids du bâtiment peser tout autour d'elle.

On peut se lever et quitter sa vie. Le monde est assez grand. On peut prendre 4 000 dollars dont on a hérité, se rendre dans un aéroport et, avant que le chagrin d'amour ne nous rattrape, être dans une ville au milieu du désert à écouter les chiens aboyer, et personne pour nous connaître à trois mille kilomètres à la ronde.

Le néant est la seule permanence. Le néant est la règle. L'exception, c'est la vie.

Il est presque minuit quand elle rentre par la route obscure et, une fois dans le garage, elle pose la tête sur le volant avant de rentrer et elle sent la honte monter dans son torse et filtrer par ses aisselles.

Ce devrait être tout simple, se dit-elle. Soit je peux avoir des enfants, soit je ne peux pas. Et là, je tournerai la page. Mais rien n'est tout simple.

En août, Herb reçoit un courriel de Misty45@ hotmail.com. Sujet : *Neurones.*

> donc si comme vous le disiez l'autre jour en classe les neurones sont ce qui nous fait ressentir les choses et si chaque récepteur travaille de la même façon transmettant ces ions dans les deux sens pourquoi certaines choses font mal et d'autres picotent et d'autres semblent froides ?? pourquoi certaines choses sont agréables professeur ross et pourquoi si les fibres nerveuses sont responsables de ce qu'on ressent comment se fait-il que je sois si ÉMUE sans qu'un récepteur soit stimulé sans que rien en moi ait été touché ??

Herb relit. Et relit. C'est un mercredi matin et sa tartine, enduite d'une épaisse couche de confiture de fraises, reste en suspens. Il s'imagine répondre : *C'est compliqué, Misty.* Ou : *Voyez-vous, il y a des photorécepteurs, des mécanorécepteurs, et des chimiorécepteurs,* ou *Parlons-en plus avant,* ou *Vendredi, 16 heures, dans ma voiture et ne t'en fais pas,* JE NE PEUX PAS TE METTRE ENCEINTE, mais si ça se trouve, il en serait capable, il suffirait de le vouloir, un mot par-ci, un sourire par-là, les ovaires d'une fille de vingt ans doivent être gorgés d'ovules, de toute façon. Des ovules si sains, si mûrs, des ovules qui ont presque la moitié de l'âge d'Imogene, et équipés de phares géants, si bien que même son sperme mourant, ce minable trois pour cent, ne pourrait pas les rater. Il songe aux chevilles de Misty, à ses clavicules. Une fille de vingt ans avec des paillettes sur les paupières et un nom comme une prévision météo.

De la cuisine, il entend Imogene repousser sa chaise. Herb efface le message, reste devant l'écran, écarlate.

Six mois après son retour du Maroc, ils s'étaient mariés. Pour leur lune de miel, il l'avait emmenée dans le Montana, et entraînée sur un sentier, sous les remontées mécaniques. Un crachin tombait sur les bras nus d'Imogene et l'herbe sèche bruissait autour de ses genoux et la procession de pylônes se dressait, en silence, sous la pluie. Il avait apporté une bouteille de vin ; elle avait apporté une salade au poulet.

— Tu sais, lui avait-il dit. Je crois qu'on restera mariés pour l'éternité.

À présent, on est en 2004 et ils sont mariés depuis presque onze ans. Il apporte les notes définitives du cours d'été au chef du service des inscriptions, prend un tabouret d'angle chez Cole's et boit un bock d'une bière douce, sombre.

Ensuite, il se rend à Corbett Pool. Quelques personnes en chemisette sont perchées sur les gradins, sous une peinture murale de douze mètres représentant un cow-boy. Misty Friday est facile à repérer : plus bronzée que les autres femmes, moulée dans son maillot une pièce bleu marine gansé de blanc. Son bonnet de bain est doré. Herb transpire dans son pantalon kaki. La nageuse dans le couloir de Misty fait son demi-tour, revient. Misty grimpe sur un plot de départ, ajuste ses lunettes de compétition. Partout, les voix se répercutent : contre le plafond, contre l'eau agitée. *Allez Tammy, Fonce Becky*. Herb a l'impression d'être embringué dans une cellule vivante ; les mitochondries s'emballant, des ions chargés ricochant contre des membranes, tout s'arrangeant et se réarrangeant.

Et pourtant, vu sous un autre angle, rien ne bouge. Les genoux de Misty sont fléchis, ses bras en suspens au-dessus de sa tête. Juste avant que sa coéquipière ne touche le mur, et qu'elle-même ne s'élance, cet instant-là s'étire jusqu'à durer une minute, une heure. Le chlore irrite l'arrière-gorge de Herb.

Misty pénètre dans l'eau ; Herb rejoint à la hâte son 4 × 4. Il se dit que c'est juste biologique, le poing chimique du désir, sa colonne vertébrale qui tremble comme un jeune arbre. La vérité. Les questions. Sans passage à l'acte, pas de transgression. N'est-ce pas cela qu'on vous enseigne au catéchisme ? Misty avait raison de se demander comment les gens peuvent se toucher les uns les autres sans qu'il y ait contact physique.

Il redémarre et rentre à la maison. Le soleil sombre derrière Medicine Bow, décochant des flèches d'or et d'argent.

— On ne sait jamais pourquoi un mariage tient, lui a dit sa mère, un jour où le mascara avait débordé sous ses yeux. On ne sait jamais ce qui se passe derrière les portes closes.

Quand Herb rentre, Imogene est assise dans la cuisine, des larmes sur les joues. Dans la lumière pâlissante, ses cheveux sont plus blonds que jamais, presque translucides.

— OK, dit-elle. C'est d'accord. Je veux bien essayer encore une fois.

La clinique ne peut les prendre en charge avant début octobre. Cette fois, ils connaissent les noms des infirmières, le planning, les posologies ; cette fois le jargon n'est plus si opaque. La boîte de médicaments est plus petite ; ils ont déjà gobelets, tampons, seringues. Imogene baisse son pyjama. Herb lui fait la première piqûre.

À Cyclops Engineering, les réceptionnistes tendent de fausses toiles d'araignée à travers les plafonds. Goss, le professeur de sciences végétales, vient dans le bureau de Herb avec des sandwichs : dinde, tomates, mayonnaise. Il parle de la grossesse de sa femme, comment elle vomit dans l'évier de la cuisine, comment sa fille a la taille d'un avocat, à présent.

— Tu te rends compte, dit-il, que tous les étudiants de cette fac, tous les habitants de cette ville, tous les êtres humains n'existent que parce que deux individus ont baisé ?

Herb sourit. Ils mangent.

— Croissez et multipliez-vous ! beugle Gross, et il sème des petits bouts de laitue sur le bureau.

La nuit, Imogene rêve : elle et Herb sont assis dans le salon d'une aveugle, sur un canapé à fleurs, et ils boivent du thé glacé et l'aveugle les interroge sur leurs antécédents sexuels. La mère d'Imogene entre, tirant deux pneus usés. L'aveugle fait passer à Imogene une échographie. Des colombes volettent contre le plafond.

Sous-cutanée. Intramusculaire. Herb dévisse les aiguilles usagées, les jette dans le récipient à objets perforants. Il aligne les pilules d'Imogene à la façon d'un rosaire. Dans le jardin, un brouillard au sol colle aux buissons d'armoise, calfeutrant la terre. Quelques pinsons virevoltent entre les mangeoires, tels des spectres.

Au bureau, Imogene dit à Ed Collins, le directeur régional, qu'elle va devoir manquer encore plusieurs après-midi. Elle soulève son chemisier et lui montre l'éventail d'hématomes causés par les piqûres au-dessus de sa culotte ; ce sont comme des feux d'artifice violacés.

— J'ai vu pire, dit-il.

Mais ils savent l'un comme l'autre que ce n'est pas vrai. Ed a deux filles et un toboggan aquatique dans son jardin, et il se bourre la gueule tout en jouant au minigolf tous les vendredis soir.

À vingt-deux kilomètres de là, assis à la table de la cuisine, Herb résilie son compte épargne-retraite.

De nouveau, les ovaires d'Imogene gonflent. De nouveau, c'est le changement de saison ; des feuilles sont chassées à travers le cimetière de pneus, le ciel est soudé par une vaste échine gondolée formée de nuages.

— Donc, nos deux grenouilles font Petit Têtard, déclare Herb à sa classe du jeudi. Et Petit Têtard deviendra comme ses parents, mais pas exactement comme eux : reproduction n'est pas réplication.

Après la classe, il efface Petit Têtard, puis les flèches de l'hérédité, parent grenouille A, parent grenouille B. Le corps n'a qu'une seule obligation, se dit-il : procréer. Combien de mâles *Homo sapiens* sont actuellement en train de grimper sur leurs femmes et de gémir sous le joug de l'espèce ?

Demain, le médecin pénétrera dans le corps d'Imogene pour retirer ses ovules. Herb rentre à la maison, fait cuire des blancs de poulet. Le vent fait geindre le toit.

— Tu crois qu'ils me laisseront mettre des chaussettes, cette fois ?

— On en apportera.

— Tu crois que mes cheveux tomberont ?

— Pourquoi tomberaient-ils ?

Là, elle pleure. Il se penche au-dessus de la table et lui tient la main.

La neige se met à tomber. En telle quantité qu'on dirait que les nuages ne parviendront jamais à s'en délester et le lendemain matin ils font le trajet de cent six kilomètres dans la tempête sans se parler. Régulièrement, on voit des camions renversés. La neige forme des rideaux hypnotisants devant les phares et c'est comme si l'autoroute avait pris feu – avec ces flammes blanches de trois mètres de haut. Herb se penche en avant, plisse les yeux très fort. Imogene a calé l'échantillon de sperme entre ses cuisses. Les têtes de ses ovaires se balancent lourdement en elle. Quelque chose dans la façon dont cette neige tourbillonne et s'arrête, tourbillonne de nouveau, lui rappelle comme elle priait, enfant, pour qu'il neige, récitant le Notre Père en articulant chaque mot, et elle se demande par quel mystère elle a pu devenir une orpheline de trente-cinq ans, alors qu'hier encore elle n'était qu'une gamine de neuf ans en moonboots.

Lorsque Herb arrive enfin à la clinique, ils ont passé trois heures dans le 4 × 4. Il doit décoller ses doigts du volant.

L'anesthésiste est tout de noir vêtu et extrêmement petit. Comme ils sont en retard, tout va très vite.

— Et maintenant, les bonbons ! dit-il à Imogene à travers son masque, et il envoie le Penthotal.

Herb s'efforce de corriger ses copies dans la salle d'attente. La neige fond sur le tapis, formant des flaques sombres. N'importe comment, se dit-il, même quand la situation semble très grave, il y a toujours pire. Il y a les cancéreux qui se consument de douleur, des tout-petits qui crèvent de faim et quelqu'un, quelque part, qui décide de charger un pistolet et

d'en faire usage. Vous avez couru le marathon ?
Bravo ! L'ultra-marathon, vous connaissez ? Là où
vous habitez, il fait peut-être froid, mais à Big Piney
c'est glacial.

Au bout d'un moment, on le rappelle. Il s'agenouille auprès d'Imogene dans le bureau des infirmières, remplit son gobelet de jus d'orange, observe
le retour des lumières dans ses yeux. À quinze mètres
de là, pour la seconde fois cette année, un embryo-
logue rince les ovules d'Imogene, affaiblit la zone pel-
lucide et injecte un bon spermatozoïde dans chacun.

Une infirmière arrive dans le bureau, dit :

— Vous êtes mignons, tous les deux…

— On n'est pas si mal lotis, dit Herb en ramenant
sa femme à la voiture.

Il la porte dans ses bras, pataugeant dans la neige
fondue jusqu'à la voiture.

— On n'est pas si mal lotis.

Le ciel s'est ouvert et le soleil inonde l'ensemble
du parking. Dans le 4 × 4, elle somnole, rêve, et se
réveille assoiffée.

Dans le Minnesota, à l'autre bout du pays, les
parents de Herb adressent des prières aux arbres
dénudés, devant la fenêtre de leur chambre. Les
neveux de Herb boivent à leur santé avec leurs verres
de lait. À Cyclops Engineering, Ed Collins pose une
violette africaine en pot sur le bureau d'Imogene.

Le téléphone sonne. Vingt œufs fécondés. Quatorze
embryons. Toute une nichée. Imogene sourit sur le
seuil, dit :

— Je suis la vieille femme dans la chaussure…

Deux jours plus tard, trois embryons se sont divisés en huit cellules et ont l'air assez forts pour être transférés. La neige fond sur le toit ; toute la maison s'anime avec cette eau qui dégouline.

S'il y a de la tristesse dans ceci, se dit Herb, c'est pour les embryons qui ne survivent même pas au troisième jour, ceux qui sont écartés, grumeleux et fragmentés, jugés non viables. Cellules nucléées, enveloppées dans la corona qui est comme un petit soleil. Ses fils. Ses filles. Herb et Imogene, père et mère, ADN déjà dézippés, appariés, rezippés, aptitudes pour le piano, le hockey sur gazon, et pour prendre la parole en public – prédéterminés. Yeux pâles, veines apparentes, la forme du nez de Herb. Mais pas assez bons. Pas viables.

Herb, Imogene, les oiseaux autour des mangeoires, Goss le professeur de sciences végétales et Misty Friday la nageuse – tous furent autrefois invisibles, trop petits pour être vus. Des atomes dans un rayon de soleil. Une coupe d'un simple cheveu. Plus petits. Des milliers de fois plus petits.

— Les étoiles, lui a dit une fois un professeur de sciences au lycée, sont là-haut aussi dans la journée.

Et comprendre cela avait changé sa vie.

— Même si ça marche, cette fois, déclare Imogene, tu crois qu'on cessera de s'inquiéter ? Tu crois qu'on sera plus sereins ? À ce moment-là, on voudra savoir si le bébé est trisomique. On voudra savoir pourquoi il pleure, pourquoi il ne mange pas, pourquoi il ne pleure pas.

— Moi, je ne m'inquiéterai pas. Je n'oublierai pas.

Ils refont les cent six kilomètres jusqu'à Cheyenne. Le médecin leur donne des photos de leurs trois bons embryons : taches grises sur papier glacé.

— Tous les trois ? demande-t-il, et Imogene regarde Herb.

Herb dit :

— C'est ton utérus.

— Tous les trois, dit Imogene.

Le médecin enfile ses gants, sort le spaghetti mal cuit. Il implante les embryons. Herb ramène Imogene dans ses bras jusqu'au 4 × 4. L'autoroute défile, le bas de caisse vibre contre le mâchefer. Il la porte jusque dans la chambre. Les pieds d'Imogene heurtent l'abat-jour de la lampe. Ses cheveux se répandent sur l'oreiller comme de la soie. Elle ne doit pas se lever pendant trois jours. Elle doit imaginer des petites graines s'attachant, des radicelles s'infiltrant à travers ses murs.

Le lendemain matin, à l'université, Herb distribue un partiel. Ses étudiants se penchent sur leur pupitre, de la neige sur les bottes, la poitrine palpitant d'anxiété.

— Tout ce que je vous demande, leur dit-il en naviguant entre les travées, c'est de me montrer que vous comprenez les concepts.

Ils le regardent avec de grands yeux, des visages comme des océans.

À vingt-deux kilomètres de là, Imogene se retourne dans le lit. À l'intérieur de son utérus, trois embryons infinitésimaux dérivent et se fixent, dérivent et se fixent. Dans dix jours, une analyse de sang dira si l'un d'entre eux s'est attaché.

Encore dix jours. Pour le moment, il n'y a que le calme de la maison. Les oiseaux. Les pneus dans le terrain. Elle étudie ses paumes, leurs rivières et vallées. Un souvenir : Imogene, six ans peut-être, s'était cassé les dents de devant contre la rambarde. Son père en cherchait les morceaux sur la carpette du couloir. Les bracelets de sa mère étaient froids contre la joue d'Imogene.

Le téléphone se met à sonner. Par la fenêtre de la chambre, on peut voir un couple de juncos aux ailes bleu ardoise battre des ailes et voleter autour d'une mangeoire.

— Dis-moi que tout ira bien, murmure Herb, le récepteur du téléphone de son bureau vissé à l'oreille. Dis-moi que tu m'aimes.

Imogene se met à trembler. Elle ferme les yeux et dit que oui, elle l'aime.

La zone démilitarisée

Un papier que mon fils a eu sur lui, où son stylo s'est posé. Je le colle contre mon nez, mais ça ne sent rien de spécial :

Papa – les oiseaux. Aigles de mer. Canards comme des colverts, mais plus beaux. Aigrettes, mais pas comme les nôtres – plus grandes, plus sauvages. Je les observe au télescope et elles ont l'air sale et dépenaillé, telles des reines déchues. Elles piquent la boue de leurs longs becs.

Je voudrais connaître leur nom – j'ai demandé à tout le monde, mais ça n'intéresse personne. Je demande même en criant aux Nord-Coréens, mais qu'est-ce qu'ils en savent ? Papy, lui, saurait.

Il paraît que le grand échassier à cou noir et à queue courte, c'est la grue de Mandchourie. Ahn m'a dit qu'il appelle la grue turumi*, oiseau de paix. Mais ceux du Nord, selon lui, leur ont donné un autre nom, quelque chose comme « messagers de la mort ». Il affirme que le KPA a fabriqué d'énormes mangeoires qui sont remplies d'escargots empoison-*

157

nés. Mais comme il déteste les Nord-Coréens, c'est
difficile de faire la part des choses.

Et puis, il y a cette diarrhée. Douloureuse, épou-
vantable. Je ne suis pas allé chez le toubib. Ne le dis
pas à maman. Dis-lui que tout va bien.

— Papa, réveille-toi ! dis-je, et je lui lis la lettre.
De temps en temps, je lui jette un coup d'œil, mais
pas moyen de savoir s'il capte quelque chose. Il cille.
Il porte la main à sa bouche et ajuste son dentier.

Papa est allé en Corée, lui aussi. Il a passé douze
mois là-bas, en 1950, à faire des choses dont il n'a
jamais parlé à aucun de nous – jamais. Aujourd'hui,
avec son Alzheimer, ça m'étonnerait qu'il se rappelle
quoi que ce soit. Où vont les souvenirs, une fois qu'on
a perdu la capacité de les conjurer ?

C'est le mois d'octobre, ici dans l'Idaho. Des araignées de carton sont scotchées derrière les vitrines
des magasins. Je prépare le repas de papa, lui donne
son bain, le mets au lit. Avant de m'endormir, je
choisis une lettre au hasard dans la boîte à chaussures
près du lit :

Les deux camps ont des haut-parleurs partout :
dans les arbres, sur les tours, et ils s'assomment de
propagande réciproquement tout au long de la nuit, si
fort qu'il serait étonnant que ce soit compréhensible.
Maman aurait horreur de ça. Tu te rappelles, quand
on était allés à Seattle à Noël, et qu'elle avait dû dor-
mir avec les oreilles bourrées de coton hydrophile ?

Le lendemain soir, j'entends ses clés dans la serrure, ses bottes dans le couloir.

— J'ai besoin d'aller dans le vide sanitaire ! lance-t-elle, et elle disparaît.

À son retour, elle rapporte une perruque blonde que je n'avais encore jamais vue.

— Pour mon costume...

Elle s'approche du frigo et se sert un verre. Tout ça me dépasse : ça ne la gêne pas de débarquer ici ? Dois-je changer les serrures ? Il y a une semaine, j'ai décroché toutes les photos, puis je les ai remises, puis j'ai retiré seulement celles où elle figure.

Nous voici plantés de part et d'autre du bloc cuisine central. Papa est à table, en train de s'occuper avec des pastels gras.

— En quoi tu seras, toi ? demande-t-elle.

— Quoi, tu croyais donc que j'irais à cette fête ?

J'imagine son petit copain, l'attendant dans son appartement. Déguisé en vampire, peut-être, ou en tueur à la hache, avec de l'hémoglobine factice.

— Laisse-moi voir une lettre, dit-elle.

— Je ne te retiens pas...

— Rien qu'une lettre ! Enfin, merde, c'est aussi mon fils !

Je lui apporte celle du mois d'août. J'en connais le contenu : *J'imagine grand-père, ici, dans la boue, avec son barda sur le dos, et les collines illuminées par les tirs d'artillerie. Je voudrais lui demander : Grand-père, tu avais la trouille ? Avais-tu l'impression de pouvoir mourir à tout instant ?*

159

Elle relève la tête.

— Tu ne veux pas m'en montrer une nouvelle ?

— Celle-ci est nouvelle…

— Ne mens pas, Davis !

— Ouais, bon…

Elle secoue la tête et jure. Papa dessine de petits cercles bleus, coloriant lentement la surface d'une citrouille d'Halloween.

— Tu sais, dit-elle, ton numéro de martyr, c'est usant…

Ils sont tous deux agents immobiliers, ma femme et lui. Je les ai surpris de la pire des façons, la plus banale qui soit : dans son Chevy Tahoe à lui, sur le parking de la Sun Valley Lodge. En passant en voiture, j'ai vu son 4 × 4 à elle (garé tout près du sien) et j'ai eu l'idée de m'arrêter pour lui demander si elle avait envie de manger quelque chose de précis ce soir-là.

Elle a déménagé la semaine suivante. C'était en juillet. Notre fils l'ignore encore.

Maman & papa : aujourd'hui, j'étais dans la case-mate quand une bande de mouettes – un millier, au moins – a émergé de la brume, si bas que je pouvais distinguer les plumes. Elles ont mis deux minutes à me survoler. Je ne sais pas si c'est à cause des pilules contre la diarrhée, ou du silence ce matin-là, mais je me sentais invisible, comme un fantôme. Ces mouettes devaient passer par ici depuis des millions d'années et pour elles je ne devais pas être plus impor-

tant qu'une souche d'arbre, un carré de terre. Je me
suis dit : jamais je ne serai ainsi présent au monde.

À présent il neige. Je suis rentré à la caserne et
tout est gris et lugubre. Derrière moi, vers Séoul, je
peux voir une file de feux arrière qui pâlit tout au
long de la nationale.

Je lui achète des livres sur les oiseaux et les mammi-
fères d'Asie, les enveloppe dans du papier cadeau et
les expédie. La nuit, je rêve : traces de pas d'un tigre
dans la neige – un millier d'oiseaux se répandant par-
dessus les arbres. Ours d'Asie, léopards de l'Amour.
Tout autour, il y a un épais filet. Je me réveille en
pensant : Nous sommes tous des animaux arpentant
le même couloir, indéfiniment.

Le jour de Thanksgiving, après avoir bordé papa,
je pars à pied sur la route du col, glaciale et brillante,
en direction de Big Wood Condos où elle habite
avec son mec. L'appartement est au rez-de-chaussée,
adossé aux buissons d'armoise ; je quitte la route et
prends de la hauteur pour pouvoir redescendre dans
l'obscurité et jeter un œil par sa porte-fenêtre.

Ils sont autour d'une grande table, avec des invités ; sa famille à lui, peut-être. Il porte un pull sans
manches en cachemire. Elle brandit un verre de vin
tout en parlant. Elle a un pantalon doré et satiné ; je
ne l'avais jamais vu. Sur le plan de travail, derrière
eux, les reliefs de la dinde.

Il dit quelque chose, elle renverse la tête en arrière
et rit, un grand rire généreux, et je reste encore un

peu à les regarder avant de me retirer à la faveur du clair de lune, par le même chemin.

Papa, maman : encore des rumeurs qui prétendent que le Nord a la bombe atomique. Tout le monde est un peu plus tendu. On laisse tomber des trucs, on s'engueule. Depuis Gamma Post, j'avais l'habitude d'observer l'horizon de Kaesong au télémètre – je ne voyais que le toit d'un temple, trois cheminées, un bâtiment en béton. Des tronçons de routes sinueuses. Mais rien ni personne. Pas de fumée s'élevant des cheminées, pas de voitures serpentant sur les petites routes.

Ahn me rend visite à l'infirmerie et me demande ce que je fais là. J'explique que j'ai des parasites dans les intestins, mais il dit : Non, pourquoi en Corée ? J'y réfléchis et je dis que je sers ma patrie. Il bougonne et secoue la tête. Il dit que, lui, il doit faire trois ans de service militaire, sinon on le tuera.

Le premier samedi de décembre, je mets à papa ses raquettes et on va dans les collines avec une scie et un traîneau en plastique. La couche de neige est déjà épaisse par endroits et papa s'écroule de temps en temps, mais il s'en tire bien : jamais son cœur n'a été aussi solide. En remontant la vallée, après Proctor Mountain, très au-dessus des luxueuses demeures du parcours de golf, on trouve un sapin à peu près convenable et je dégage la neige à la base avant de le couper.

Peu après, alors que je le tracte à travers la neige, le traîneau bascule sur la pente et le sapin se débine. Je me retourne, mais je n'ai pas fait un geste que papa, se jetant à genoux, le remet de force sur le traîneau et le sangle avec un bout de corde qui devait traîner dans la poche de son manteau. Comme s'il comprenait – comme si lui non plus ne voulait pas voir se perdre cette tradition-là.

Dans le vide sanitaire, en inspectant les cartons, je m'aperçois qu'elle a emporté toutes les décorations.

Le 10 décembre, je reçois ceci :

Papa : hier matin, j'avais quitté mon lit de camp et j'étais à la fenêtre, quand deux grues ont surgi de la zone démilitarisée, silencieuses comme des divinités. Elles nous avaient dépassés d'une douzaine de mètres, lorsque l'une d'elles a heurté un câble de communication et est tombée en vrille. Incroyable, la violence de cette chute. Les câbles ont tremblé violemment, vibré. Cela a fait le bruit d'une brassée de bois sec qui s'écrase. La grue gisait sur le béton, et elle s'agitait.

Je l'ai observée pendant quelques instants. Elle n'arrêtait pas de remuer et personne ne venait. Alors, finalement, j'ai mis mes bottes et j'y suis allé.

Elle mesurait environ un mètre cinquante. Son bec allait et venait comme si elle était en train de mastiquer, mais la partie supérieure ne correspondait plus à l'autre. Je crois qu'elle devait être plus ou moins paralysée, car ses pattes ne bougeaient plus.

Son compagnon est descendu d'un arbre et m'a regardé depuis une benne, tel un moine blanc des temps anciens. Je me suis accroupi auprès de la grue blessée. Elle bougeait son énorme bec, le regard affolé, et une seule Jeep passa pendant tout ce temps, tandis que l'autre oiseau se contentait de me surveiller depuis la benne.

Vous allez dire que je suis dingue, mais je l'ai ramassée. Elle était plus lourde qu'on ne pourrait le penser, une dizaine de kilos. Je redoutais qu'elle se débatte, mais elle restait toute flasque dans mes bras, à m'observer. Elle avait l'odeur des rizières, une odeur de limace et d'escargot. J'ai traversé la route, dépassé le premier poste, et rejoint Ahn, qui venait de finir son tour de garde dans son mirador. « Ahn, dis-je, qu'est-ce que je peux en faire ? » Mais il s'est contenté de nous regarder, sans vouloir y toucher. Entre-temps, la grue est morte – ses yeux ont cessé de bouger et j'ai senti quelque chose s'en aller. Ahn m'a longuement regardé, il m'a ouvert la porte et, sans trop réaliser ce que je faisais, je suis sorti avec l'oiseau dans mes bras, et j'ai pénétré dans la zone démilitarisée, au-delà des barbelés.

J'ai dû m'arrêter à trois cents mètres, sous un bouquet de chênes rabougris. Il y a des mines partout et je n'ai pas eu le courage d'aller plus loin. En face, la jungle était calme et sombre.

Le sol était gelé, mais quand on veut vraiment creuser un trou, c'est faisable. J'y ai déposé la grue, j'ai remis de la terre avec le pied et j'ai rebouché.

Absence injustifiée. Je sais. J'avais tellement peur des mines que je ne bougeais plus. Il faisait froid. Je contemplais le visage inexpressif de la forêt, côté nord. Les Nord-Coréens sont venus me chercher vingt minutes plus tard. Ils avaient des chiens. Une chance qu'ils n'aient pas tiré. Il y a eu pas mal de gueulantes, de bruits de fusils qu'on arme, de choses écrites sur des blocs-notes. Je ne sais pas ce qui va se passer. On parle de me traduire en cour martiale, mais le toubib me dit de ne pas m'inquiéter. Au moment où je vous écris, les haut-parleurs se remettent à brailler avec une sonorité métallique. L'Idaho me manque ; maman me manque.

Je compose le seul numéro que j'aie pour joindre Camp Red Cloud, Uijongbu, Corée du Sud, et un sergent me prie d'attendre, s'absente puis me demande d'essayer la semaine prochaine. Je regarde fixement notre maigre sapin, illégalement coupé, dans l'angle de la pièce ; il perd déjà ses aiguilles. Je prends l'un des albums de coloriage de papa, un spécial Noël, et découpe les images qu'il a terminées. Un renne bleu, un Joseph orange, un Enfant-Jésus vert ; tous méticuleusement coloriés. Je les scotche aux branches : des bergers par-ci, la Vierge Marie par-là. Je réserve le sommet pour Jésus.

Le lendemain, dans l'après-midi, je reçois ceci :

Papa, tu te rappelles quand grand-père travaillait dans cette exploitation forestière ? Près de Boardman ? Tous ces peupliers ? Je nous revois, roulant sur les che-

mins de desserte en 4 × 4. J'avais quoi – sept ans ? Grand-père fonçait, les peupliers défilaient sur les côtés et je me souviens que, si on regardait au bout des travées pendant une demi-seconde, on pouvait voir tout au fond, à deux kilomètres de distance peut-être, une poche de lumière – comme un bosquet lointain, presque imaginaire – qui flashait à chaque fois, au bout de chaque rangée, entre ces longues barres de troncs blancs qui se succédaient à toute allure, et cette lumière réapparaissait toujours, comme dans ces folioscopes qu'on feuillette pour voir un cheval galoper.

J'ai des aiguilles dans les bras. Cette diarrhée est atroce ; je sens que tout s'écoule hors de moi. Amibiase, m'a dit le toubib. Quand ça va très mal, c'est comme quand je voyais défiler ces peupliers avec cette lumière au bout qui revenait toujours.

Il n'y aura pas de cour martiale, rien de ce genre. Il paraît qu'on va me renvoyer chez moi. Ahn n'a rien à craindre, lui non plus – son sergent aime bien les oiseaux.

C'est la veille du solstice, et la nuit est tombée, quand le téléphone sonne ; mon fils est au bout de la ligne. Déjà je sens les larmes poindre, quelque part au fond de mes yeux. « Après-demain », dit-il, et moi je n'arrive à penser qu'au matin de Noël, et à sa mère, quand elle était perchée dans l'escalier à contempler le sapin en attendant qu'on soit réveillés pour déballer les cadeaux.

— À propos de maman…

Mais déjà il a raccroché. À l'étage, je sors la boîte à chaussures qui contient les lettres et l'entoure d'un ruban. Je mets à papa son manteau et ses gants, et ensemble nous quittons la maison et grimpons vers le col.

La neige tombe doucement, juste assez pour transporter un peu de lumière dans ses flocons. Papa avance avec constance, marchant dans mes traces.

À Big Wood Condos, nous allons au bout du rez-de-chaussée. Je tends l'oreille – tout est silencieux – et laisse la boîte à chaussures à la porte.

Puis nous faisons demi-tour, remontons jusqu'au col et atteignons le sommet de la colline, notre haleine se matérialisant devant nous. De là, on peut voir les lumières de Ketchum tout en bas : la sombre étendue du parcours de golf, les guirlandes lumineuses de Noël le long des clôtures en ville, les phares des dameuses errant sur les pistes de ski, tassant la neige – et la ville elle-même, clignotant dans la vallée, le petit toit de notre maison perdu au milieu des autres, tout enneigés, et au-delà, toutes les montagnes de l'Idaho. Quelque part, plus loin encore, notre fils est en train de traverser l'océan, et rentre à la maison.

Village 113

LE BARRAGE

Le chef du village se tient sous un parapluie, devant la façade de la Maison du Gouvernement qui ruisselle. Le ciel est un rideau d'argent élimé.

— Il est vrai, dit-il, que nous avons été désignés pour la submersion. Les propriétaires seront indemnisés. Des frais de déplacement seront versés. Nous avons onze mois.

À ses pieds, sur la marche la plus basse, ses filles enlacent leurs genoux. Les hommes en ciré traînent les pieds et murmurent. Une dizaine de mouettes passent en s'interpellant.

Sur les plans de localisation, parmi des enchevêtrements de courbes de niveau, le village est cerné d'un halo rouge pas tellement plus gros qu'un grain de poussière. Sa seule étiquette est un numéro.

Un-un-trois, un-treize, un plus un plus trois, ça donne cinq. Blottie dans sa baraque, la chiromancienne saupoudre de pollen une étendue de chiffres.

— Je vois de l'égoïsme, dit-elle. Je vois des compensations. La planète Jupiter. La fin du monde.

De lointains cousins, originaires d'autres villes riveraines et déjà relocalisés, envoient des lettres attestant que la vie est meilleure. Écoles dignes de ce nom, dispensaires valables, chaudières, réfrigérateurs, machines à karaoké. Les nouveaux districts ont tout ce qui manque au village. L'électricité est disponible vingt-quatre heures sur vingt-quatre. Partout, de la viande rouge. Vous ferez un bond en avant d'une cinquantaine d'années, prétendent-ils.

Le chef du village fait don de tonnelets ; il y a une fête. Des générateurs grondent sur le débarcadère, des lumières brûlent dans les arbres et, de temps en temps, quand une ampoule claque, les villageois se réjouissent tandis que la fumée s'élève des branches.

La commission du barrage punaise des photos de districts de réinstallation aux murs de la Maison du Gouvernement – deux fillettes sur des balançoires, les nattes en l'air ; mannequins en kaki s'appuyant à des canapés en cuir et qui rient. *Le fleuve mis en bouteilles*, dit la légende, *la nation nourrie. Pourquoi attendre ?* De retour du marché, des paysans s'arrêtent, calent leurs paniers vides sur leurs épaules, et regardent de tous leurs yeux.

QUESTIONS

Le professeur Ke brandit sa canne devant des passants : son manteau est une loque, sa maison une cabane. Il a survécu à deux guerres, à la Révolution culturelle et à l'« Hiver où on mangea des racines ». Même pour les plus anciens des villageois, le professeur Ke est vieux : plus de famille, plus de dents. Il connaît trois langues. Il vit dans les gorges, affirme-t-on, depuis plus longtemps que les rochers.

— On répand des tonnes de terre dans le désert et on décrète que c'est cultivable ? On nous confisque notre fleuve et on nous donne des billets d'autobus ?

La gardienne des semences ne relève pas la tête. Elle songe à son jardin, aux grosses têtes de choux, aux courges grimpantes. Elle songe aux semences dans son échoppe : graines de poivron, jaune crème et blanc ; graines de kurrat d'un noir d'obsidienne. Semences en bocaux, semences en entonnoirs, semences plus petites que des flocons de neige.

— Tu ne te sens pas trahie ? lui lance le professeur. Tu n'es pas en colère ?

OCTOBRE

Des lames de lumière se glissent entre les nuages ; on sent des odeurs de feuilles qui volent, de pluie et de gravier. Des paysans sortent leurs chariots pour la récolte. Des arboriculteurs fruitiers contemplent de leurs yeux gris leurs rangées d'arbres.

On parle de ce barrage à mots couverts depuis des années : la fin des inondations en aval, une énergie propre pour la grande ville. Traits brisés, traits pleins, une source au cœur de chaque village – tout n'était-il pas prédit dans les légendes les plus anciennes ? Les eaux des fleuves monteront pour recouvrir la terre, les océans déborderont, des montagnes deviendront des îles ; la parole est l'eau et la terre est le puits. Tout fait retour à lui-même. Au temple, de telles sentences sont gravées aux linteaux des fenêtres.

La gardienne des semences gravit les marches, passe devant des femmes chargées de fagots, devant les coolies aux chapeaux en papier journal, devant les bancs et les arbres aux quarante écus du parc des Héros, pour aller sur les sentiers au-dessus du village. Bientôt la forêt se referme sur elle : odeur d'aiguilles de pin, mugissement du vent. Par ici, il y a des falaises, des tombeaux, des grottes murées avec de la terre.

Ici, il y a un millier d'années, des moines se sont attachés à des rochers. Ici, un chasseur s'est tenu immobile seize hivers durant, au point que ses orteils se sont changés en racines et ses doigts en brindilles.

Ses jambes sont lourdes. En contrebas, à travers les branches, on peut voir une centaine de toits serrés les uns contre les autres. Plus loin, le fleuve : son grand coude lisse, sa surface verte et agitée.

LI QING

Après minuit, le fils unique de la gardienne des semences s'encadre dans l'embrasure de la porte. Il a de très grosses lunettes, une cigarette dorée pincée entre les lèvres.

172

Il vit à trois cents kilomètres en aval du fleuve, dans la grande ville, et elle ne l'avait pas revu depuis quatre ans. Son front est plus luisant que dans ses souvenirs et ses yeux sont larmoyants, bordés de rose. Il lui tend une pivoine blanche.

— Li Qing.

— Mère.

Il a quarante-quatre ans. Des poils errants flottent derrière ses oreilles. Au-dessus du col, son gosier semble modelé dans une pâte molle et blanche.

Elle met la pivoine dans un bocal et lui sert des nouilles au gingembre et aux poireaux. Il mange avec soin, délicatement. Puis il sirote son thé, le dos très droit.

— Excellent, dit-il.

Dehors, un chien aboie et puis se calme ; il fait bon dans la pièce. Les bouteilles, sachets et paquets de semences encombrent la table et leur odeur – comme du bois huilé – est soudain très prononcée.

— Tu es revenu, dit-elle.

— Pour une semaine.

Une pyramide de morceaux de sucre s'élève lentement devant lui. Les rides du front, le luisant des oreilles – dans ses doigts pâles, nerveux, elle revoit ceux du petit garçon ; à la place de son gros menton rouge calé contre sa gorge, le menton du nouveau-né – la voix du sang chuchote à travers les années. Elle dit :

— Ce sont de nouvelles lunettes.

Il acquiesce et les repousse sur son nez.

— Certains des autres gardes se moquent de moi. Ils les trouvent trop voyantes…

Elle sourit. Là-bas, sur le fleuve, une barge klaxonne.

— Tu peux dormir ici, dit-elle, mais déjà il fait non de la tête.

ENQUÊTE

Le lendemain, Li Qing passe toute la journée à monter et descendre les escaliers, parlant aux villageois et notant des chiffres sur son calepin. C'est soi-disant une enquête. Des estimations. Les enfants le suivent à la trace et ramassent ses mégots, examinent le papier doré.

Cette fois encore, il ne se présente qu'aux alentours de minuit ; cette fois encore, il mange comme un prince qui prend de l'âge. Elle détecte des défauts qui lui avaient échappé la veille : un bouton en train de se découdre, des poils mal rasés au menton. Les verres de ses lunettes sont troubles, sales. Un grain de riz reste collé à sa lèvre et elle doit se retenir pour ne pas le chasser d'une pichenette.

— En me promenant, dit-il, je me suis demandé : combien de plantes – de choses qui composent ce village – proviennent de tes graines ? Le chaume du riz, les champs de pommes de terre. Les haricots et les laitues que les paysans apportent au marché, leurs muscles même. Tout cela provient de tes graines.

— Certains continuent à conserver leurs propres graines. Jadis, on n'avait pas besoin d'un gardien des semences. Chaque famille stockait et échangeait les siennes.

— C'était un compliment...

— Ah !

Il sort et rentre un crayon dans sa poche de poitrine. La lanterne se reflète doublement dans ses verres. Quand il était petit, il s'endormait avec un livre de mathématiques sous la joue. Même à cette époque-là, ses cheveux avaient la noirceur des ténèbres et ses crayons étaient mâchonnés. Comment avoir son fils à sa table peut-il être à la fois un plaisir et une épine dans son cœur ?

La lanterne crachote. Il allume une cigarette.

— Tu es ici pour savoir ce qu'on pense du barrage, dit-elle. Ça n'intéresse personne. Tout ce qui les intéresse, c'est de savoir qui aura la plus grosse indemnisation.

L'index de son fils dessine des petits ronds sur la table.

— Et toi, ça t'intéresse ?

Dehors, un rectangle de papier, une lettre ou une page de livre passe en pirouettant, remonte la rue, et vole par-dessus le toit en direction du fleuve. Elle songe à sa mère, fendant les melons avec son couteau – l'écorce luisante, mouillée, le bruit de la chair qui cède au moment où les deux hémisphères se scindent. Elle songe à l'eau se refermant sur le dos

des deux lions de pierre, dans le parc des Héros. Elle
ne répond pas.

TOUTE CETTE SEMAINE-LÀ

Les ingénieurs de la commission du barrage
entassent cordages, trépieds et tubes à dessin sur les
quais. La nuit, ils donnent de bruyants banquets tout
illuminés. Le jour, ils peignent à l'aérosol des carac-
tères en rouge – pour marquer le niveau de l'eau – sur
les maisons.

La gardienne des semences étripe des potirons et
en répand la pulpe sur des feuilles de plastique en
lambeaux. Les graines sont blanches et luisantes. Les
entrailles des potirons ont l'odeur du fleuve.

Quand elle relève la tête, le professeur Ke se tient
devant elle, maigre, incroyablement vieux.

— Ton fils, lui dit-il. Il fait partie de la bande !

Il y a du crachin et le jardin est humide et tran-
quille.

— C'est un adulte. Il prend tout seul ses déci-
sions.

— Pour lui, nous ne sommes que des numéros.
Moins que des numéros.

— C'est bon, professeur, dit-elle. Là…

Elle passe une main humide sur son front.

— J'ai presque fini. Vous devez avoir froid. Je vais
faire du thé.

Le professeur recule, les mains en l'air. Le vent bouge dans son manteau et soudain elle a l'impression que son corps n'est qu'un chiffon prêt à s'envoler.

— Il est ici pour m'arrêter, dit-il d'une voix sifflante. Il est ici pour me tuer.

CHIFFRES

La mémoire est une maison aux dix mille pièces ; c'est un village condamné à être submergé. La gardienne des semences voit son fils de six ans patauger dans la boue, au bord des quais. Elle le voit scruter les étoiles, par-delà les avant-toits du temple.

Il est né avec des cheveux si noirs et épais qu'ils semblaient absorber la lumière. Son père se noya trois mois plus tard et elle l'éleva seule. Les mathématiques étaient la seule matière scolaire qui l'intéressait : algèbre, géométrie, graphiques, diagrammes ; lois incorruptibles et conclusions explicites. Un univers composé non pas de boue, d'arbres ou de barges, mais de volumes, de circonférences et de superficies.

— Les équations sont parfaites, lui a-t-il déclaré un jour. Si elles ont une solution, c'est la même pour tous. Pas comme...

Il désignait ses graines, la maison, les gorges au-delà.

— ... cet endroit.

À quatorze ans, il a fréquenté l'école de la grande ville. À dix-sept, il s'est inscrit à l'école d'ingénieurs qui allait accaparer tout son temps. *Je suis très occupé*, écrivait-il. *Il y a beaucoup de compétition entre nous.*

Puis il a rejoint la Sécurité publique ; inspectant les compartiments des trains avec une arme, une casquette à visière, en pantalon rayé. Chaque fois qu'il revenait, il semblait légèrement différent, pas seulement plus vieux, mais changé ; nouvel accent, les cigarettes, trois coups secs à la porte. C'était comme si la grande ville pénétrait son corps pour le refabriquer ; il regardait les maisons basses et sombres, les poules en maraude et les paysans avec leurs ceintures en corde comme s'il voyait un film d'un autre siècle.

Il n'y a eu ni brouille larvée ni dispute dramatique. Il lui envoyait des théières pour ses anniversaires. Pour le nouvel an, un petit dauphin en verre, ou une brosse à dents électrique, ou sept nuages composés de sequins. La distance qui les sépare s'est allongée d'elle-même, augmentant de façon invisible, telles les racines aériennes d'un lierre perforant du mortier. Une année a passé. Puis une autre.

À présent, c'est le crépuscule et Li Qing est attablé, avec sa veste, sa cravate, et il débite des chiffres. Le barrage se composera de onze millions de tonnes de béton. Son parapet fera deux kilomètres de long ; son réservoir engloutira une dizaine de villes importantes, une centaine d'agglomérations, un millier de villages. Le fleuve deviendra un lac, et ce lac sera visible de la Lune.

— La taille de cette chose..., dit-il, et la fumée s'élève devant ses lunettes.

LE DÉPART

Les chefs de famille sont convoqués à la Maison du Gouvernement par groupes de six. Il faut choisir entre un emploi gouvernemental ou un an de salaire comptant. Les appartements dans les sites de réinstallation seront loués à des tarifs préférentiels. Tout le monde préfère l'argent.

La société minière ferme. Le patron du restaurant de nouilles s'en va. Le coiffeur aussi. Tous les jours, des coffres de mariage, des paniers de linge, des cartons et des caisses passent lourdement devant la fenêtre de la gardienne des semences, sur le dos des coolies.

Plus personne n'achète de semences pour le blé d'hiver. La gardienne des semences contemple ses godets et pense : ce serait plus facile si j'avais voyagé. J'aurais pu aller voir Li Qing à la ville. J'aurais pu monter à bord d'un ferry et voir du pays.

À la fin de la semaine, les ingénieurs sont partis. La rangée supérieure de marques rouges coupe en deux la paroi rocheuse au-dessus du village. Le niveau augmentera de soixante-quatre mètres. La cime des arbres les plus vieux n'atteindra pas la surface ; le pignon de la Maison du Gouvernement en sera loin. Elle tente d'imaginer à quoi ressemblera son jardin sous toute cette eau – poires et kakis, les coudes terreux des racines des citrouilles, le dessous d'une péniche passant à quinze mètres au-dessus de son toit.

Derrière le grillage du poulailler, les fils des voisins chuchotent des histoires qui tournent autour de Li Qing. Il a tué des hommes, disent-ils ; son travail, c'est d'éliminer tous ceux qui n'acceptent pas le barrage. Une liste est dans sa poche, et sur cette liste figurent des noms ; quand il a mis un visage sur un nom, il vous accompagne au débarcadère et vous remontez le fleuve ensemble, mais lui seul en revient.

Racontars. Toute histoire n'a pas forcément en soi une parcelle de vérité. Pourtant, elle s'allonge dans son lit et tombe à travers les surfaces de cauchemars : le niveau monte jusqu'aux montants du lit, l'eau ruisselle à travers les volets. Elle se réveille en suffoquant.

LA VEILLE DU DÉPART DE LI QING

Ils descendent les vieilles marches jusqu'aux quais, traversent le pont des Beaux-Regards ; les nasses flottantes se tordent et traînent dans les rapides, et une demi-douzaine de sampans flottent, retenus par leurs longes.

Le vent apporte l'odeur de la pluie. De temps en temps, Li Qing perd l'équilibre devant elle et des petits cailloux dégringolent dans l'eau.

Le fleuve engloutit tous les autres sons. Il n'y a que les descentes en piqué, à peine visibles, des chauves-souris qui se jettent des hautes parois et le clair de lune effleurant les rangées de maïs au loin, et les lignes argentées des friselis, là où le fleuve se plisse le long des berges.

— Nous y voici, dit-il.

L'extrémité de sa cigarette rougeoie et sa main glisse dans sa poche. La panique lui noue la gorge et elle pense : il sait. Mon nom est sur sa liste. Mais il se contente de sortir un petit mouchoir pour essuyer ses verres de lunettes.

Les yeux mis à nu, Li Qing sonde les ténèbres comme s'il se tenait au bord d'un gouffre glacé, puis remet ses lunettes et redevient Li Qing, quarante-quatre ans, célibataire, agent de liaison-sécurité pour les ingénieurs de la commission du barrage Section Trois.

— J'ai remarqué que tu n'es pas allée chercher ton indemnisation, lui dit-il.

Il s'exprime avec précaution, cherchant un équilibre dans ses mots.

— Tu te fais vieille. Tous ces escaliers. Toutes ces heures passées à être penchée sur ton jardin. La vie est dure ici. Le froid, le vent. Personne n'a de chauffage électrique. Même pas le téléphone.

Une petite pluie fine commence à souffler sur le fleuve et elle tend l'oreille. Quelques secondes plus tard, la pluie est sur eux et étoile ses lunettes.

— Une indemnité comptant ou un emploi gouvernemental. Et ton fils qui vivra près de chez toi. Ce n'est pas un choix déchirant. Chaque jour, des gens quittent la région avec des perspectives moins intéressantes.

À travers le défilé rocheux, le son de la pluie se répercute et le vent se faufile dans les cavernes, en ressort avec un mouvement de spirale. La pointe rougeoyante de sa cigarette vole au-dessus du fleuve, décrit une courbe et disparaît.

— Pas de troisième option ?

Li Qing soupire.

— Pas de troisième option.

LE PROFESSEUR

Dans l'obscurité, à un kilomètre de là, le professeur Ke se tient devant la Maison du Gouvernement. La pluie tombe tout autour des lanternes. Il tient une bougie à l'intérieur d'un bocal, sa flamme frétille, remuée par le vent. Le vent vole et un poncho en plastique, posé sur ses épaules, se gonfle derrière lui, se soulève telles les ailes d'un fantôme.

NOVEMBRE

Il n'y a pas beaucoup de travail. Elle mange seule. Sans Li Qing, les nuits semblent plus vides ; elle pend sa pivoine la tête en bas, au-dessus de la porte, et les pétales tombent un à un.

Le chêne nain derrière sa maison perd ses derniers glands et elle écoute les bruissements dans les branches, le sifflement et le choc sur le toit. *Tiens*, semblent dire les arbres. *Voilà pour toi.*

Une lettre :

Mère – j'aurais voulu qu'on puisse parler. J'aurais voulu beaucoup de choses. On devrait commencer à te chercher un appartement. Pas trop loin de moi, et avec l'ascenseur. Il y a des choses ici qui te faciliteraient la vie. Ce que je voulais te dire c'est qu'on n'est pas obligé de rester fidèle au même endroit toute sa vie.

Cela m'aiderait beaucoup si tu voulais bien m'envoyer ta demande de relogement. Le 31 juillet, ce n'est pas si loin. Les listes d'attente s'allongent de jour en jour.

Les transactions foncières s'interrompent. Les demandes en mariage aussi. Tous les après-midi, une nouvelle barge accoste au quai et une autre famille y entasse tous ses biens : cadres de lit, poupées déshabillées, petits chiens qui bavent, et aquatintes représentant des fils en uniforme disparus depuis longtemps.

La femme du chef de village entre dans la pièce où sont conservées les semences et contemple les bouches d'une dizaine d'enveloppes. Tout l'été, son jardin derrière la Maison du Gouvernement a débordé d'asters : violets, magenta, blancs. À présent, elle s'en va avec cinquante graines.

— Ils affirment qu'on aura un balcon, dit-elle, mais ses yeux sont pleins de doutes.

Il n'est presque rien, semble-t-il, que les gens ne puissent emporter : toits, tiroirs, tapis de feutre, moulures des fenêtres. Un voisin passe toute la journée sur une échelle à extraire des clous de toiture ; un autre arrache des pavés dans les rues. L'épouse d'un pêcheur exhume les ossements de trois générations de chats domestiques et les enroule dans un tablier.

Mais ils en laissent, aussi : trousses à maquillage fendues, chapelets de pétards utilisés, devoirs d'arithmétique notés, et ronds sans poussière sur un manteau de cheminée, là où se tenaient des statuettes. Tout ce qu'elle parvient à trouver à l'intérieur du restaurant, ce sont les fragments d'un aquarium ; tout ce qu'elle retrouve chez le cordonnier, ce sont trois bas bleus et le buste d'un mannequin femme.

Ce mois-ci, elle ne voit pas une seule fois le professeur Ke. Elle commence, s'aperçoit-elle, à le chercher du regard. Ses pas la mènent devant sa petite cabane affaissée, mais la porte est fermée et il est impossible de savoir s'il y a quelqu'un.

Peut-être est-il déjà parti. La lettre de Li Qing est sur la table, petite et blanche. *Juillet, ce n'est pas si loin. On n'est pas obligé de rester fidèle au même endroit toute sa vie.*

Certains soirs, seule parmi les mille formes vagues des godets à semences, elle se sent légèrement écœurée, déstabilisée, comme si son fils la tractait par un immense câble invisible, comme si mille et mille fils avaient été placés à l'intérieur de son corps.

LES ENFANTS

Voici le parc des Héros ; voici les ginkgos, une procession dans l'obscurité. Voici les lions ancestraux, le dos poli par cinq siècles de chevauchées enfantines. Les nuits de pleine lune, disait sa mère, les lions s'animent et circulent dans le village, épiant par les fenêtres, reniflant les arbres.

La brume flotte dans les rues et le clair de lune s'y déverse comme du lait. Toujours, avant l'aube, les lions regagnent discrètement leurs socles, croisent les pattes et redeviennent pierre. Ne pas douter de ce qu'on ne voit pas. Elle emprunte la vieille ruelle aux murs croulants. La cabane du professeur se distingue à peine. La porte est ouverte.

— Il y a quelqu'un ?...

Un chat passe, pressé. Elle monte une marche, puis l'autre. L'embrasure est toute noire. Le bois gémit.

— Professeur Ke ?

À l'intérieur, des piles de paperasses et un poêle cylindrique, froid et maculé de suie. Deux casseroles suspendues à un clou ; le lit de camp est vide, la couverture pliée.

Le brouillard arrive. Du côté du fleuve, un ferry actionne sa corne de brume, on dirait le mugissement d'un buffle préhistorique. Elle se hâte de s'éloigner, frissonnante.

Le lendemain matin, le temps s'est rafraîchi et derrière le poulailler les fils des voisins entassent de fines couches de glace et murmurent.

Tu es au courant ? Non ? Il l'a emmené en amont du fleuve. Le vieux professeur. À cent cinquante kilomètres dans la montagne. Dans un bateau ? Oui, dans un bateau. Ensuite, il l'a largué. Sans nourriture. Il lui a offert une cigarette dorée. Il l'a fait nager pour l'attraper. À des kilomètres de tout. Ce vieux-là ? Il l'a emmené au milieu de nulle part et il l'a laissé crever là-bas.

Elle s'adosse au grillage. Elle reste assise là pendant un certain temps, jusqu'à ce que le jardin soit bordé d'ombres et que le crépuscule emplisse le ciel de tranchées et de blessures.

EN AVAL

De blanches falaises scintillent dans la brume. En l'espace de quinze minutes, la gardienne des semences traverse une région qu'elle n'a pas vue plus de cinq ou six fois dans sa vie. Les gorges s'ouvrent et se dévoilent : des cultures en terrasses se succèdent, pommes de terre d'hiver, tubercules de moutarde, les chaumes jaunes du riz après la récolte.

Toute la journée, le bateau traverse les gorges et toute la journée le fleuve prend des forces, recueillant des affluents – il fait cinquante mètres de large, puis se retrouve pincé entre des falaises et houleux. Elle ressent sa puissance sous ses pieds. L'image du lit vide du professeur se superpose par intermittence au visage d'un village qui passe ; il se fixe dans le reflet du soleil masqué, s'écaille et forme des écueils accusateurs dans l'eau.

Elle ne quitte pas le pont. Une famille partage son plat de riz. La lumière du jour bascule très vite dans l'obscurité et les passagers se retirent l'un après l'autre dans leurs cabines pour dormir. Une dizaine de villages passent dans la nuit, maisons de mah-jong, hôtels délabrés, les barques des pêcheurs, lanternes se balançant au-dessus des débarcadères telles des étoiles égarées. Elle pense : ils remontent tous deux le fleuve ensemble, mais lui seul revient. Elle pense : dans six mois, tout ceci sera sous l'eau.

LA GRANDE VILLE

Une façade noire qui s'élève, revêtue de verre, un exosquelette de balcons. L'appartement de son fils est au quarante-huitième étage. La cuisine s'emplit peu à peu de lumière. Li Qing fait réchauffer des petits pâtés au micro-ondes ; il verse du thé dans des mugs frappés aux logos de diverses entreprises.

— Mange, dit-il. Prends ma robe de chambre.

Depuis la fenêtre et le balcon, le soleil levant se perd derrière une convulsion de toits et d'antennes.

Son matelas est petit et ferme. Elle respire et écoute le grondement assourdi de la circulation, son fils qui se déplace discrètement dans la pièce, mettant un costume, nouant sa cravate. Tout semble adopter le mouvement du fleuve, le lit qui se balance, un courant qui l'entraîne en avant.

— Repose-toi, dit Li Qing, et son visage se dresse au-dessus d'elle comme la lune. C'est bien que tu sois venue.

À son réveil, c'est le soir. Un insecte traverse le plafond, se prélassant dans les volutes de plâtre. L'eau voyage dans les murs, la chasse d'eau des W.-C. des voisins, les éviers qui se vident.

Elle s'attable et attend son fils. Le sommeil est lent à la quitter. Les rideaux tirés sont épais et lourds.

Il rentre avant huit heures, jette sa veste en travers du divan.

— Tu as dormi ? Je vais commander à manger.

L'une de ses chaussettes est trouée et on voit son talon.

— Li Qing…

Elle se racle la gorge.

— Assieds-toi.

Il met la bouilloire à chauffer et s'assied. Son regard est attentif. Elle s'efforce de le soutenir.

— Est-ce que tu as parlé au professeur Ke ? Au village ?…

— Le professeur à la retraite ?

— Oui. Que lui as-tu dit ?

La bouilloire se met à gémir.

— J'ai plaidé la cause du barrage. Il se posait des questions, je crois. Je me suis efforcé d'y répondre.

— C'est tout ?

— C'est tout.

— Tu lui as juste parlé ?

— Je lui ai juste parlé. Et je lui ai remis son chèque pour les frais de déplacement.

La rambarde du balcon vibre sous le vent et la gardienne des semences déglutit. Son fils tire une cigarette de sa poche, la plante entre ses lèvres et gratte une allumette.

JOURS PROCHAINS

Il la laisse porter ses pulls ; il lui achète une serviette de toilette. Elle regarde ses vêtements tourner indéfiniment dans le sèche-linge. Après les repas, il fume sur le balcon et le vent se jette sur lui, soulevant sa cravate qui claque contre la vitre. Les mégots tombent en tournoyant et disparaissent.

Peut-être le professeur Ke est-il parti comme tout le monde. Peut-être a-t-elle mal compris. Peut-être qu'à un moment donné, il faut cesser d'accumuler les griefs et les laisser s'en aller.

Elle l'accompagne à son travail dans sa berline noire. Dans le hall du bâtiment qui l'emploie, une maquette du barrage trône sur une table massive. Les touristes se massent contre le Plexiglas et les flashes des appareils photo clignotent.

La froide et uniforme envergure de l'ouvrage a la taille de la voiture de Li Qing. Çà et là, des grues perfectionnées pivotent, élèvent ou abaissent leurs flèches. Les berges grouillent de bulldozers miniatures et un convoi de petits camions glisse sur une piste mécanique. Buissons et sapins parsèment les collines. Partout il y a des lueurs et des pylônes. L'eau jaillit par des vannes, se fracasse au bas du déversoir, s'étale sagement dans le bassin de retenue, le tout dans un bleu fabuleux.

Bienvenue, répète une voix issue du plafond, inlassablement. *Bienvenue*.

DISTRICT 104

Il lui fait traverser en voiture un district de réinstallation. Gigantesques blocs d'habitations, esplanades centrales. Ils se succèdent ; béton blanc, verre bleu, néons, marchés aux oiseaux, étals de boucher et engins de nettoiement qui tournent et vrombissent, et les noms joyeux des carrefours : chemin du Rayonnement, avenue du Paradis. Des bâches claquent au vent ; des seaux se balancent depuis des échafaudages. Tout est maculé de poussière de charbon.

— Ce quartier, déclare Li Qing, est l'un des plus agréables. La plupart des habitants sont originaires de notre région.

Ils s'arrêtent à un feu. Des motos pétaradent de tous côtés. Plus loin, elle entend les pulsations d'un autoradio, des cliquetis de burins et le tintamarre d'un marteau-piqueur. Li Qing poursuit sa démonstration, dit combien c'est passionnant pour les urbanistes de construire des quartiers à partir de rien, de planifier des évacuations correctes, des routes bien larges, mais elle n'écoute plus. Des femmes passent à bicyclette, un klaxon de voiture se déchaîne et les pots d'échappement des motos lâchent continuellement de la fumée. Le feu passe au vert ; les écrans bleus des postes de télévision s'animent simultanément à un millier de fenêtres.

Ce soir-là, il veut avoir son avis. A-t-elle remarqué les grandes fenêtres ? Voudrait-elle retourner là-bas pour visiter un appartement-témoin ? Le petit Li Qing de trois ans apparaît sous ses paupières : il fait rouler une pomme de pin par terre et s'entraîne à raconter des bobards ; le vent a renversé les graines, un fantôme a souillé sa couverture.

Ensuite, il a douze ans, et il attache des mille-pattes aux fils des ballons qu'il regarde s'envoler entre les falaises. Comment peut-il avoir quarante-quatre ans ?

— Certains pensent que ce barrage est une mauvaise idée, dit-il. Ils contactent les stations de radio, ils s'organisent. Dans un village, ils ont menacé de s'enchaîner à l'intérieur des maisons et de se laisser noyer.

Des mots se pressent dans sa gorge, mais elle ne parvient pas à former des phrases. La ville entière s'étend sous le balcon de Li Qing, une énigme de toits

191

et d'échelles d'incendie, un brouillard d'antennes. Le vent s'enroule autour de l'immeuble ; tout vacille.

— Mais il ne s'agit que d'une infime minorité, déclare-t-il. La majorité est favorable au barrage. Les crues étaient meurtrières, tu sais. L'an dernier, elles ont fait deux mille victimes. Et on ne peut pas continuer à brûler autant de charbon. Parler, c'est bien. C'est naturel. Je suis pour le dialogue.

Égoïsme, compensation, et la planète Jupiter. Il veut entendre parler de son père. Qu'aurait-il pensé du barrage ? Mais tout tourne ; elle dérive à travers les rapides, piégée entre les parois d'une gorge. Les falaises de calcaire défilent, blanches et croulantes.

RETOUR

Au village, à trois cents kilomètres de là, une autre famille s'en va : le père, la mère, le fils, la fille, une cohorte de meubles, un cobaye, un lapin et un furet. Leurs cages sont suspendues aux perches en bambou des coolies. Leurs yeux noirs scrutent les flocons de neige, leur haleine forme de fines volutes.

Elle est en ville depuis neuf jours, quand elle se lève et s'habille, va dans l'autre pièce où son fils dort, blotti contre son divan en polyester. Ses lunettes sont par terre, près de lui, branches repliées. Ses narines se dilatent légèrement à chaque inspiration. Ses paupières sont bleues, parcourues de veinules.

Elle prononce son nom. Il bat des paupières.

— Quand l'eau monte, que se passe-t-il ?

— Que veux-tu dire ?

— C'est rapide ? Il y a une grande vague ?

— Non, c'est lent.

Il cligne des yeux.

— D'abord, les courants disparaîtront, la surface du fleuve deviendra très calme. Les rapides aussi disparaîtront. Puis, au bout d'une journée, les quais. La mise en eau prendra huit jours et demi, d'après nous.

Elle ferme les yeux. Le vent siffle à travers les barreaux du balcon, on dirait un bruit d'électricité.

— Tu y retournes, dit-il. Tu t'en vas.

LE VILLAGE

Rien de neuf n'a été construit pendant des mois. Des fenêtres se cassent et restent cassées. Des rochers gros comme des chiens tombent dans la rue et plus personne ne prend la peine de les retirer. Elle gravit le long escalier et se faufile par la ruelle délabrée jusqu'à la cabane du professeur. Sa porte est ouverte ; une lampe à pétrole est suspendue à une poutre. Le professeur Ke est penché au-dessus d'une feuille de papier, dans un pan de lumière. Une couverture pend sur ses épaules ; il trempe son pinceau dans un encrier. Sa barbe remue au-dessus du papier.

Il n'a pas été arrêté ; il n'a pas été tué. Peut-être n'était-il jamais parti – peut-être était-il allé dans une petite ville voisine pour y boire du *mao tai*.

— Bonsoir, professeur, lance-t-elle, et elle passe son chemin.

Sa maison n'a pas souffert. Ses semences sont là où elle les avait laissées. Elle traîne le seau à charbon sur le sol et ouvre la bouche du poêle.

Il doit rester une centaine de villageois, de vieux pêcheurs, quelques épouses et une poignée de riziculteurs qui attendent que leurs plants aient la taille voulue pour le repiquage. Les enfants sont partis. Le chef du village aussi ; des excréments restent dans les coquilles vides des maisons. Mais le matin venu, la gardienne des semences se sent étrangement soulagée, et même euphorique. Il lui semble juste d'être ici, dans l'air argenté, de se tenir dans son jardin parmi les restes de neige fondue et d'écouter le vent s'engouffrer dans la gorge.

La lumière coule à flots à travers les nuages, lustrant les toits, éclaboussant les rues. Elle hisse une marmite de ragoût en haut des escaliers et laisse le récipient fumer devant chez le professeur.

PRINTEMPS

Février amène des orages et le parfum du colza. Des filets d'eau ruissellent sur les parois du canyon. À l'intérieur du temple, six ou sept femmes chantent au milieu des coups de tonnerre. Le toit fuit et la pluie s'infiltre, passe à travers de grosses taches brunes et goutte dans les casseroles qui parsèment les travées.

Il n'y a pas de fête de Printemps, pas de courses à l'aviron sur le fleuve, pas de feux d'artifice sur les sommets. Elle devrait faire germer du riz, à présent ; une graine dans chaque alvéole de ses clayettes en plastique, puis la terre, et enfin l'eau. À la place, elle sème dans son jardin, et celui des voisins, jette aussi des poignées de graines dans ceux des maisons abandonnées : chou, radis, potiron, ciboulette. Soudain, elle est riche : elle a des graines pour cinquante jardins. Le soir, elle cuisine – nouilles épicées, soupe au tofu – et va déposer les marmites sur les marches de la maison du professeur, avec leurs couvercles, puis repart avec celles de la veille, vides, sommairement nettoyées.

Pendant ce temps, le village disparaît. Les planches des quais s'évanouissent. Les filets de protection sont ôtés des arbres. Les aiguilles des pendules disparaissent ainsi que les portes de la Maison du Gouvernement, les fils des antennes radio et les antennes aussi. Des bambouseraies entières. Des magnolias sont déracinés et emportés sur des brouettes jusqu'aux barges. Charnières, boutons de porte, vis, écrous se volatilisent. La moindre surface de teck dans chaque maison est démontée et enveloppée dans des couvertures pour être transbahutée dans les escaliers.

En mars, les quelques paysans qui restent battent leur blé. Quand le vent ne souffle pas trop fort, elle entend les coups de fléau. Elle a toujours entendu cela au mois de mars.

Elle ne se rappelle pas avoir vu un printemps aussi coloré. Les fleurs semblent jaillir de la boue. En avril, il y a du rouge écarlate, du bleu lavande et du vert jade partout. Derrière la Maison du Gouvernement, des zinnias fleurissent avec une vigueur presque contre nature – comme s'ils étaient vomis par la terre. Elle s'agenouille pour les contempler, examine les tiges lisses et robustes des jeunes pousses.

Bientôt, il en vient tant dans son jardin qu'elle doit commencer à les cueillir. On dirait que sous terre, quelqu'un pousse les végétaux avec les doigts. Le printemps a-t-il toujours été ainsi ? Surprenant, écrasant ? Elle y est peut-être plus sensible cette année. Des abeilles circulent dans les sentes lourdement chargées, l'air ivre ; se tenir sous les sycomores, c'est se tenir dans un blizzard de pollen.

La nuit, elle sillonne le village et c'est comme si l'obscurité était un grand lac frais. Tout semble sur le point de voguer à la dérive. L'obscurité, se dit-elle, c'est la seule chose qui demeure.

Et le silence. Avec les gens partis, et l'usine fermée, c'est comme si le village était devenu un gisement de silence, comme si le bruit de ses pas sur les marches, et l'air qui passe par ses poumons, étaient les seuls sons à des kilomètres à la ronde.

Le courrier n'est plus distribué. Elle n'a plus de nouvelles de Li Qing. À tout instant, il pourrait surgir à la porte et exiger qu'elle parte avec lui. Mais il ne vient pas. La nuit, il n'y a que trois ou quatre lumières contre le décor immense des gorges, le ciel sombre, et le fleuve plus sombre encore avec sa faible avenue d'étoiles reflétées.

LUCIOLES

Chaque nuit, des milliers de lucioles s'élèvent au-dessus des marches et restent suspendues dans les arbres, avec leurs traînées lumineuses, si bien que toute la gorge semble brodée d'ampoules vertes. Elle se penche pour déposer une soupière pleine et reprendre l'autre qui l'attendait devant la cabane du professeur, quand la porte s'ouvre.

— Tu observes les insectes, dit-il.

Il enjambe le seuil et s'assied, l'extrémité de sa canne posée sur la marche inférieure. Elle hoche la tête.

— Je croyais que tu étais partie. Cet hiver.

Elle hausse les épaules.

— Ils s'en vont tous...

— Mais toi, tu es toujours là.

— Toi aussi.

Il se racle la gorge. Dans ses arbres fruitiers, les lucioles montent et brasillent, montent et brasillent.

— Mon fils..., dit-elle.

— Ne parlons pas de lui.

— D'accord.

— C'est la saison des amours, dit-il. Les lucioles... Dans un grand arbre au bord du fleuve, j'en ai vu des milliers qui luisaient de façon synchronisée. Par intermittence.

Elle se lève pour partir.

— Reste, dit-il. Parlons un peu...

MÉMOIRE

Chaque pierre, chaque marche est une clé qui ouvre sur un souvenir. Ici, les fils de ses voisins jouaient au cerf-volant. Là, le rémouleur édenté installait sa roue qui crachait et fumait. Ici, il y a quarante ans, une jeune cul-de-jatte faisait griller des cacahuètes dans un wok en cuivre, et là, la mère de la gardienne des semences la laissa boire un verre de bière, par un jour de fête. Ici, le fleuve lui a arraché des mains une chemise propre ; là, il y avait jadis un champ couvert de pousses vertes ; ici, un pêcheur appliqua sa bouche sèche et brûlante contre la sienne. L'odeur corporelle des coolies, les faces blanches des tombeaux, les mollets saillants du père de Li Qing – le village se noie dans les souvenirs.

Sans relâche, ses pas la portent en haut des longs escaliers, devant le parc et jusqu'à la ruelle qui s'effrite, les nappes de lucioles, et le parfum âcre du jardin du professeur. Elle apporte un pot d'eau chaude et un sachet de sucre en morceaux, et ensemble ils boivent, assis sur les marches, tout en regardant les lucioles reluire et s'élever dans les arbres, comme si toutes les gorges couvaient un incendie et que des étincelles s'en échappaient.

Avant la construction de la Maison du Gouvernement, avant la distribution du courrier, avant la société minière, ici vivaient des moines, des guerriers, des pêcheurs. Toujours des pêcheurs. La gardienne des semences et le professeur parlent de présidents et d'empereurs, des chants des traqueurs, et du temple, des oiseaux. Le plus souvent, elle écoute la voix du vieillard dans les ténèbres. Ses phrases se morcelant l'une après l'autre, son corps frêle semble se dissoudre dans les ténèbres et il finit par n'être plus qu'une voix, l'élocution évanescente d'un professeur.

— Peut-être, dit-il, qu'un lieu paraît différent quand on sait qu'on le voit pour la dernière fois. Ou bien c'est le fait de savoir que plus personne ne le verra. C'est peut-être cela qui change tout.

— Qu'est-ce qui change ? L'endroit, ou notre façon de le regarder ?

— Les deux.

Elle sirote son eau sucrée. Il dit :

— La terre est vieille de quatre billions et demi d'années. Tu sais ce que c'est, un « billion » ?

Un-treize, soixante-six, quarante-quatre. Une centaine de billions de soleils par galaxie, une centaine de billions de galaxies dans l'univers. Le professeur Ke rédige quatre lettres par jour, d'une centaine de mots chacune. Il les lui montre : le papier blanc, la calligraphie tremblotante. Il s'adresse aux journaux, aux autorités, aux ingénieurs. Il lui montre toute une liste – épaisse d'une centaine de feuillets – d'employés de la commission du barrage. Elle se dit : le nom de mon fils y est.

— Que dis-tu dans ces lettres ?

— Que ce barrage est une erreur. Qu'on est en train d'anéantir une histoire multiséculaire, de menacer des vies, de travailler à partir de calculs erronés.

— Quel écho auront-elles ?

Il la regarde ; ses yeux larmoyants reflètent les lucioles, les ruines brillantes, grandissantes des falaises.

— Toi, qu'en penses-tu ?

JUILLET

Tout accumule une terrible beauté. Les aubes sont longues et roses ; les crépuscules durent une heure. Des hirondelles zigzaguent, plongent et la bande de ciel entre les parois des gorges est pourpre et tendre comme de la chair. Les lucioles flottent encore plus haut sur les falaises, une mousse verte, comme si elles savaient, comme si elles sentaient que l'eau monte.

Li Qing essaie-t-il de la rejoindre ? Est-il en ce moment même en train de venir la chercher en hydroptère ?

Le professeur lui demande de porter ses lettres jusqu'au fleuve pour voir si des bateaux de passage ne pourraient pas les prendre pour les poster dans un autre village. Les pêcheurs refusent presque toujours ;

ils louchent sur l'écriture tremblante des enveloppes et suspectent le danger. Elle a plus de chances avec les pillards aux yeux hagards qui se pointent sur des canots à moteur déglingués pour récupérer de la ferraille ou des pavés. Elle les soudoie avec une vieille robe, ou du kérosène, ou un sac en papier contenant une aubergine. Peut-être les mettent-ils à la poste ; peut-être les balancent-ils dans les rapides, une fois hors de vue.

À présent, toutes les dalles qui n'étaient pas cassées ont été emportées et les tournesols commencent à pousser en pleine rue. Ses jardins improvisés chez les voisins sont des nids à abeilles et à orties.

— Il y a des moments, déclare le professeur, où je revois les fils du cireur qui se moquaient de moi, les tas d'ordures fumant sous la pluie, et mes brûlures aux doigts à cause de ce vieux poêle, et alors j'ai hâte de voir tout cela englouti par les flots.

Le long escalier, un palier après l'autre, la surface de chaque marche ourlée de lumière. Pas de burins, pas de chiens, pas de moteurs. Juste le ciel, et la lumière qui tombe entre les enveloppes des maisons, telle une pluie fine, et ses pas qui résonnent dans les ruelles.

Elle se tient dans sa maison et contemple les bouches des godets. De petits diamants de lumière se reflètent sur le poli des semences, leurs parfaites géométries, leurs rêves hivernaux.

En passant, elle jette un coup d'œil dans la minuscule cabane du professeur, les tas de papiers éparpillés, les livres, la lanterne noircie et les carapaces d'insectes dans les coins.

Elle dit :

— Tu vas te noyer avec le village.

— C'est pour toi, rétorque-t-il, qu'on devrait s'inquiéter.

ENFIN

Il ne reste plus que deux jours, en juillet, quand le professeur se présente chez elle. Il est en costume, ses souliers sont cirés et sa barbe peignée. Ses yeux étincellent. Sur son épaule, un sac à dos. Dans un poing, sa canne, et dans l'autre un gros sac en plastique.

— Regarde…

Dedans, il y a des centaines, peut-être des milliers de lucioles.

— Miel et eau. Elles en raffolent.

Elle sourit. Il dépose son sac à dos : une bouteille de *mao tai* et une liasse d'une trentaine de lettres.

— Deux verres, dit-il, et il traîne ses jambes raides jusqu'au fauteuil où il s'assied, avant de s'escrimer à déboucher la bouteille.

Ils trinquent.

— Au dernier envoi !

— Au dernier envoi !

Il dit ce qu'il veut et elle vide tous ses pots en verre, transvasant les graines dans des seaux ou des clayettes. Le professeur ôte les bouchons de liège avec un canif, glisse les lettres dans les flacons et ensemble ils y introduisent les lucioles au moyen d'un entonnoir de papier. Les insectes volent partout et se collent aux goulots, mais ils parviennent à en mettre une trentaine dans chacun.

Ces flacons, fermés par les bouchons de liège, sont placés dans un panier. Les lucioles rampent sur le verre. La lueur de la lanterne vacille et des ombres lèchent les murs. Elle sent l'alcool brûler dans son estomac et au bout des lignes de ses bras.

— Bien ! dit le professeur. Bien, bien, bien…

Sa voix est un chuchotement, les passages chuintants d'une aiguille sur un vieux disque.

Quand elle éteint la lampe, les flacons reluisent doucement. Elle hisse le panier sur ses épaules et se met à descendre l'escalier, le professeur claudiquant derrière elle, appuyé à sa canne.

Il fait bon et humide ; le ciel est une bande d'encre bleu foncé entre les parois noires des falaises. Sur son épaule, le panier fredonne délicatement. Ils atteignent ce qu'il reste des quais, une quinzaine de pieux plantés dans le lit du fleuve, et elle dépose son fardeau, l'examine.

— Elles vont manquer d'air, dit-elle, mais les effets de l'alcool se font sentir et le professeur respire très fort, déjà à moitié ivre lui-même.

Tout est silencieux, sauf le fleuve.

— Bon, dit-il, mettons-les à l'eau.

Elle s'avance en pataugeant dans l'eau froide. Des galets bougent sous ses pas. Le courant se divise sans effort autour de ses genoux. Le professeur est un poids tremblant, à ses côtés. Elle dépose le panier dans l'eau. Les flacons reluisent. Finalement, tous deux – la gardienne des semences et le professeur – en ont jusqu'à la taille.

Le fleuve a peut-être commencé à faiblir, l'eau à s'accumuler et le niveau à augmenter. Peut-être que des fantômes sont en train de surgir de la Terre, des tombeaux éparpillés tout au long des gorges, de l'extrémité des rameaux. Les lucioles cognent contre le verre. Elle pense : le plus triste, ce sera de voir le fleuve perdre son élan.

Elle lui tend le premier flacon, il le dépose dans l'eau et ils regardent le fleuve l'emporter, intermittente lueur bleu-vert, tournoyant légèrement tout en prenant de la vitesse.

Vingt mille jours et nuits au même endroit, posés, piégés, pliés les uns au-dessus des autres, les rides dans ses mains, les douleurs dans ses vertèbres. Germe, tégument, endosperme : qu'est-ce qu'une graine, sinon le type le plus pur de mémoire, un lien entre les générations ?

Le flacon disparaît. Elle lui en tend un autre. Quand il se retourne, elle voit qu'il pleure.

Tout l'a formée à penser que le pire arrivera. Li Qing avec ses cigarettes, le professeur avec ses questions. Notre camp, leur camp. Mais peut-être n'y a-t-il pas un bon et un méchant ? Tous les souvenirs finissent toujours par être engloutis. Le progrès est une tempête et les ailes de chaque chose sont balayées par elle.

Elle se penche pour essuyer les larmes du professeur avec son pouce. La seconde bouteille est partie.

Le professeur Ke passe son avant-bras sous son nez.

— Toute cette peine, dit-il, et pourtant... n'est-ce pas qu'on se sent bien ? Plus jeune ?

Le fleuve murmure contre leurs corps, les flacons sortent du panier l'un après l'autre. Le vieil homme prend son temps. Les bouteilles luisent, brillent au fil de l'eau, passent le méandre et disparaissent. Elle tend l'oreille, le professeur confie ses lettres au courant, et ils restent là, plantés dans l'eau, jusqu'à ne plus savoir où finissent leurs jambes et où commence le fleuve.

31 JUILLET

Le dernier jour, cinq ou six militaires à l'air impassible, pondéré, armés de tronçonneuses, viennent pour les arbres. Ils les débitent, chargent ensuite les rondins sur des chariots qui tressautent dans ce qu'il reste des escaliers, la chaussée défoncée avec ses tournesols, passent devant les jardins fleuris par la gardienne des semences. Ils emportent les chênes, les gingkos, les trois vieux sycomores derrière la Maison du Gouvernement. Ils laissent les lions.

Toute la journée, elle ne voit pas le professeur et elle espère qu'il est déjà parti, se frayant un chemin dans la montagne par quelque sentier ancien, ou squattant le canoë d'un pêcheur de passage, regardant les gorges défiler. Elle est peut-être la dernière du village, la dernière du fleuve.

Dans l'après-midi, trois policiers viennent sillonner le village, braquant leurs lampes torches dans les pièces, soulevant des plaques de contreplaqué au rebut de la pointe de leurs bottes, mais se cacher est facile, et une heure plus tard leur hydroptère est reparti, vrombissant en direction du prochain village.

Elle étale une couverture sur la table et y renverse les godets de graines. Tubercules de moutarde, pak choy, chou, aubergine, chou-fleur. Millet, châtaigne, radis. La voix de sa mère : *Les graines sont les rêves que font les plantes quand elles dorment.* Des graines grosses comme des pièces de monnaie, légères comme un souffle. Toutes vont sur la couverture. Quand tous les godets sont vides, elle en replie les coins, en fait un ballot.

Dans ses bras, c'est aussi lourd, semble-t-il, qu'un enfant. Le soleil s'efface derrière les gorges. À présent, la dérivation a été condamnée et l'eau s'accumule derrière le barrage.

Un bonnet. Une veste. Elle laisse la vaisselle dans les placards.

Pour la dernière fois elle descend l'escalier, va sur le pont des Beaux-Regards, et s'assied sur le parapet. La chaleur du jour emmagasinée par la pierre réchauffe ses cuisses. Tout resplendit.

Les oiseaux se posent sur le toit de la Maison du Gouvernement. On entend le grondement d'un canot à moteur qui remonte le courant et, quand il passe le virage, elle se retourne. Derrière le pare-brise, il y a un pilote et à côté du pilote, Li Qing, qui lui fait des signes et qui porte ses lunettes ridicules.

QUELQUES ANNÉES PLUS TARD

Elle vit dans une barre d'immeubles appelée Nouveaux Migrants 606. Son appartement a trois pièces, chacune avec une porte et une fenêtre pourvue d'une grande vitre. Les murs sont blancs et dénudés. Elle ne reçoit jamais de facture.

Le dimanche, Li Qing vient passer quelques heures chez elle et boit de la bière. Depuis quelque temps, il amène Penny Hu, une divorcée qui a la voix douce et trois verrues contre l'aile du nez. Parfois, ils viennent avec le fils de cette dernière, un garçon de neuf ans au visage plein, prénommé Jie. Ils mangent du ragoût, ou des nouilles au soja, et ne parlent de rien.

Jie balance ses pieds sous la table. Une radio grésille sur le buffet. Ensuite, Penny rapporte les plats à la cuisine et fait la vaisselle, l'essuie et la range dans le placard.

Les jours sont crépusculaires, immatériels comme des ombres. Les souvenirs, quand ils viennent, sont souvent visqueux et faibles, coincés sous des surfaces lointaines, ou pris dans des enchevêtrements neurofibrillaires. Elle se tient au-dessus de la baignoire pleine, mais ne se rappelle pas l'avoir remplie. Elle s'apprête à faire chauffer la bouilloire, mais la trouve déjà fumante.

Ses graines sont en train de moisir, ou de se fendiller, ou déjà mortes dans une commode en contreplaqué fournie avec l'appartement. De temps en temps, elle considère ce meuble, sa surface non vernie, ses huit boutons luisants, et une sensation la tracasse tout au fond d'elle-même, comme si elle avait égaré quelque chose, sans savoir quoi.

Sa mère disait que les graines sont les maillons d'une chaîne, sans commencement ni fin, mais elle avait tort : la graine est à la fois le commencement et la fin – c'est la coquille de la plante et son cercueil. Des vergers se cachent, invisibles, en chacune d'elles. Pour un exposé scolaire, Jie lui apporte six gobelets en polystyrène remplis de tourbe. La gardienne des semences lui offre six graines de magnolias, chacune aussi brillante qu'une goutte de sang.

L'enfant fait avec son doigt un petit trou dans chaque gobelet ; il y lâche les graines comme s'il s'agissait de petites bombes. Les gobelets se retrouvent sur l'appui de la fenêtre. Terreau. Lumière.

— Et maintenant, on attend, dit-elle.

On fait le tour du monde juste pour revenir au même point. Un tégument se fend, une radicelle émerge. Aux actualités, un représentant du gouvernement nie qu'il y ait des fissures dans les écluses du barrage. Li Qing téléphone : il va voyager, cette semaine. Il est très occupé. Penny Hu essaiera de passer.

La gardienne des semences va à la fenêtre. Sur l'esplanade, des marées de gens dérivent dans toutes les directions : cyclistes, employés de bureau, mendiants, éboueurs, badauds, policiers. Le professeur Ke serait encore plus âgé : il est vraiment peu probable qu'il soit encore en vie. Et pourtant : et si c'était l'une de ces silhouettes là-bas, dans l'un de ces véhicules, l'une de ces formes sur le trottoir, une tête et des épaules, les pointes infinitésimales de ses souliers ?

Au-delà de la place, des dizaines de milliers de lumières tremblent au vent, avions, vitrines et panneaux d'affichage, veilleuses et lampes derrière des fenêtres et voyants d'alarme sur des antennes. Là-haut, une poignée d'étoiles se montrent pendant quelques instants, troubles, à peine visibles entre des nuages, bleues, roses, blanches. Puis elles disparaissent.

La Nemunas

Je m'appelle Allison. J'ai quinze ans. Mes parents sont morts. J'ai un caniche nommé Mishap dans un petit panier entre mes chevilles et une biographie d'Emily Dickinson sur mes genoux. L'hôtesse me sert sans arrêt du jus d'orange. Je suis à dix mille mètres au-dessus de l'Atlantique et, vu de ma petite fenêtre un peu sale, le monde entier s'est changé en eau.

Je vais habiter en Lituanie. La Lituanie, c'est en haut de l'Europe, dans le coin à droite. Du côté de la Russie. Sur la carte du monde, à l'école, la Lituanie est en rose.

Grand-Père Z m'attend au-delà de la zone des bagages. Son ventre est si énorme qu'il pourrait contenir un bébé. Il me serre longuement dans ses bras. Puis il extrait Mishap du panier et le serre également dans ses bras.

La Lituanie n'a pas l'air rose. Plutôt grise. La petite Peugeot de Grand-Père Z est verte et sent la poussière de roche. Le ciel est bas au-dessus de la route. On passe devant des centaines d'immeubles en béton inachevés qui paraissent avoir été frappés une ou

211

deux fois par des tornades. Il y a de grands panneaux Nokia et d'encore plus grands panneaux Aquafresh.

Grand-Père dit : Aquafresh, c'est un bon dentifrice. Vous avez cette marque-là au Kansas ?

Je dis qu'on utilise Colgate.

Il dit : Je t'en trouverai.

On se faufile sur une autoroute à quatre voies. De chaque côté la terre est divisée en prés drôlement gadouilleux pour un début juillet. Il se met à pleuvoir. La Peugeot n'a pas d'essuie-glaces. Mishap somnole sur mes genoux. La Lituanie se change en vapeur verte. Grand-Père Z conduit en passant la tête à l'extérieur.

Finalement, on s'arrête devant une maison au toit en bois pointu avec une cheminée centrale. Elle est identique aux vingt autres maisons regroupées autour d'elle.

On est arrivés, dit Grand-Père Z, et Mishap saute à terre.

La maison est longue et étroite, comme un wagon. Il y a trois pièces : une cuisine devant, une chambre au milieu et une salle de bains au fond. Dehors, une cabane. Il déplie une petite table de camping, m'apporte quelques biscuits apéritifs sur une assiette. Puis un steak. Pas de haricots verts, ni de petits pains. On s'assied au bord de son lit pour manger. Comme Grand-Père Z ne dit pas le bénédicité, je me le chuchote à moi-même. Bénissez-nous, ô Seigneur, ainsi que notre pain quotidien. Mishap renifle, sceptique, entre mes pieds.

À un moment donné, Grand-Père Z lève les yeux sur moi et il y a des larmes sur ses joues.

Ça va, dis-je. C'est une chose que je dis souvent, en ce moment. J'ai dit cela aux dames de la paroisse, aux hôtesses de l'air et aux psychologues. Je vais bien, ça va bien. Je ne sais pas si je vais bien, ou si ça va, ou si dire cela soulage qui que ce soit. C'est le genre de choses qui se dit.

C'était le cancer. Au cas où vous voudriez savoir. D'abord, ils l'ont détecté chez maman qui a eu les seins coupés et les ovaires retirés, mais c'était toujours en elle, puis papa s'est fait dépister, et lui, c'étaient les poumons. J'imagine le cancer comme un arbre : un grand arbre noir sans feuillage à l'intérieur de maman, et un autre à l'intérieur de papa. L'arbre de maman l'a tuée en mars. Celui de papa l'a tué trois mois plus tard.

Comme je suis fille unique et n'ai pas d'autre famille, les hommes de loi m'ont envoyée vivre chez Grand-Père Z. Z comme Zydrunas.

Son lit est dans la cuisine parce qu'il m'a donné sa chambre. Les murs sont bruts de plâtre, le lit grince et les draps sentent comme de la poussière sur une ampoule brûlante. Il n'y a pas de rideaux aux fenêtres. Sur la commode trône un panda rose tout neuf, qui conviendrait plutôt à un bébé, mais mignon quand même. L'étiquette du prix est restée agrafée à l'oreille : 39,99 Lt. Lt pour litas. Je ne sais pas si 39,99, c'est beaucoup ou peu.

Une fois la lampe éteinte, il fait tout noir. Quelque chose trottine au plafond. Mishap halète au pied du lit. Mes trois sacs fourre-tout, entassés contre le mur, contiennent toutes mes richesses.

Je vous semble détachée ? Je vous semble paumée ? Sûrement. Je murmure : Mon Dieu, veillez sur maman qui est au paradis et aussi sur papa qui est au paradis et aussi sur moi qui suis en Lituanie. Et veillez aussi sur Mishap. Et sur Grand-Père Z.

Et là, je sens venir la Grande Tristesse, comme si une lame de hache brillante et acérée était placée dans ma poitrine. Ma seule chance de survivre, c'est de ne pas bouger du tout. Donc au lieu de murmurer Mon Dieu comment as-Tu pu me faire ça ? je murmure juste Amen, ce qui signifie, d'après le pasteur Jenks : « Ainsi soit-il. » Puis je reste allongée, les yeux fermés, à serrer Mishap contre mon cœur et à respirer son odeur, qui me rappelle toujours les chips, et à m'entraîner à inspirer de la lumière et à expirer une couleur – lumière, vert, lumière, jaune –, comme le psychologue me l'a conseillé quand j'angoisse.

À quatre heures du matin, le soleil est déjà là. Je m'installe sur une chaise de jardin et regarde Mishap renifler la Lituanie. Le ciel est gris argent et de grandes écharpes de brume traînent dans les champs. Une centaine de petits oiseaux noirs se posent sur le toit de la cabane de Grand-Père, puis repartent.

Chaque maison qui compose la petite grappe agglutinée autour de celle de Grand-Père Z a des rideaux de dentelle. Les fenêtres sont toutes pareilles, mais les rideaux tous différents. Ici un motif floral, là des rayures, là encore des cercles serrés les uns contre les autres. Devant moi, une vieille femme écarte un rideau à zigzags. Elle chausse une paire de grosses lunettes et me fait signe de venir. Des tuyaux lui sortent des narines.

Sa maison est à sept mètres de celle de Grand-Père Z et c'est plein de statuettes de la Vierge Marie, d'herbes et d'odeurs genre épluchures de carottes. Dans la pièce du fond, un homme en survêtement est endormi sur un lit dépourvu de couverture. La vieille dame se débranche de sa machine qui ressemble à un équipement de plongée sous-marine avec les bouteilles accrochées à un chariot à roulettes, et elle tapote le divan et me dit quelques mots en russe. Sa bouche est pleine d'or. Elle a une verrue grosse comme une bille sous l'œil droit. Ses mollets sont des quilles de bowling, elle est pieds nus et ses orteils ont l'air martelés et tout écrabouillés.

Elle acquiesce à quelque chose que je n'ai pas dit et allume une grosse télévision à écran plat posée sur deux parpaings. Ensemble on regarde un prêtre célébrer la messe. Les couleurs sont décalées et le son est brouillé. Il y a peut-être vingt-cinq personnes dans cette église, installées sur des pliants. Quand j'étais petite, maman me parlait en lituanien, donc j'arrive à comprendre partiellement le sermon du prêtre. C'est un truc sur son père tombant du toit. Si on ne voit pas quelque chose, ce n'est pas une raison pour ne pas y croire. Tel est le message. Je ne sais pas s'il parle de Jésus ou de la pesanteur.

Ensuite, elle m'apporte une grosse pomme de terre farcie avec des petits morceaux de lard par-dessus. Elle me regarde manger à travers ses énormes lunettes embuées.

Merci, dis-je en lituanien, ce qui donne à peu près : atchoum. Son regard se perd dans le vide.

Quand je retourne chez Grand-Père Z, il a un magazine ouvert sur les genoux avec des diagrammes qui représentent l'espace.

Tu es chez Mme Sabo ?

J'étais. Imparfait, Grand-Père.

Son doigt fait comme un rond près de son oreille. Mme Sabo a perdu la mémoire. Tu comprends ?

Je hoche la tête.

Je lis ici, reprend Grand-Père Z, qui se racle la gorge, que la Terre a trois lunes. Il se mord la lèvre inférieure, réfléchit en anglais. Non, elle avoir eu trois lunes. La Terre avoir eu trois lunes. Il y a très long-temps. Qu'est-ce que tu en dis ?

Tu veux savoir ? Ce que c'est ? De consolider la digue ? D'en boucher les fissures avec ses doigts ? D'avoir l'impression que chaque respiration est une nouvelle trahison, un pas de plus qui t'éloigne de ce que tu as été, de l'endroit d'où tu viens, un pas de plus dans les ténèbres ? Cette année, Grand-Père Z est venu deux fois dans le Kansas, au printemps. Il s'installait dans les chambres et humait les odeurs. À présent, il se penche en avant, au point qu'on peut voir les petits éclairs rouges des veines dans ses yeux. Tu veux parler ?

Non merci.

Je veux dire parler, dit-il. Parler, Allie ?

Non merci.

Non ? Mais parler c'est bien, non ?

Grand-Père Z fabrique des pierres tombales. Les pierres tombales en Lituanie, ce n'est pas tout à fait comme en Amérique. Elles sont brillantes, polies et en granit, mais la plupart sont gravées à l'image des personnes enterrées dessous. C'est comme des photos en noir et blanc gravées dans la pierre. Ça coûte cher et tout le monde dépense de l'argent là-dedans. Les pauvres, affirme Grand-Père Z, sont ceux qui dépensent le plus. Parfois il grave des visages et d'autres fois tout le corps du défunt, par exemple un homme grand, debout dans son blouson de cuir, grandeur nature, très réaliste avec boutons aux poignets et taches de rousseur sur les joues. Grand-Père Z me montre un polaroïd représentant une pierre qu'il a faite pour un célèbre chef de bande. Elle fait deux mètres de haut et c'est le portrait grandeur nature d'un homme perché sur le capot d'une Mercedes, les mains dans les poches. Il paraît que la famille a payé un supplément pour l'auréole.

Lundi matin, Grand-Père Z va dans son atelier et, comme l'école ne commencera que dans deux mois, je reste toute seule à la maison. À midi, j'ai regardé dans tous ses tiroirs et son unique placard. Dans la cabane, je trouve deux cannes à pêche et un vieux rafiot en aluminium sous une bâche et huit bocaux de pièces de monnaie lituanienne et des milliers de magazines anglais grignotés par les souris : *Popular Science*, *Science Now* et *British Association for the Advancement of Physics*. Il y en a sur l'ours polaire, le calendrier maya, la biologie cellulaire et plein de choses que je ne comprends pas. À l'intérieur, on voit des cosmonautes décolorés et des gorilles branchés à des machines et des voiturettes qui circulent sur Mars.

Puis Mme Sabo arrive. Elle crie quelque chose dans son russe déplorable et se dirige vers une commode, en sort un coffret à cigarettes et dedans il y a des photos.

Motina, dit-elle, et elle me désigne.

Je dis : Je croyais que vous aviez perdu la mémoire.

Mais elle me fourre les photos sous le nez, comme si elle venait de se rappeler quelque chose et voulait l'exprimer avant d'oublier. Motina signifie maman. Toutes les photos renferment maman, jeune fille. Ici, déguisée en ours polaire, là, considérant avec perplexité ce qui doit être un moteur de tondeuse à gazon, et là encore pataugeant dans la boue, pieds nus.

Nous disposons les photos sur la table pliante de façon à constituer un carré. Il y en a soixante-huit. Maman, cinq ans, l'air renfrogné devant un tank soviétique rouillé. Maman, six ans, pelant une orange. Maman, neuf ans, debout dans les broussailles. Ça déclenche en moi comme une envie d'aller creuser un trou dans la terre pour m'y coucher.

J'en sélectionne douze. Dans chacune, ma maman – la conductrice de Subaru, l'amatrice de noix de cajou, la fan de Barry Manilow, l'immigrée lituanienne, la victime du cancer – ou bien se tient dans une eau trouble, ou bien se penche par-dessus le bord d'un bateau délabré, ou encore aide à tenir en l'air un requin gigantesque et dégoûtant.

Erketas, dit Mme Sabo, et elle opine d'un air grave. Puis elle tousse pendant environ deux minutes d'affilée.

Erketas ?

À présent, la toux a emporté toute sa compréhension. L'homme en survêtement, son fils, vient lui dire quelque chose, et elle fixe le bas de son visage pendant un moment avant de se laisser ramener chez elle. Grand-Père Z rentre du travail à quatorze heures trente et une.

Grand-Père, dis-je, ton papier hygiénique, ça arrache…

Il acquiesce pensivement.

Et là, c'est maman, avec tous ces grands requins blancs ?

Grand-Père regarde les photos, cille et met une phalange entre ses dents. Pendant quelques secondes il ne répond pas. On dirait qu'il attend l'ascenseur.

Enfin il dit : Erketas. Il va chercher un livre dans un carton par terre, l'ouvre et le feuillette, relève la tête, la rabaisse et dit : Esturgeon.

Esturgeon. Erketas, ça veut dire : esturgeon ?

Poisson de rivière. D'eau douce.

Ce soir-là on mange des saucisses. Ni pain ni salade. Pendant tout le repas, maman nous regarde.

Je lave les assiettes. Grand-Père dit : Tu viens te promener avec moi, Allie ? Il nous conduit, moi et Mishap, à travers le pré derrière la colonie de maisons. Il y a des petits potagers pimpants, des chèvres attachées à des piquets ici et là. Des sauterelles filent sous nos yeux. On franchit une clôture et slalome entre bouses de vache et orties. Le petit chemin mène à quelques saules et derrière il y a une rivière : placide et marron, d'une largeur étonnante. Au début, elle semble immobile, comme un lac, mais, à force de regarder, je vois qu'elle bouge très lentement.

Mishap éternue. Ça doit être la première fois qu'il voit une rivière. Des vaches flânent à la queue leu leu sur la berge opposée.

Grand-Père Z dit : pêcher. C'est ici que va ta mère. Allait. Imparfait. Il a un rire sans joie. Parfois avec son grand-père. Parfois avec Mme Sabo.

Comment s'appelle-t-elle ?

Le fleuve Nemunas. C'est la Nemunas.

Toutes les heures, cette pensée refait surface : si on doit se retrouver tous ensemble au paradis, pourquoi est-ce qu'on attend ? Toutes les heures, la Grande Tristesse est là derrière mes côtes, acérée et étincelante, et c'est à peine si j'ose encore respirer.

Mme Sabo, dit Grand-Père Z, a quatre-vingt-dix ou quatre-vingt-quatorze ans. Même son fils n'en sait trop rien. Elle a vécu la première indépendance de la Lituanie, et la seconde aussi. Elle a combattu avec les Russes la première fois, contre eux la fois d'après. À l'époque où toutes ces maisons étaient un kolkhoze sous les Soviets, tous les jours – pendant trente-cinq ans –, elle a dû prendre une barque et parcourir dix kilomètres à la rame pour se rendre à son travail, dans un complexe pétrochimique situé en amont. Elle pêchait à une époque où les femmes ne pêchaient pas.

Aujourd'hui, Mme Sabo doit être branchée à sa machine à oxygène chaque nuit. Elle n'a pas l'air ennuyée que je vienne regarder la télévision. On met le volume à fond pour entendre quelque chose malgré les chuintements et coups de boutoir de sa pompe. Parfois, on regarde le prêtre lituanien, parfois des dessins animés. Parfois, s'il est tard, on regarde seulement une chaîne qui montre une carte satellite de notre planète tournant pour l'éternité à travers l'écran.

Je suis en Lituanie depuis deux semaines quand Mike appelle sur le téléphone portable de Grand-Père. Mike est un avocat-conseil qui mâchonne du chewing-gum et porte des shorts de basket-ball. Il est deux heures du matin au Kansas. Il me demande si je m'adapte. Entendre cette grosse voix américaine me ramène tout à coup là-bas, en été. C'est comme si c'était là, à l'autre bout de la ligne, l'air soyeux, les dernières lumières des vérandas éteintes, une nuée de moucherons stagnant au-dessus du lac, la lune transparaissant à travers des rideaux, des couches et des nappes d'humidité, les éclairages publics projetant de doux fuseaux de lumière sur le parking de l'épicerie. Et quelque part, dans ces ténèbres assoupies, Mike l'avocat-conseil, assis à sa table de cuisine bancale, en chaussettes, demande à une orpheline si elle s'adapte.

Il me faut dix bonnes secondes pour répondre : Je vais bien. Ça va.

Il dit qu'il doit parler à Grand-Père. On a une offre pour la maison. Truc de grandes personnes.

Une offre intéressante ?

Toute offre est intéressante.

Je ne sais pas quoi répliquer. J'entends de la musique de son côté, lointaine et brouillée par les parasites. Qu'est-ce qu'il écoute, Mike l'avocat-conseil, au cœur de la nuit ?

Nous prions pour toi, dit-il.

Qui ça, nous ?

Nous, à l'étude. Et à l'église. Tout le monde. Tout le monde prie pour toi.

Grand-Père est au travail, dis-je.

Plus tard, j'emmène Mishap à travers le pré et par-dessus la clôture et les rochers pour arriver au fleuve. Les vaches sont toujours en face, broutant et se battant les flancs.

À huit mille kilomètres d'ici, Mike l'avocat-conseil projette de vendre les dalles en plastique orange que papa avait collées dans le sous-sol, la marque

que j'ai faite dans le mur de la salle à manger et les framboisiers plantés par maman derrière la maison. Il va vendre nos plaques à biscuits et les flacons de shampooing entamés et les six verres moutarde *Le Retour du Jedi* qu'on a eus à Pizza Hut et au sujet desquels papa avait demandé à notre pasteur si *Star Wars* aurait été « approuvé par Jésus ». Tout cela, nos rebuts, notre lie, nos souvenirs. Et moi, j'ai hérité du caniche familial, de trois sacs fourre-tout pleins de vêtements trop petits et de quatre albums de photos, alors qu'il n'y a personne pour donner de la chair à aucune d'elles. Je suis à huit mille kilomètres et quatre semaines de distance, et chaque minute qui passe est encore une minute où le monde a continué à tourner sans papa et maman. Et est-ce que je vais devoir vivre chez Grand-Père Z, en Lituanie, jusqu'à la fin de ma vie ?

Quand je pense à notre maison là-bas, toute vide, la Grande Tristesse se met à osciller dans ma poitrine comme un pendule et bientôt des flots bleus déferlent tout autour de mon champ de vision. Cette fois, ça va très vite et la lame de la hache débite des organes au hasard et tout à coup c'est comme si je regardais à l'intérieur d'un sac très bleu et qu'on tirait brutalement le lien coulissant. Je bascule dans les saules.

Je reste là pendant je ne sais combien de temps. Là-haut dans le ciel, je vois papa vider ses poches après le travail, flanquer pièces de monnaie, pastilles de menthe et cartes de visite sur le plan de travail dans la cuisine. Je vois maman découper un blanc de poulet frit en tout petits triangles blancs et tremper chaque morceau dans du ketchup. Je vois la Vierge Marie sortir sur un petit balcon entre les nuages, regarder à droite et à gauche, saisir les volets de part et d'autre et – vlan ! – les refermer sur elle.

J'entends Mishap renifler à proximité. J'entends le fleuve passer et les sauterelles grignoter les feuilles et les tintements tristes et rêveurs des cloches des vaches, à distance. Le ciel est petit et d'un bleu ardent. Quand je finis par me redresser sur mon séant, Mme Sabo se tient près de moi. Je ne savais pas qu'elle pouvait marcher aussi loin. De petits papillons blancs effectuent des loopings à travers les saules. Le fleuve s'écoule. Elle dit quelque chose dans son russe façon mitraillette et pose sa main glacée sur mon front. On contemple le fleuve, Mme Sabo, Mishap et moi dans l'herbe, au soleil. Et tandis que je reviens doucement à moi – je le jure –, un poisson gros comme un missile nucléaire bondit hors de l'eau. Son ventre est d'un blanc immaculé et son dos gris ; il se tord en plein ciel, fait claquer sa queue et se détend comme s'il était en train de se dire : cette fois je vais réussir à échapper à la pesanteur !

Quand il retombe, l'eau est projetée si loin que des gouttelettes atterrissent à mes pieds.

Mishap dresse les oreilles, penche la tête de côté. Le fleuve referme lui-même sa plaie. Mme Sabo me regarde à travers ses énormes lunettes et ses yeux laiteux clignent une dizaine de fois.

Vous l'avez vu ? Oh, dites-moi que vous l'avez vu !

Mme Sabo se contente de cligner des yeux.

Grand-Père Z rentre à la maison à trois heures vingt-neuf.

J'ai une surprise pour toi, dit-il. Il ouvre le coffre de sa Peugeot qui contient un carton de papier hygiénique américain.

Grand-Père, dis-je, je veux aller à la pêche.

Papa disait que c'est Dieu qui a fait le monde et toutes choses, mais Grand-Père Z rétorquait que si Dieu a fait le monde et toutes choses, alors pourquoi tout n'est-il pas parfait ? Pourquoi attrape-t-on des hernies et pourquoi ma fille qui était magnifique et en bonne santé attrape-t-elle le cancer ? Là, papa répondait : Eh bien, Dieu est un mystère, et Grand-Père Z disait que Dieu était, c'est quoi le mot déjà, un doudou pour les petits enfants, alors papa s'en allait d'un pas lourd et bruyant, et maman jetait sa serviette, lâchait quelques mots en lituanien contre Grand-Père et courait derrière papa tandis que moi je regardais les assiettes sur la table.

Grand-Père Z a traversé deux fois l'océan au printemps de cette année pour voir mourir sa fille et son gendre. Dieu a-t-il une explication à ça ? À présent je me tiens dans sa cuisine et je l'écoute dire qu'il n'y a plus d'esturgeons dans la Nemunas. Il en reste peut-être dans la mer Baltique, mais plus du tout dans le fleuve. Il dit que son père à lui emmenait maman pêcher l'esturgeon tous les dimanches, pendant des années, mais ensuite il y a eu la surpêche, les pesticides et le barrage de Kaunas et le caviar de marché noir et son père est mort et le dernier esturgeon est mort et le Bloc soviétique s'est effondré et sa fille a grandi, est allée étudier aux États-Unis et a épousé un créationniste et plus personne n'a attrapé d'esturgeon dans la Nemunas depuis vingt-cinq ans.

Grand-Père, dis-je, Mme Sabo et moi, on en a vu un. Aujourd'hui. Là-bas, exactement.

Et je désigne par la fenêtre la ligne des saules au fond du pré.

Ce sont des photos, dit-il. Tu as vu les photos de ta mère.

J'ai vu un esturgeon, dis-je. Pas une photo. Dans le fleuve.

Grand-Père Z ferme les yeux et les rouvre. Puis il me prend par les épaules, me regarde au fond des yeux et dit : On voit des choses. Parfois elles sont là. D'autres fois, non. Et pourtant, on les voit quand même. Tu comprends ?

J'ai vu un esturgeon. Mme Sabo aussi. Je vais me coucher fâchée et me réveille fâchée. Je jette le panda contre le mur, piétine la véranda et shoote dans le gravier de la sortie de garage. Mishap aboie contre moi.

Le lendemain matin, je vois Grand-Père Z partir au travail en voiture, avec sa grosse bedaine et son air troublé, et j'entends la machine de Mme Sabo qui vrombit et cogne dans sa maison juste à côté et je me dis : J'aurais dû lui parler du prêtre et de l'escabeau et de Jésus et de la pesanteur et que même si une chose est invisible, ce n'est pas une raison pour douter de son existence.

À la place, je me précipite dans sa cabane et entreprends d'enlever des caisses et des échantillons de granit et des burins et des scies à roche et il me faut une demi-heure pour dégager un passage et une autre demi-heure pour traîner le vieux bateau en aluminium jusque dans la sortie de garage. C'est une barque à fond plat, avec trois bancs et un millier d'araignées vivant sous chacun. Je les chasse au jet. Je trouve un genre de détergent lituanien toxique et j'en inonde la coque.

Au bout d'un moment, Mme Sabo sort en tanguant, avec ses grosses lunettes et ses petits bras croisés sur la poitrine. Elle me regarde telle une mante religieuse. Elle est prise d'une quinte de toux. Son fils sort en pantalon de survêtement, cigarette au bec, et il me regarde travailler pendant une dizaine de minutes avant de la ramener.

Grand-Père Z est de retour à trois heures vingt-sept. Il y a des caisses, des tuyaux d'arrosage, des râteaux et des outils plein la sortie de garage. Le détergent a laissé des traces argentées sur la coque de la barque. Je dis : Mme Sabo et moi, on a vu un esturgeon dans le fleuve, hier.

Grand-Père me regarde en clignant des yeux. On dirait qu'il est en train de regarder une chose d'autrefois qu'il croyait disparue depuis longtemps.

Il dit : Il n'y a plus d'esturgeons dans la Nemunas.

Je dis : Je veux essayer d'en attraper un.

Il n'y en a plus par ici, dit-il. C'est une espèce en voie d'extinction. Cela veut dire…

Je sais ce que ça veut dire.

Son regard va de moi au bateau, se reporte sur Mishap, puis sur moi. Il ôte son chapeau, passe la main dans ses cheveux et remet son chapeau. Puis il repousse doucement la barque de la pointe de sa chaussure de sport, secoue la tête et Mishap remue la queue et un nuage s'éloigne de nous. Le soleil éclabousse tout.

J'utilise un vieux chariot aux pneus à plat pour traîner le bateau jusqu'au fleuve à travers le pré et la clôture. Il me faut trois heures. Puis je trimballe les rames et les cannes à pêche. Ensuite, je reviens dire au fils de Mme Sabo que je l'emmène en promenade et je la prends par le bras pour la guider jusque là-bas et l'installer à la proue. Au soleil, sa peau a l'aspect d'une vieille cire à bougie.

On pêche avec des gaules de deux mètres de long et d'antiques hameçons gros comme ma main. On utilise des vers. Le visage de Mme Sabo reste parfaitement inexpressif. Comme le courant est très faible, il suffit de ramer de temps en temps pour se maintenir au milieu du fleuve.

Mishap est assis sur le banc, à côté de Mme Sabo, et l'excitation le fait frissonner. Le fleuve s'écoule. On voit toute une bande de chats sauvages dormir au soleil, sur un rocher. Un chevreuil dont les oreilles tressaillent, les pattes dans l'eau. Des rideaux d'arbres noirs, gris et verts, passent.

En fin d'après-midi, j'aborde ce qui se révèle être une île et Mme Sabo descend, retrousse sa jupe et fait longuement pipi sous les saules. J'ouvre un paquet de biscuits apéritifs qu'on se partage.

Vous vous souvenez de ma mère ? dis-je, mais elle se contente de me jeter un regard rêveur. Comme si elle savait tout mais que je ne comprendrais pas. Son regard est à des milliers de kilomètres. J'aime bien imaginer qu'elle se rappelle d'autres promenades sur le fleuve, d'autres après-midi au soleil. Je lui lis les articles des magazines nature de Grand-Père Z. Je lui apprends qu'un aigle à tête blanche pèse deux fois le poids de son squelette. Que les oryctéropes trouvent l'eau qui les désaltère en déterrant une certaine variété de concombre. Que le papillon empereur mâle est capable de repérer une femelle à une distance de dix kilomètres grâce à son odorat.

Il me faut ramer deux bonnes heures pour rentrer. On voit de gros asperseurs montés sur pivot projeter des arcs-en-ciel par-dessus un champ de pommes de terre et un millier de véhicules utilitaires nous dépasser dans un bruit d'enfer, derrière un train. C'est très beau par ici, dis-je.

Mme Sabo relève la tête. Tu te souviens ? me demande-t-elle en lituanien. Mais elle n'en dit pas plus.

On n'a pas attrapé de poisson. Mishap s'endort. Les genoux de Mme Sabo ont pris un coup de soleil.

Ce sera pour aujourd'hui. Tous les matins, Grand-Père Z s'en va graver le visage de personnes mortes dans du granit et, dès qu'il est parti, j'emmène Mme Sabo en bateau. Un vieux pêcheur, six maisons plus loin, me conseille d'utiliser de la viande hachée avariée, pas des vers, d'en bourrer les deux pointes d'un collant et d'attacher ce collant aux hameçons avec du fil élastique. Je me procure de la viande hachée, je la mets dans un seau au soleil jusqu'à ce que ça schlingue un max, mais le collant ne reste pas accroché à l'hameçon et une dame dans la petite boutique de Mazeikiai affirme qu'elle n'a vu aucun esturgeon en cinquante ans, mais que, lorsqu'il y en avait, ce n'étaient pas les aliments avariés qui leur plaisaient, mais des petites crevettes fraîches accrochées à de gros hameçons.

J'essaie dans les trous profonds derrière les rapides et les remous, près des prés couverts de fleurs jaunes, et dans de grosses dépressions bleues, mystérieuses. J'essaie avec des palourdes, des lombrics, et – une fois – des cuisses de poulets surgelées. Je n'arrête pas d'espérer que Mme Sabo va prendre la parole, se rappeler, me dire comment on fait. Mais elle reste là, avec ce regard absent. Mon cerveau finit par devenir comme une carte du fond du fleuve : bancs de gravier, deux épaves de voiture dont le toit rongé par la rouille affleure, longs plans d'eau dormante grouillant d'ordures. On pourrait croire que la surface d'un fleuve est unie, mais loin de là. Il y a toutes ces turbulences, tous ces remous et tourbillons, bulles qui éclatent et cercles qui s'élargissent, souches immergées, sacs en plastique et couronnes tournoyantes de lumière au fond, et quand le soleil est favorable, on peut voir parfois jusqu'à dix mètres de fond.

On n'a pas attrapé d'esturgeon. On n'en a pas vu un seul. Je commence à penser que Grand-Père Z a raison, que parfois les choses qu'on a vues ne sont pas comme on le croit. Mais voici le plus étonnant : je m'en fiche. J'aime bien être ici avec Mme Sabo. Elle a l'air contente, son fils aussi, et moi aussi. J'ai même comme l'impression que cette tristesse tout au fond de moi s'en trouve un peu diminuée.

Quand j'avais cinq ans, j'ai eu une kératite et le Dr Nasser m'a mis des gouttes dans les yeux. Sur le moment, je n'ai plus vu que des formes floues et colorées. Papa était un brouillard, maman une auréole et le monde avait l'air comme quand on a les yeux pleins de larmes. Quelques heures plus tard, juste au moment prédit par le Dr Nasser, ma vue est revenue. J'étais sur la banquette arrière de la Subaru de maman et le monde commençait à retrouver sa netteté. Je redevenais moi-même et les arbres étaient à nouveau des arbres, à ceci près qu'ils semblaient plus vivants que jamais : les branches au-dessus de notre rue s'entrelaçaient sous un océan de feuilles, des milliers et des milliers de feuilles qui défilaient, sombres par-dessus, blanches par-dessous, chacune bougeant individuellement mais toujours en harmonie avec les autres.

Flotter sur la Nemunas, c'est un peu comme cela. On emprunte le sentier, on passe à travers les saules et c'est comme voir le monde reprendre des couleurs.

Même quand il ne reste plus grand-chose de quelqu'un, on peut quand même en apprendre sur son compte. J'apprends que Mme Sabo aime l'odeur de la cannelle. J'apprends qu'elle s'anime à l'approche d'un méandre en particulier. Même avec ses petites dents en or, elle mastique lentement et avec application, et ce doit être parce que sa maman avait été très stricte là-dessus, genre : Redresse-toi, mâche bien avant d'avaler, qu'est-ce que c'est que ces manières ? La maman d'Emily Dickinson était ainsi. Bon, c'est vrai, Emily Dickinson a fini par avoir la phobie de la mort, elle ne s'habillait qu'en blanc et ne parlait aux visiteurs qu'à travers la porte de sa chambre.

Au milieu du mois d'août, les nuits sont torrides, étouffantes. Grand-Père Z laisse la porte d'entrée ouverte. J'entends la machine à oxygène de Mme Sabo siffler et gronder toute la nuit. Dans mes rêves éveillés, c'est un bruit qui évoque l'agitation violente du monde à travers l'univers.

Du jaune, du vert, du rouge composent le drapeau qui flotte devant le bureau de poste. Soleil en haut, dit Grand-Père Z, terre au milieu et sang en bas. La Lituanie : le paillasson des grandes puissances européennes.

Le Kansas me manque. Les arbres de Judée, les orages, la tenue violette des lycéens jouant au football le dimanche. Maman entrant chez l'épicier et repoussant ses lunettes sur son front, ou papa grimpant une côte à vélo, avec moi derrière, bébé, dans la remorque, son sac à dos marron montant et descendant.

Un jour, à la fin du mois d'août, nous sommes en train de dériver au fil de l'eau, laissant nos lignes traîner, quand Mme Sabo se met à parler en lituanien. Je la connais depuis quarante jours et même en combinant tous les mots bout à bout, je ne l'avais jamais entendue parler autant. Elle me dit que l'au-delà est un jardin. Qu'il est situé sur une haute montagne de l'autre côté de l'océan. Il y fait toujours chaud, il n'y a jamais d'hiver, et c'est là où vont les oiseaux en automne. Elle laisse passer quelques minutes, puis elle dit que la mort est une femme nommée Giltine. Giltine est grande, maigre, aveugle, et toujours très, très affamée. Lorsque Giltine passe, dit Mme Sabo, des miroirs se brisent en éclats, les apiculteurs trouvent des nids d'abeilles en forme de cercueil dans les ruches et les gens rêvent qu'on leur arrache des dents. Chaque fois qu'on rêve du dentiste, dit-elle, cela signifie que la mort est passée près de vous dans la nuit.

L'un des magazines de Grand-Père Z affirme que lorsqu'un jeune albatros s'envole pour la première fois, il peut rester en l'air sans toucher le sol pendant quinze ans. Quand je serai morte, j'aimerais bien qu'on m'attache à des milliers de ballons pour pouvoir flotter au milieu des nuages, survoler les grandes villes, puis les montagnes, et ensuite l'océan, des kilomètres et des kilomètres d'océan bleu, mon cadavre cinglant au-dessus de tout cela.

Je pourrais peut-être tenir une quinzaine d'années là-haut. Peut-être qu'un albatros pourrait se poser sur moi et m'utiliser comme perchoir. C'est peut-être idiot, mais pas plus absurde, à mon avis, que de voir son père et sa mère être enterrés dans des boîtes, dans la boue.

La nuit, on suit une émission intitulée *Boy Meets Grill* sur la grosse télévision, Mme Sabo et moi. J'essaie de faire des chips de courgette et des aubergines arrosées au Pepsi. J'essaie de faire des asperges Françoise et des brocolis Diane. Grand-Père fronce les sourcils à son retour, mais il me laisse prononcer le bénédicité et mange tout ce que j'ai préparé, en faisant passer avec de la bière Juozo. Certains week-ends, on roule jusqu'à des villages comme Panemuné et Pagégiai, et on achète des glaces aux stations Lukoil et Mishap dort à l'arrière, et au crépuscule le ciel passe du bleu au violet et du violet au noir.

Presque tous les jours, en août, Mme Sabo et moi on traque l'esturgeon. Je rame à contre-courant et nous revenons en nous laissant porter, lâchant nos parpaings ici et là pour pêcher dans les trous profonds. Je m'assieds à la proue, Mme Sabo à la poupe et Mishap dort sous le banc du milieu, et je me demande comment des souvenirs peuvent être présents à un instant donné pour disparaître aussitôt après. Je me demande comment le ciel peut être aussi vaste, un vide bleu, et en même temps donner l'impression d'être un abri.

C'est le dernier jour du mois d'août. Nous sommes en train de pêcher à deux kilomètres en amont, quand Mme Sabo se redresse et dit quelque chose en russe. La barque se met à tanguer. Puis son moulinet se met à hurler.

Mishap commence à aboyer. Mme Sabo cale ses talons contre la coque, plante le bout de sa gaule dans son ventre, et tient bon. Le moulinet miaule.

Ce qui est à l'autre bout prend énormément de fil. Mme Sabo se cramponne, ne lâche pas et une étrange, farouche détermination s'inscrit sur son visage. Ses lunettes glissent sur son nez. Une grosse tache de sueur qui a la forme de l'Australie s'étale dans le dos de son corsage. Elle marmonne. Ses petits bras grassouillets tremblotent. Sa canne ploie, formant un U inversé.

Que faire ? Comme il n'y a personne pour me répondre, je me dis : Prie, et je prie. La ligne de Mme Sabo disparaît en diagonale dans le fleuve et je peux voir qu'elle forme un virage en fendant l'eau, s'évanouit dans les ténèbres couleur café. La barque semble sur le point de remonter le courant et le moulinet de Mme Sabo crie à présent et là je crois entendre le professeur de catéchisme durant les répétitions à la chorale, quand elle nous disait qu'on se reliait à quelque chose de plus grand que nous-mêmes.

Lentement la ligne fait tout le tour de la barque. Mme Sabo tire sur sa canne et mouline, gagnant du terrain petit à petit, centimètre par centimètre. Puis elle obtient un peu de mou et se met à mouliner à tout berzingue, récupérant des mètres de ligne, et ce qui est à l'autre bout tente de s'économiser.

Des bulles remontent à la surface. L'émerillon et le poids deviennent visibles. Ça reste là pendant une minute, juste sous la surface, comme si on était sur le point de voir ce qui est juste sous le bas de ligne, ce qui est en train de se débattre, quand, avec un bruit de pétard, la ligne casse et l'émerillon et le plomb cassés volent au-dessus de nos têtes.

Mme Sabo est projetée en arrière et manque tomber à l'eau. Elle lâche sa gaule. Ses lunettes tombent. Elle dit quelque chose comme Nom de nom de nom de nom.

Des vaguelettes se propagent à la surface et sont entraînées en aval. Et puis, plus rien. Le courant clapote tranquillement contre la coque. Nous reprenons notre lente dérive. Mishap lèche la main de Mme Sabo. Et Mme Sabo m'adresse un petit sourire doré comme si ce qui était au bout de sa ligne venait de la ramener dans le présent pendant une minute et dans le silence je sens que maman est là, avec moi, sous le soleil lituanien, et que nous avons toutes les deux l'avenir devant nous.

Grand-Père Z ne me croit pas. Il est assis au bord de son lit, les coudes sur la table pliante, lui le graveur de pierres tombales moyennement renommé, aux paupières tombantes et aux joues couperosées, avec son assiette de chou-fleur au parmesan entamée devant lui, et il s'essuie les yeux et me dit que je devrais commencer à penser à mes tenues scolaires. Il dit que ça devait être une carpe, un vieux pneu ou une carcasse de vache, mais qu'attraper un esturgeon, ce serait pratiquement comme attraper un dinosaure ou déterrer du fond vaseux un gros tricératops vieux de soixante-dix millions d'années.

Mme Sabo en avait un au bout de sa ligne, dis-je.

D'accord, dit Grand-Père Z. Mais il ne me regarde même pas.

L'école secondaire Mažeikiai Senamiesčio est faite de briques couleur sable. Les fenêtres sont toutes noires. Un garçon sur le parking lance une balle de tennis sur le toit et attend qu'elle retombe pour la rattraper, et là, il recommence.

Ça ressemble à n'importe quelle école, dis-je.

Ça a l'air agréable, dit Grand-Père Z.

Il se met à pleuvoir. Il dit : Tu es nerveuse, et je dis : Pourquoi tu ne veux pas me croire pour l'esturgeon ? Il me regarde, moi, puis de nouveau le parking, abaisse la vitre de sa portière et essuie des gouttes de pluie sur le pare-brise avec sa paume.

Il y a des esturgeons dans ce fleuve. Un, au moins. Il y en a au moins un.

Ils sont tous morts, Allie. En pêchant, tu ne fais que t'exposer à plus de chagrin. À plus de solitude.

Alors quoi, Grand-Père, tu ne crois qu'à ce que tu vois ? Tu ne crois pas qu'on ait une âme ? Tu mets une croix sur chaque pierre tombale que tu graves, mais tu crois que tout ce qui nous arrive, quand on meurt, c'est qu'on se transforme en boue ?

Pendant un moment, on regarde le gamin lancer et rattraper sa balle de tennis. Il ne rate jamais son coup. Grand-Père dit : Je viens dans le Kansas. Je prends l'avion. Je vois le sommet des nuages. Personne là-haut. Pas de porte. Pas de Jésus. Tes parents sont dans le ciel assis sur des nuages ? Tu crois ça ?

Je regarde Mishap, qui est pelotonné à l'arrière, contre la pluie. Peut-être, dis-je. Peut-être que je crois à quelque chose de ce genre.

Je deviens amie avec une fille prénommée Laima et une autre qui s'appelle Asta. Elles regardent *Boy Meets Grill*, elles aussi. Leurs parents ne sont pas morts. Leurs mères les engueulent parce qu'elles s'épilent les jambes et elles leur disent des choses comme Veux-tu me faire le plaisir d'arrêter de te ronger les ongles comme ça, Laima, ou Ta jupe est trop courte, Asta.

La nuit, couchée dans mon lit, avec le plâtre brut de Grand-Père Z qui se lézarde lentement tout autour de moi et la fenêtre sans rideaux, et la machine de Mme Sabo qui siffle à côté et les étoiles qui commencent à se déplacer imperceptiblement dans le cadre de la fenêtre, je relis le passage de la biographie d'Emily Dickinson où elle déclare : « Vivre est si sen-

sationnel qu'il reste peu de temps pour autre chose. »
On se rappelle toujours qu'Emily Dickinson a dit ça,
mais moi, quand j'essaie de me rappeler une phrase
de maman ou papa, je ne trouve rien du tout. Ils ont
dû m'en dire des millions avant de mourir, mais ce
soir, il ne me vient que des prières et des clichés.
Lorsque je ferme les yeux, je les vois à l'église. Maman
avec un petit livre de cantiques de couleur bordeaux,
papa avec sa ceinture de toile bicolore et ses mocassins. Il se penche pour me chuchoter quelque chose
– à moi, sa voisine de banc –, mais quand sa bouche
s'ouvre, rien n'en sort.

Les saules au bord de l'eau jaunissent. Notre professeur d'histoire nous emmène en voyage scolaire
au musée du KGB à Vilnius. Le KGB entassait cinq
ou six prisonniers dans une cellule pas plus grande
qu'une cabine téléphonique. Dans certaines, les prisonniers devaient se tenir debout pendant des jours et
des jours dans dix centimètres d'eau sans pouvoir ni
s'allonger ni s'asseoir. Saviez-vous que les bras d'une
camisole de force mesurent quatre mètres de long ?
On les nouait dans votre dos.
Un soir, très tard, Mme Sabo et moi suivons une
émission sur une tribu d'Amérique du Sud. On voit
un vieux assis en train de faire cuire une igname
à la broche. Puis un jeune en pantalon de velours,
à mobylette. Le jeune, précise la narratrice, est le
petit-fils du vieux. Plus personne ne veut suivre les
traditions. Les anciens sont accroupis sur leurs talons,

l'air sombre, tandis que les jeunes prennent le bus pour se rendre en ville et écoutent des cassettes. Ils ne veulent plus parler leur langue, affirme la narratrice, et plus personne ne se donne la peine de l'enseigner aux petits enfants. Le village comptait cent cinquante habitants. Tous sont partis, sauf six d'entre eux, et ils parlent l'espagnol à présent.

À la fin, elle explique que ces gens-là ont un mot pour dire : se tenir sous la pluie et regarder de dos une personne qu'on aime. Il y a un autre mot pour dire qu'on s'y prend mal pour tirer une flèche sur un animal en le faisant souffrir plus que nécessaire. Employer ce mot pour qualifier quelqu'un, c'est la pire des injures.

La brume tourbillonne aux fenêtres. Mme Sabo se lève, se débranche de sa machine et prend une bouteille de bière Juozo dans le frigo. Ensuite, elle sort, traverse la cour et va se poster au bord de l'espace éclairé par l'ampoule de la véranda, et elle verse un peu de bière dans sa main en coupe. Puis elle tend le bras et reste ainsi pendant un certain temps, au point que je me demande si elle n'a pas complètement disjoncté, quand surgit de la brume un cheval blanc qui vient boire au creux de sa main et ensuite Mme Sabo applique sa tête contre cette grosse figure et tous deux restent ainsi pendant très longtemps.

Cette nuit-là, je rêve que mes molaires tombent. Ma bouche se remplit de dents. Avant d'avoir ouvert les yeux, je sais que Mme Sabo est morte. Toute la journée, il arrive des gens. Son fils laisse portes et fenêtres ouvertes pendant trois jours afin que son âme puisse s'évader. La nuit, je vais le rejoindre et il fume des cigarettes tandis que je regarde des émissions culinaires.

Ça va ? dit-il en lituanien, deux nuits après sa mort. Je hausse les épaules. Je crains que, si jamais j'ouvre la bouche, il en sorte quelque chose d'horrible. Il n'insiste pas.

Le lendemain, Grand-Père me ramène de l'école en voiture, me regarde longuement et me dit qu'il a envie d'aller à la pêche.

Vraiment ? dis-je.

Vraiment, dit-il.

Il traverse le pré avec moi ; il me laisse appâter son hameçon. Pendant trois après-midi d'affilée, on pêche ensemble. Il me dit que l'usine de produits chimiques où Mme Sabo travaillait fabriquait du ciment, des engrais et de l'acide sulfurique, et qu'à l'ère soviétique, certains jours le fleuve devenait jaune moutarde. Il me dit qu'ici, les fermes étaient collectives, de nombreuses familles exploitaient une vaste zone, et voilà pourquoi les maisons sont regroupées et non pas espacées, chacune sur ses terres, comme au Kansas.

Le quatrième jour, je suis en train de pêcher avec une carcasse de poulet quand ma ligne se tend. Je compte jusqu'à trois et tente de relever ma gaule en donnant un coup sec. Elle ne bouge pas d'un iota. C'est comme si je m'étais accrochée au fond du fleuve lui-même, comme si je m'efforçais de soulever le socle rocheux de la Lituanie.

Grand-Père Z regarde.

Tu t'es accrochée à une souche ? Mes bras semblent sur le point d'être arrachés. Le courant entraîne la barque lentement en aval et bientôt la ligne est si tendue que des gouttelettes s'en détachent en grésillant. De temps en temps, le moulinet cède quelques centimètres de ligne. Voilà tout ce qui arrive. Si je lâchais ma gaule, elle serait projetée comme une fusée au-dessus de l'eau.

Quelque chose tire de son côté, la barque tire aussi, et on reste ainsi très longtemps, engagés dans cette partie de bras de fer, ma petite ligne retenant la barque et moi, Mishap et Grand-Père Z nous maintenant à contre-courant, comme si j'avais ferré un gros bouchon de tristesse posé au fond du fleuve.

Tu tires. C'est ce que je me dis. Ensuite, tu moulines. Comme Mme Sabo. Tire, mouline, tire, mouline.

J'essaie. J'ai l'impression que mes bras se désintègrent. La barque tangue. Mishap halète. Un vent argenté souffle sur le fleuve. Ça sent le pin mouillé. Je ferme les yeux. Je pense à la nouvelle famille en train d'emménager dans notre maison, une nouvelle maman qui accroche ses vêtements dans la penderie de la mienne, un nouveau papa qui l'appelle depuis le bureau de papa, un adolescent qui punaise des posters sur mes murs. Je repense à ce que dit Grand-Père Z, que le ciel est bleu à cause de la poussière, que les pieuvres peuvent dévisser le couvercle d'un bocal et que les étoiles de mer ont des yeux au bout des bras. Je pense : qu'importe ce qui arrive, même si tout devient sombre et horrible, au moins Mme Sabo aura connu ceci.

Grand-Père Z dit : Ce n'est pas une souche. Il le dit deux fois. Je rouvre les yeux. Des bulles montent, provenant de ce qui se trouve à l'autre bout de ma ligne. C'est comme si j'allais me scinder en deux au niveau de la taille. Mais peu à peu, en fin de compte, il me semble que je gagne du terrain. La barque tangue tandis que je la tracte d'un mètre en amont. Je soulève avec effort ma canne, donne deux tours de moulinet.

Tire, mouline. Tire, mouline. Nous avançons encore d'un mètre. Les yeux de Grand-Père Z sont exorbités.

Ce n'est pas un poisson. Je sais que ce n'en est pas un. Ce n'est qu'un gros bloc de mémoire au fond de la Nemunas. Je dis une prière que papa m'a apprise sur Dieu qui est la lumière, l'eau et les rochers, sur sa miséricorde éternelle. Je chuchote très vite, entre mes dents serrées, et puis je tire et je mouline, je tire et je mouline, Dieu est dans la lumière, Dieu est dans l'eau, Dieu est dans les rochers, et je sens Mishap qui griffe le fond de la barque avec ses petites pattes et je peux même sentir son cœur qui bat dans sa poitrine, un petit poing rouge qui s'ouvre et se referme, et je sens la force du fleuve, ses affluents ratissant tout le pays tels des ongles, toute la Lituanie qui se draine dans cette unique artère, neuf cents kilomètres d'eau s'écoulant jusqu'à la Baltique, qui d'après Grand-

Père Z est la mer la plus froide d'Europe, et je réalise quelque chose qui doit vous être évident mais auquel je n'avais jamais réfléchi : un fleuve ne s'arrête jamais. Qu'importe où vous êtes, ce que vous faites, oublier, dormir, souffrir, mourir – les fleuves sont toujours en mouvement.

Grand-Père Z crie. Quelque chose est en train de faire surface à six mètres de la barque. Ça vient sans se presser, tel un sous-marin, comme issu d'un rêve : énorme, la taille d'un bureau. C'est un poisson.

J'aperçois quatre barbillons sous son museau, comme des serpents. Je vois son ventre, blanchâtre comme du brouillard. Je vois le gros hameçon planté dans sa mâchoire. Il se meut lentement et secoue sa tête d'avant en arrière, comme un cheval qui chasserait une guêpe.

Il est immense. Il est extraordinaire. Il fait trois mètres de long.

Erketas, dit Grand-Père Z.

J'en peux plus, dis-je.

Grand-Père Z dit : Mais si.

Tirer, mouliner. Inspirer de la lumière, expirer de la couleur. Le ventre de l'esturgeon est très blanc. Sa bouche aspire et se referme, aspire et se referme. Son dos est recouvert d'une armure. Il a l'air d'avoir cinquante mille ans.

Pendant toute une minute, il flotte auprès de nous telle une traverse de chemin de fer molle, tandis que la barque tangue. Pas de Mme Sabo, ni papa ni maman, ni ruban à mesurer, ni balances, ni photographe, mes bras sont en feu, Mishap aboie et Grand-Père Z regarde ça comme s'il jetait un œil par-dessus le bord d'un nuage et assistait à une résurrection. Les ouïes de l'esturgeon se dilatent et se referment. Sa chair est d'un rouge cramoisi incroyablement vif.

Je le retiens pendant une dizaine de secondes, peut-être. Qui le voit, à part nous ? Les vaches ? Les arbres ? Puis Grand-Père Z se penche, déplie son canif et coupe la ligne. Le poisson flotte près de la barque pendant quelques secondes, étourdi et somnolent. Il ne donne pas de coups de queue, il ne fléchit pas son corps immense. Il se contente de couler hors de notre vue.

Mishap ne jappe plus. La barque oscille et se remet à glisser vers l'aval. Le fleuve ne cesse de s'écouler. Je pense à ces photos de maman, grande et menue comme un brin d'herbe, une cycliste, une nageuse, une étrangère, une élève bronzée de sixième qui pourrait encore rentrer en pédalant chez son père, un après-midi, avec sa corde à sauter sur l'épaule. Je pense à Mme Sabo, dont les souvenirs se sont éclipsés l'un après l'autre dans le demi-jour pour la laisser ici, dans une maison, un champ, au beau milieu de la Lituanie, à attendre que la squelettique et affamée Giltine l'emporte jusque dans un jardin, de l'autre côté du ciel.

Je ressens un infime allègement. Comme si cinq cents grammes étaient soustraits des milliers de kilos qui pèsent sur mes épaules. Grand-Père Z plonge les mains dans l'eau et les frotte l'une contre l'autre. Je vois chaque goutte tomber de ses doigts. Ce sont des sphères parfaites qui reflètent des petites parcelles de lumière avant de réintégrer le fleuve.

C'est rare qu'on parle du poisson. C'est là entre nous, une chose qui nous est commune. Peut-être a-t-on peur de tout gâcher. Grand-Père Z passe ses soirées à graver le visage de Mme Sabo sur sa pierre tombale. Son fils a proposé à plusieurs reprises de payer, mais Grand-Père le fait gratuitement. Il la représente sans ses lunettes et ses yeux semblent petits, vulnérables et enfantins. Il dessine un col en dentelle serré autour de son cou, un collier de perles, et ses cheveux sont des boucles en barbe à papa. C'est vraiment très réussi. Le jour où la pierre est installée, il pleut.

En novembre, toute notre école prend le car pour aller à Plokštiné, une base de missiles souterraine désaffectée où les Russes avaient planqué des armes nucléaires. Ça ressemble à un pré entouré de bouleaux avec aux quatre coins un monticule comme sur les terrains de base-ball, mais en bien plus grand. Il n'y a pas de droit d'entrée, pas de touristes, juste quelques panneaux en anglais et en lituanien, et un seul brin de barbelé – tout ce qu'il reste des six zones de protection, barrière électrifiée, barbelés à lames de rasoir, dobermans, projecteurs et emplacements de mitrailleuses.

On descend par un escalier au cœur du site. Des ampoules pendent à des plafonds craquelés. Les murs sont renforcés et oxydés. Je passe devant une petite chambre avec des lits superposés et deux générateurs vandalisés. Puis un couloir noir où l'eau goutte, plein de flaques. Enfin, j'atteins une rampe. Le plafond est une coupole. On doit être juste sous l'un des monti-cules. Je braque ma lampe de poche sur un trou de trente mètres de profondeur. Le fond du silo n'est que rouille, ténèbres et échos.

Ici, il n'y a pas si longtemps, se trouvait un missile balistique nucléaire gros comme un semi-remorque. Sur le collier de fer qui cerne le trou sont peints les 360 degrés d'une boussole. C'était plus facile, je suppose, de laisser faire un cap boussole que de viser directement Francfort.

Le besoin de savoir se heurte à l'impossibilité de savoir. À quoi ressemblait la vie de Mme Sabo ? Et celle de ma mère ? Nous scrutons le passé à travers une eau trouble ; on ne peut voir que des formes et des silhouettes. Qu'est-ce qui est réel dans tout cela ?

Sur la route du retour, des petits Lituaniens cha-hutent sur leurs sièges tout autour de moi, dégageant des odeurs de transpiration. Une cigogne bat des ailes à travers un champ dans les dernières lueurs du jour. Mon voisin me recommande de bien regarder, car voir un cheval blanc au crépuscule, ça porte bonheur.

Ne me dites pas comment vivre avec son chagrin. Ne me dites pas que les fantômes finissent par s'es-tomper, comme au cinéma, faisant des signes de leurs mains transparentes. Bien des choses disparaissent, mais pas ces fantômes-là, pas ces douleurs-là. La lame de la hache est toujours aussi tranchante et réelle qu'il y a six mois.

Je fais mes devoirs, nourris mon chien et dis mes prières. Grand-Père Z perfectionne son anglais. Moi, je perfectionne mon lituanien et bientôt on peut parler tous deux à l'imparfait. Et quand je commence à me sentir déchirée de l'intérieur, je tâche de me rappeler Mme Sabo et le jardin qui est l'au-delà et je regarde les vols d'oiseaux qui vont vers le sud.

L'esturgeon que nous avions pris était pâle, couvert d'écailles dures, et magnifique, barbouillé de parasites et infiniment vieux. C'était un gros ermite au squelette cartilagineux vivant au fond d'un trou dans un fleuve qui s'écoule inlassablement tel un fantôme vert à travers les champs de la Lituanie. Est-ce un orphelin comme moi ? Passe-t-il ses journées à chercher un frère quelconque, un être à son image ? Et pourtant, quelle douceur quand je le ramenais vers la barque. Quelle patience, pareille à celle d'un cheval, et quelle noblesse !

Jésus, disait papa, est une barque dorée sur un long fleuve obscur. De cette parole, je me souviens.

En novembre, tout est calme en Lituanie et affreusement sombre. Couchée dans mon lit, je serre Mishap contre mon cœur, j'inspire de la lumière, j'expire de la couleur. La maison gémit, je prie pour maman, papa, Mme Sabo et Grand-Père Z. Je prie pour ces tribus d'Amérique du Sud à la télévision dont la langue disparaît. Je prie pour cet esturgeon solitaire, un monstre, le dernier vieux sage d'une nation en train de dépérir, et qui sommeille dans les chambres les plus profondes, les plus bleues de la Nemunas.

Derrière la fenêtre, il commence à neiger.

Vie posthume

1

Dans une bâtisse en hauteur, au milieu d'un jardin envahi de chardons, onze fillettes se réveillent dans onze chambres différentes. Elles bâillent, collent le front aux carreaux. Dans le quartier, des maisons mitoyennes de cinq ou six étages se dressent. Ici, le toit s'est effondré. Là, des façades en ruine laissent voir des poutres, des pièces vides, des flaques de pluie verdâtres. Les quelques vitres qui restent reflètent des rectangles de ciel.

Des arbrisseaux poussent là où la chaussée a été éventrée. Des vols de nuages frangés de rose passent au-dessus de leurs têtes.

Une enfant de trois ans, Anita Weiss, lance des « bonjour » dans la cage d'escalier. Deux, trois fois. À l'étage du dessous, une autre lui répond. Deux grandes vont d'étage en étage chercher tout le monde. Ilouka Croner, cinq ans. Bela Cohn, huit ans. Inga Hoffman, Hanelore Goldschmidt et Regina, sa sœur aînée. Else Dessau, la myope. Au rez-de-chaussée, elles ne trouvent ni meubles, ni W.-C., ni portes aux placards, ni rideaux aux fenêtres. Les éviers ne sont pas raccordés à des canalisations. La peinture des murs est cloquée. Des martinets font de la voltige en se faufilant par les vitres cassées. Les fillettes s'asseyent dans ce qui fut un salon, dans le demi-jour. Aucune n'a de robe à sa taille. La plupart sont pieds nus. Certaines bâillent ; d'autres se frottent les yeux, fléchissent bras et doigts comme si on leur avait greffé de nouveaux appendices.

— Qu'est-ce que c'est que cet endroit ?

— On nous a dit qu'il y aurait des allées, des jardins…

Les plus jeunes scrutent les chardons. Les aînées se renfrognent et fouillent dans leur mémoire. Plusieurs devinent qu'une chose s'est endormie depuis peu, là-bas, quelque chose d'affreux qui pourrait se ranimer si jamais on insistait un peu trop.

Hanelore Goldschmidt, neuf ans, descend pas à pas l'escalier, tendant ses mains en coupe. Son regard se pose successivement sur ses camarades.

— Où est Esther ? Esther est ici ?

Nulle ne répond. Une minuscule patte, pointant entre ses doigts, tremble visiblement.

— C'est une souris ? demande Inga Hoffman.

— Quelqu'un a vu mes lunettes ? demande Else Dessau.

— Ça mord, tu sais, lance Regina Goldschmidt.

Hanelore chuchote dans ses mains.

— Ne t'approche pas des plus petites, dit Regina.

252

Quelques-unes jettent régulièrement des regards en direction de la porte. Elles s'attendent à voir Frau Cohen, avec sa robe d'intérieur et son tablier, déboucher en frappant dans ses mains et faire une annonce. Prenez un balai. Une serpillière. La paresse fait rouiller. Le petit déjeuner sera prêt dans vingt minutes. Ses jupes sentiraient le camphre. Quatre douzaines de choux de Bruxelles bruniraient dans une poêle en fonte.

Mais Frau Cohen n'arrive pas.

La dernière à descendre est Miriam Ingrid Bergen, seize ans. Elle va jusqu'à la porte d'entrée, l'ouvre et regarde au-dehors. Dans la lumière de l'aube, pas très loin, à travers un genre de treillis formé par les arbustes, une biche s'avance d'un pas léger. Elle se fige, ses longues oreilles orientées vers Miriam tressaillent. Puis elle passe derrière un arbre et disparaît.

Pas de belle entrée, pas de chemin en ciment. Pas de sentiers ménagés entre les chardons. Juste les façades inexpressives des maisons voisines, les longues traînes des lierres suspendues aux chéneaux et une mouette qui plane au-dessus de la rue défoncée. Et cette lumière, qui semble avoir traversé des milliers et des milliers de kilomètres avant de surgir par-dessus les toits dans un silence écrasant.

Miriam se retourne.

— On est mortes, dit-elle. Je suis sûre qu'on est mortes.

2

Esther Gramm naît en 1927 à Hambourg, Allemagne. L'accouchement est long et laborieux. Pendant plusieurs minutes, elle reste bloquée dans le canal utérin, privée d'oxygène. Sa mère succombe aux complications. Esther s'en sort avec une cicatrice de soixante millimètres à l'intérieur du lobe temporal gauche.

Quatre ans plus tard, son père se noie dans un canal. Esther est trimballée de nuit à travers la ville ; neige sur les jetées, vapeur s'élevant des trous dans les plaques d'égout. Des carrioles tirées par un cheval filent à travers ces rideaux blancs.

L'orphelinat pour filles de la fondation Hirschfeld, au 30, Papendam, est une maison de ville de quatre étages dans un quartier juif de la classe moyenne. Dans les chambrées, une douzaine de jeunes filles dorment sur des lits de camp. Elles ont des nattes, portent des bas noirs et des robes qui descendent sous le genou. Elles vont faire de la gymnastique le mardi soir, raccommodent leurs vêtements le mercredi soir, tressent des corbeilles de pain azyme le jeudi soir.

Tous les matins, la directrice, Frau Cohen, les écoute lire en chœur, penchées sur des recueils de textes donnés par des mécènes. *Le petit Salomon nettoie la réserve à charbon. Le petit Isaac tire sa charrette.*

Esther est là depuis un an quand elle fait sa première crise d'épilepsie. Elle est submergée par une odeur de céleri, alors qu'il n'y en a pas. Tandis qu'elle se tient dans le salon du rez-de-chaussée, l'impression d'un anéantissement imminent l'envahit et pendant toute une minute elle est incapable de réagir à ce qu'on lui dit.

Quelques mois plus tard, alors qu'elle a six ans, elle est assise sur une chaise, dans les douches, à côté des trois tubs, à attendre son tour, quand une locomotive à vapeur se met à gronder au loin. Quelques secondes plus tard, le train est juste derrière le mur, sur le point de le défoncer. Elle est la seule à s'en apercevoir. Frau Cohen, qui transportait un tas de chemises de nuit repassées, manches retroussées, trois mèches de cheveux sur les yeux, la regarde et penche très légèrement la tête de côté. Ses lèvres bougent, mais aucun son n'en sort.

Esther se bouche les oreilles. Le train rugit comme s'il débouchait d'un tunnel. Dans un instant, il sera sur elle ; dans un instant, il l'écrasera. Puis le convoi traverse sa tête.

Voici ce que voient ses camarades : la petite Esther glisse de sa chaise, atterrit sur le carrelage, prise de convulsions. Ses poignets se contractent. Ses yeux clignent une dizaine de fois par seconde.

Et voici ce que voit Esther : une pièce sans meubles. Le train a disparu, les filles aussi, l'orphelinat aussi. Une lumière violette, réfractée par la neige, passe à travers deux fenêtres. Un homme et une femme sont assis en tailleur par terre. L'espace d'un instant, ils regardent tous deux la neige qui souffle devant les immeubles d'en face.

— D'abord, on meurt, déclare la femme. Puis nos cadavres sont enterrés. C'est ainsi qu'on meurt deux fois.

Esther sent, confusément, qu'elle est en train de se débattre.

— Ensuite, poursuit la femme, dans un autre monde, inséré dans le monde des vivants, on attend. On attend que tous ceux qui nous connaissaient quand nous étions enfants soient morts. Et quand le dernier d'entre eux est mort, c'est alors que nous mourons pour la troisième fois.

Par la fenêtre, le vent attrape la neige et semble la renvoyer vers les nuages.

— C'est alors que nous sommes livrés au monde d'après, dit la femme.

À l'orphelinat, l'une des fillettes hurle. Frau Cohen lâche sa pile de linge. Neuf secondes ont passé. Esther se réveille.

3

Soixante-quinze ans plus tard, une Esther Gramm octogénaire se retrouve étendue sur le dos, dans son jardin, à Geneva, Ohio. C'est une veuve, un jardinier amateur primé pour ses carottes, et une illustratrice de livres pour enfants plutôt réputée. Elle vit seule dans une maison de style ranch bleu pâle, sur cinq hectares d'érables et de peupliers, à six kilomètres du lac Érié. C'est là qu'elle habite depuis cinquante ans.

Le fils d'Esther et sa blonde épouse férue de ski de fond vivent à côté, dans une maison blanche de style colonial, derrière un rideau de saules. Il y a quatre jours, ils ont pris l'avion pour se rendre à Changsha, en Chine, afin d'y adopter deux petites filles. Mais il y a des problèmes de visas, un imbroglio bureaucratique. Soudain, tout est remis en cause. Ils ont dit à leur fils Robert, qui a vingt ans et est étudiant – il est revenu juste pour l'été –, qu'ils vont peut-être devoir rester là-bas pendant plusieurs semaines.

La main gauche d'Esther est dans la main droite de son petit-fils. Tout son corps, même le dos de ses mains, est trempé de sueur.

Les fenêtres de sa maison, visibles à travers les lattes de la clôture du jardin, miroitent légèrement dans le crépuscule. Robert presse son poing contre son front.

— C'est la quatrième fois cette semaine…

— Tout est réel, chuchote Esther.

Elle se redresse trop rapidement et sa vue fuit en longues traînées. Robert récupère ses lunettes, l'aide à se remettre debout.

— On va aller à l'hôpital, dit-il.

Des nuées de moucherons palpitent sur fond de ciel. Les premières chauves-souris sortent des arbres en virevoltant.

— Non…

Esther ferme les yeux – bizarrement, ils semblent mal accrochés.

— Pas l'hôpital.

Elle s'appuie sur lui pour traverser la pelouse. Il l'installe sur son divan, pianote sur son petit téléphone noir.

— Papa ?… Papa ?

Esther a les tempes douloureuses.

— Je l'ai revue, dit-elle. La maison en hauteur au milieu des chardons.

— C'était une crise, grand-mère, dit Robert, qui est en train de scruter l'écran de son téléphone. Ton absence n'a duré que quelques secondes. J'ai chronométré. Tu n'as pas quitté le jardin…

— J'ai eu l'impression que ça durait des heures, marmonne-t-elle. Toute une journée.

— Papa, dit Robert, qui parle à présent dans le téléphone. Elle en a eu encore une…

Robert explique, hoche la tête, explique encore. Puis il lui passe le téléphone et elle entend son fils la sermonner à treize mille kilomètres de là. Il dit qu'elle doit aller au centre neurologique, à Cleveland. Il dit qu'elle est entêtée, impossible à vivre, une vraie tête de mule. Elle dit qu'elle est plus en forme qu'il ne l'est, lui, six jours par semaine.

— Pense à Robert.

La voix de son fils est proche, fêlée ; c'est comme s'il était encore juste à côté. Mais quand Esther songe à la clinique, elle voit des visages figés, des fauteuils roulants chromés dans des cabines d'ascenseur, des paravents où figurent des personnages de bandes dessinées et derrière lesquels reposent des têtes d'enfants rasées.

— C'est vraiment la pagaille ici, déclare son fils. Je me demande si on ne ferait pas mieux de rentrer à la maison.

— Occupe-toi de tes problèmes, moi, je m'occupe des miens.

Elle rend le téléphone à Robert, qui appuie sur FIN. Ils mangent des œufs brouillés dans le demi-jour de la cuisine. Des lucioles passent, luminescentes, dans l'amphithéâtre de son immense jardin. Robert dit :

— Promets-moi. Si ça recommence, on ira…

Esther regarde de son côté. Robert – un mètre soixante en sweat-shirt bleu, short camouflage et tongs – dévore. Depuis quelques semaines, il enregistre leurs conversations pour des motifs qu'elle ne comprend pas très bien. C'est lié à ses cours d'histoire à la fac. Une thèse, comme il dit.

— D'accord, dit-elle. C'est promis.

Robert rentre à la maison. Esther traverse le couloir à tâtons et va se coucher tout habillée. Son cerveau flotte et se heurte aux parois de son crâne. Depuis peu, elle devine des formes sous les objets de sa chambre ; elle a entendu jouer du violon dans les arbres. Et ses perceptions sensorielles se sont aiguisées : elle n'a pas envie de cuisiner, désherber, lire. Elle voudrait aller s'allonger dans le jardin, sur ses coudes, pour regarder les feuilles se déployer, grandir, briller. Hier, elle a marché jusqu'à la boîte aux lettres sous une petite pluie fine, s'est arrêtée, la main sur la clôture. Puis elle s'est assise dans les gravillons et, levant la tête, tandis que les gouttes tombaient dans ses yeux, elle a senti les frémissements d'un monde argenté juste sous celui-ci.

À présent, il est neuf heures du soir, sa lampe de chevet est éteinte et des flots de souvenirs remontent sans y avoir été invités – souvenirs très anciens, très enfouis. Elle perçoit le tohu-bohu à l'orphelinat, les cavalcades dans l'escalier, les robes qui claquent sur les cordes à linge tendues dans le jardin, un air de danse qui s'échappe de la grosse TSF à façade en loupe de noyer, au salon. Tous les soirs de sabbat, pendant onze années, Esther a pris place à la longue table de réfectoire. Elle regardait d'abord le dos de ses mains, puis celui des autres filles, Miriam et Regina et Hanelore et Else, en train de prier autour de la table, et s'interrogeait sur la famille, l'hérédité. Le temps se contracte ; Esther bat des paupières dans l'obscurité et se demande longuement si elle est bien encore dans l'Ohio, et non dans cette maison de ville, au 30, Papendam, comme il y a un demi-siècle – une douzaine de fillettes assises sur deux bancs, une douzaine de jeunes cœurs qui battent sous leurs pulls, tandis qu'à l'extérieur trois réverbères bleus sont secoués par le vent.

4

Avec une clé le Dr Rosenbaum gratte les plantes de pied d'une Esther âgée de six ans : avec un miroir frontal il examine ses pupilles. Il écoute attentivement la description du couple et de la neige rabattue par le vent.

— Fascinantes, ces hallucinations, murmure-t-il. Vous croyez qu'elle pourrait imaginer ses parents ?

Frau Cohen sourcille ; elle n'aime pas qu'on parle pour ne rien dire.

— C'est le haut mal ?

— Possible. Pas trop grasse, son alimentation. Peu de sucre. Ce n'est pas le moment de la mettre à l'asile.

Deux semaines après la crise dans la salle de bains, Esther en a une autre. Là encore, elle voit un homme et une femme dans une maison vide. Cette fois, ils descendent un escalier et s'aventurent dans une grande ville au crépuscule. Ils passent entre les hautes murailles des immeubles pendant des heures entières, rejoignent une longue cohorte de gens qui cheminent dans le froid. La neige tombe sur leurs épaules, s'accumule dans les rebords des chapeaux.

Le Dr Rosenbaum prescrit un anticonvulsif appelé phénobarbital. Le flacon est gros comme le poing d'Esther ; la capsule, dotée d'un compte-gouttes. Esther est censée prendre six gouttes par jour.

Un mois s'écoule. Puis un autre. Parfois, Esther se sent molle et perdue ; parfois, il lui est impossible de rester sage pendant les leçons. Mais le médicament est efficace. Son humeur s'équilibre. Son esprit ne déraille plus.

Miriam Ingrid Bergen, une gamine de sept ans au menton délicat et qui a le goût du risque, la prend sous son aile. Elle lui montre où Frau Cohen conserve son tabac, quelle boulangerie distribue des restes de pâte à pain ; elle explique quels sont les garçons au marché qui sont dignes de confiance et ceux qui ne le sont pas. Ensemble, elles se tiennent dans la salle de bains et empilent leurs cheveux dans divers chignons, cernent leurs yeux d'un trait d'encre et rient devant la glace à s'en tenir les côtes.

Esther consacre une bonne partie de son temps libre à dessiner. Elle dessine des cités antiques, des géants tatoués, des étendards qui flottent au vent, des clochers de cinquante étages, des tunnels éclairés par des flambeaux, des ponts faits de cordes, étranges amalgames de choses provenant de son imagination et de ce qui semble être des souvenirs.

Elle a sept ans ; puis huit ans. Du jour au lende-main, quasiment toute la population de Hambourg se met à arborer des brassards. Des photos dans les journaux du Reich montrent des défilés militaires, des tanks couverts de roses, des parterres de dra-peaux. Sur une photo, des chasseurs bombardiers allemands volent en formation, leurs ailes se touchant, au-dessus d'une chaîne de nuages. La petite Esther les examine. Des paillettes de soleil brillent sur les pare-brise. Chaque pilote se penche légèrement en avant, comme si la gloire était une lampe suspendue juste devant les hélices.

Des petits SA en plomb apparaissent à la devanture des magasins, qui avec des flûtes, qui avec des tambours, qui sur de brillants étalons noirs. Des garçons issus d'autres quartiers défilent devant l'orphelinat, criant des chants violents en direction des fenêtres. On crache sur Frau Cohen qui fait la queue pour acheter du fromage.

Le géant endormi est en train de se réveiller, affirme la TSF dans le salon. *Une année de victoires et de triomphes sans précédent est derrière nous. Le peuple allemand est plein de courage, de confiance et d'optimisme.*

— La citoyenneté est révoquée, leur annonce-t-elle un soir, alors que les petites filles sont en train de confectionner des rideaux plus épais pour les fenêtres des chambres. Le directeur dit qu'il faut se préparer à l'*Auswanderung*.

Auswanderung : l'émigration. Aux oreilles d'Esther, ce mot évoque des migrations de papillons, des bédouins roulant leurs tentes, les longs chevrons d'oies sauvages qui survolent la maison en automne.

Frau Cohen veille tard le soir pour écrire des lettres au ministère de la Jeunesse, à l'Office de la communauté germano-israélite. Les petites suivent des cours d'anglais, des cours de néerlandais, des cours de savoir-vivre. Esther et Miriam se donnent la main entre leurs lits de camp, dans l'obscurité hivernale, et Esther prononce à voix basse les noms des destinations dans l'espace au-dessus de sa tête : Argentine, Antarctique, Australie.

— J'espère, dit Esther, qu'on ne sera pas séparées.

— Seuls les enfants d'une même famille, rétorque Miriam, ne sont pas séparés.

La radio dit : *Le Führer entretient une relation privilégiée avec les enfants. Ils l'approchent en toute confiance et il les accueille de la même façon. C'est uniquement grâce à lui que, pour la jeunesse allemande, une vie allemande est de nouveau digne d'être vécue.*

Pour les neuf ans d'Esther, le Dr Rosenbaum arrive avec neuf crayons ornés d'un ruban.

— Comme tu as grandi ! s'exclame-t-il.

Il la réapprovisionne en anticonvulsifs. Il lui pose toute une série de questions sur ses dernières illustrations. Il contemple longuement un dessin où une cité miniature surgit sur une tête d'épingle ; minuscules toits couverts de minuscules tuiles, minuscules oriflammes qui flottent au vent.

— Extraordinaire ! dit-il.

Ce soir-là, à table, les filles se pressent autour de son épouse, une petite dame aux cheveux argentés qui sent bon le cachemire et le parfum. Elle leur parle des ponts sur l'Arno, du rucher du jardin du Luxembourg, des voiliers sur la mer Égée. Après le repas, les plus grandes servent le gâteau dans le service à thé, et tout le monde se rassemble autour d'elle dans le salon pour examiner ses cartes postales : Stockholm, Londres, Miami. Une pluie arachnéenne tombe devant les fenêtres. La grosse TSF susurre des

notes de violon. Frau Rosenbaum parle de la lumière
à Venise, en novembre, laquelle durcit et adoucit
toutes choses simultanément.

— Le soir, cette lumière-là est onctueuse, dit-elle
avec un soupir. Ça se savoure...

Esther ferme les yeux ; elle voit des arcades, des
canaux, des escaliers qui s'enroulent autour de mina-
rets gigantesques. Elle voit un homme et une femme
assis devant une fenêtre, des hachures de neige striant
les vitres.

Quand elle rouvre les yeux, un corbeau s'est posé
sur une branche, dehors. Il braque un œil sur elle,
penche la tête de côté, cille. Esther s'approche de
la fenêtre, applique la paume de sa main contre un
carreau. Le voit-elle ? Ici ? Cette chose qui brille
entre ses plumes ? Un autre monde incorporé dans
celui-ci ?

Le corbeau s'envole. La branche s'agite.

Frau Rosenbaum murmure une autre histoire ; les
fillettes soupirent et gloussent. Esther regarde encore
dehors et se dit : On attend. On attend que tous ceux
qui nous connaissaient quand on était enfants soient
morts.

5

L'octogénaire se réveille à six heures du matin
et doit s'appuyer au mur pour atteindre la salle de
bains. La maison entière semble osciller, comme si

au cours de la nuit on l'avait remorquée et posée sur un radeau, sur le lac Érié.

Le soleil se lève. Elle se fait griller des tartines mais n'a pas faim. Dans le jardin, un lapin assis sur son derrière est en train de grignoter ses plantations, mais Esther n'a pas la force de le chasser. Pour le moment, elle a l'impression que son ventre palpite, comme si des frelons s'y étaient nichés.

Un train se met à gronder au loin. Esther s'agenouille, tombe sur le flanc. C'est la crise.

Dans un genre de rêve, elle voit Miriam Ingrid Bergen emmener Hanelore Goldschmidt dans l'escalier d'une maison tout en hauteur. En haut de l'escalier, Miriam s'introduit dans le grenier par une trappe. À travers deux lucarnes hexagonales, elles jettent un coup d'œil à l'extérieur.

Échelles d'incendie suspendues, cheminées tronquées, conduits rouillés. Un étroit canal étouffé par les arbres. Tous les toits sont envahis par des mauvaises herbes qui poussent entre les tuiles ; certains se sont entièrement affaissés. Pas de fumée. Pas de tramways, pas de camions, pas de générateurs, pas de coups de marteau, de bruit de sabots, de cris d'enfants. Pas de claquements. Pas de feuilles de journaux volant au vent.

— On est bien à Hambourg ? chuchote Hanelore.

Miriam ne répond pas. Elle est en train de regarder un bâtiment au loin, qui doit compter une vingtaine d'étages : c'est le plus grand immeuble visible. À partir du toit, une antenne radio montée sur pylône s'élève encore plus haut ; au sommet, un phare vert clignote. Un vol de petits oiseaux noirs l'encercle lentement.

— Où sont-ils tous passés ? demande Hanelore.

— Je ne sais pas, répond Miriam.

Elles retournent au rez-de-chaussée. Les autres sont assises contre les murs, muettes, effrayées et assez affamées. Elles ont du sable dans les yeux. Les plus petites ont encore sommeil. Des phrases passent et repassent entre elles. « Pas d'allumettes ? », « Il n'y a personne ? », « Comment ça se fait ? » Le vent qui s'engouffre par les vitres cassées apporte l'odeur de la mer. La grande maison vide gémit. Les chardons crissent.

Esther se réveille. Elle a une autre crise généralisée dans sa salle de bains à midi. Et une troisième dans sa cuisine, quand le soir est tombé. Chaque fois, elle revoit ses camarades d'enfance. Elles boivent l'eau d'un canal tout proche, ramassent des pommes sauvages et les rapportent à la maison dans leurs robes relevées. Elles s'endorment en frissonnant par terre, face à l'âtre froid.

La nuit venue, elle se retrouve dans son lit sans trop savoir comment elle est arrivée là. Il y a dans l'air une odeur de poussière, de vieux papiers, pas de choses vivantes.

Les feuilles bruissent contre les chéneaux, c'est comme un clapotis. Impossible de se rappeler si elle a mangé quelque chose depuis le petit déjeuner. Elle sait qu'elle devrait appeler Robert, mais la force de se redresser sur son séant pour atteindre le téléphone lui manque. Des nuages masquent les étoiles. Sur leurs ventres elle croit voir se refléter ce phare qui clignote – vert, vert, vert.

6

Automne à Hambourg, 1937. Les martinets partent pour le Sahara. Les cigognes, a expliqué le Dr Rosenbaum à Esther, iront jusqu'en Afrique du Sud. Tandis qu'à travers tout le pays les Juifs se hâtent d'aller vers le nord, dans la direction opposée, vers les ports.

Des écriteaux apparaissent devant chez le boucher, devant le cinéma, devant le restaurant Schlösser, avec toujours la même calligraphie soignée : *Juden sind hier unerwünscht*. Plus de promenades. Plus de sourires. Plus de contacts visuels. Ces règles-là ne sont pas écrites, mais c'est du pareil au même.

Esther a dix ans quand la première lettre du service de l'émigration arrive. « Le Conseil a pris ses dispositions pour que Nancy aille à Varsovie », déclare Frau Cohen. Plusieurs applaudissent ; d'autres mettent les mains devant leur bouche. Tout le monde regarde Nancy, qui se mordille une lèvre.

Dehors, au loin. Varsovie : Esther imagine de luxueux palaces, des chandeliers en argent, des petites tables à roulettes qui circulent en cliquetant à travers des salles de bal. Elle dessine des réverbères qui se reflètent dans un fleuve et une belle calèche tirée par deux chevaux blancs harnachés de grelots. Un cocher stylé, armé d'une badine à clochettes, est juché à l'avant tandis que, dans la calèche, une petite fille avec de longs gants et une voilette est installée sur la banquette.

Deux jours plus tard, Nancy Schwartzenberger se tient dans l'entrée, serrant une valise en carton presque aussi grande qu'elle. À l'intérieur, il y a son livre de lecture en hébreu, plusieurs robes, trois paires de bas, deux miches de pain, et une assiette en porcelaine que lui a laissée sa défunte mère. L'étiquette de son bagage, soigneusement libellée, est attachée à la poignée.

Les autres pensionnaires se sont massées sur le palier, toujours en chemise de nuit, les plus grandes soulevant les plus petites pour leur permettre de voir. Là-bas, dans le salon, Nancy semble toute petite dans son cardigan blanc et sa robe bleu marine. Elle a l'air de ne pas savoir s'il vaut mieux rire ou pleurer.

Frau Cohen l'accompagne au centre de déportation et revient seule. Une lettre de Nancy arrive en octobre. *Je cou des bouttons toute la journé. Les hommes avec qui j'ai voyagé font des otoroutes. Ça c'est dur. Il y a plain de monde. J'ai une envie fole de latkes. Je vous embras.*

Au cours de l'hiver, des rumeurs se propagent parmi elles tel un gaz invisible. Il paraît que toutes les boutiques des commerçants juifs vont être pillées, que le gouvernement met au point une arme appelée le « Signal secret », qui transforme la cervelle des enfants juifs en purée, que des policiers se glissent dans les maisons, la nuit, pour faire leurs besoins sur les tables de la salle à manger tandis que les habitants dorment.

Chacune se met à héberger sa propre dose d'espoir, de peur et de superstition. Else Dessau affirme que les autorités permettent à des navires bondés d'enfants – les *Kindertransport* – d'aller en Angleterre. Avant de partir, on peut se rendre dans n'importe quel grand magasin en ville pour choisir trois tenues de voyage. Regina Goldschmidt prétend que la police emmène tous les handicapés dans un bâtiment en brique derrière l'hôpital de Hambourg-Eppendorf pour bombarder leurs parties génitales aux rayons X. Les épileptiques aussi, dit-elle en regardant Esther droit dans les yeux.

L'or et l'argent sont confisqués. Les permis de conduire sont confisqués. Les harengs fumés disparaissent ; le beurre et les fruits ne sont plus que souvenirs. Frau Cohen commence à rationner le papier et Esther doit dessiner dans les marges des journaux et des livres. Elle dessine un ogre qui abat son filet à papillons sur une ville ayant la forme d'une assiette ; elle dessine un corbeau gargantuesque qui écrase des maisons dans son bec.

Esther dit à Miriam que, c'est sûr, elles seront déportées sous peu. Accueillies autre part. Canada, Argentine, Uruguay. Elle imagine Nancy Schwartzenberger assise parmi d'autres après sa journée de travail, des assiettes fumantes passant de main en main. Elle dessine des lustres qui font briller une argenterie impeccable.

En novembre 1938, les deux amies sont chez le pâtissier, sur une banquette en moleskine, avec trois carrés de chocolat à se partager. C'est la première fois en quatre jours que Frau Cohen les autorise à sortir de l'orphelinat. Chaque client qui entre semble savoir quelque chose de nouveau : demain, les synagogues seront brûlées ; la compagnie maritime d'Arnold Bernstein sera aryanisée ; tous les hommes du quartier vont être arrêtés.

Un vieillard arrive en courant et annonce que des jeunes SA sont en train de démolir la vitrine d'un cordonnier dans Benderstrasse. Dans le magasin, le silence se fait. En l'espace de dix minutes, tous les clients se sont éclipsés. Esther sent une crainte familière s'enrouler lentement autour de sa gorge.

— On devrait s'en aller, dit-elle à Miriam.

Le pâtissier obèse s'assied sur une banquette, un peu plus loin. Sa figure est blanche et dure comme du quartz. De temps en temps, il laisse échapper un faible gémissement.

— À qui s'adresse-t-il ? chuchote Miriam.

Esther la tire par la manche. Le pâtissier regarde dans le vide.

— Il paraît que sa famille est déjà partie, chuchote Miriam.

— Je ne me sens pas bien, dit Esther.

Elle prend le flacon d'anticonvulsifs dans sa poche et dépose trois gouttes sur sa langue. Dehors, une bande de voyous passent à toute vitesse, ramassés sur leurs vélos. L'un d'eux brandit un long drapeau rouge.

Derrière le comptoir, le téléphone mural se met à sonner. Cinq, six fois. L'attention du pâtissier va de l'appareil à la fenêtre.

— Pourquoi il ne décroche pas ? chuchote Miriam.

— On devrait s'en aller, répond Esther.

— Il y a quelque chose qui cloche…

— Miriam !

Le téléphone recommence à sonner. Les fillettes regardent de tous leurs yeux. Et, sous leurs yeux, l'homme sort un rasoir de sa poche et se tranche la gorge.

7

Esther est dans la Nissan de son fils, conduite par Robert, et ils sont sur le chemin du supermarché, quand elle entend un train gronder sur sa droite. Par réflexe, elle regarde par la vitre la route 20 où n'arrive aucune voiture – et encore moins de train. Une douce lumière matinale tombe sur un terrain envahi par les mauvaises herbes – ses jambes se raidissent, l'odeur de la voiture devient aigre et les réverbères semblent s'allumer et s'éteindre d'un seul coup.

Esther revient à elle au centre de neurologie, à Cleveland. Un casque souple d'électroencéphalogramme truffé d'électrodes est ajusté sur sa tête. Robert dort sur une chaise, dans un coin. Le capuchon de son sweat-shirt est rabattu et les cordons sont si resserrés qu'on ne voit que son nez et sa bouche.

Une infirmière en blouse bleue lui explique que son coma a duré presque trois heures.

— Mais vous êtes là, à présent…, dit-elle, avant de lui tapoter la main.

À son réveil, Robert est en train de jouer à une sorte de jeu vidéo sur l'écran de son portable, ou suit des jeux télévisés sur le poste fixé en hauteur. Par deux fois, il a eu une longue conversation à sens unique avec ses parents en Chine. C'est bon, papa. Oui, elle est là. On fait des examens.

Dans la soirée, un neurologue roux s'assied au chevet de la patiente. Robert lit des questions qu'il a notées en script sur des bouts de papier. Le médecin délivre des réponses posées. La lésion à l'hippocampe a presque doublé de taille depuis le dernier scan. On ignore pourquoi, mais c'est sans doute la cause de l'aggravation de ses crises. Ils ont l'intention de modifier sa prise médicamenteuse, d'augmenter les doses, de recourir aux stéroïdes neuroactifs. On va la garder en observation pendant une semaine. Au moins.

Esther n'écoute pas vraiment. Tout lui semble si flottant, si lointain pour le moment ; les médicaments lui donnent l'impression de regarder sa chambre à travers des lunettes de plongée embuées. Le temps s'étire. Elle entend le jeu électronique de Robert émettre ses bips anesthésiants. Parmi les dalles du plafond, elle voit des fillettes pieds nus cueillir de petites pommes roses sur des arbres. Elles les dévorent avec appétit. Elles se déplacent, pâles et étranges dans leurs sous-vêtements ; les barres de leurs côtes ressortent. Elles s'avancent en titubant dans les rues détruites, la plus petite trébuchant parce que ses chaussures sont trop grandes. Peu à peu, elles se fondent dans le brouillard et un implacable battement – est-ce le cœur d'Esther ou quelque machine de l'hôpital ? Elle ne saurait le dire.

Aux alentours de minuit, Robert la quitte pour refaire le trajet de quatre-vingts kilomètres dans l'autre sens et il s'assied dans la vaste cuisine de ses parents. Ses amis de la fac sont à des centaines de kilomètres et il n'a pas gardé le contact avec ses copains de lycée. Il devrait être en train de lire des livres d'histoire, de travailler à sa thèse, de réécouter ses entretiens avec sa grand-mère. En fait, il regarde un téléfilm qui raconte l'histoire de deux gamins qui remontent le temps et dîne d'un bol de soupe en boîte. Dans le jardin, le clair de lune ruisselle à travers les arbres.

Sa mère appelle de Chine pour dire que sa grand-mère aura besoin de certaines choses : brosse à dents, pilules contre le cholestérol, sous-vêtements, quelque chose à lire. « Des sous-vêtements ? » répète Robert, et sa mère, installée sur un pliant, dans un logement communautaire à Changsha, à deux heures de l'après-midi, répond : « Je t'en prie, Robert... »

Des papillons de nuit se jettent contre l'ampoule du perron d'Esther. Le vestibule semble humide et abandonné. Robert s'essuie les chaussures ; il traverse la cuisine de sa grand-mère pour la millième fois peut-être, mais cette fois-ci, il a une impression de désolation, comme si quelque chose de vital en avait été extirpé.

Il met un corsage, des pantalons, une paire de chaussons dans un bagage. Sur la table de chevet, il y a un roman et, dépassant d'entre les pages, une feuille de papier au format fiche. Robert s'en saisit.

Au recto, un dessin un peu flou : une bicoque avec des mauvaises herbes qui poussent dans les chéneaux. Quatre étages, deux pignons. Tout autour, au pied des murs, encore des mauvaises herbes qui dégorgent dans une rue défoncée, elle-même envahie par les chardons.

Au verso, les noms et dates de naissance de douze fillettes. Le papier semble vieux et jauni, le texte est grisâtre.

Nom, est-il écrit dans la première colonne, puis *Date de naissance*, *Date de déportation*, et *Destination*. Pour chaque nom, les dates de déportation et les destinations sont les mêmes. *29 juillet 1942. Birkenau.*

Robert lit, de haut en bas. *Ellen Scheurenberg. Bela Cohn. Regina Goldschmidt. Hanelore Goldschmidt. Anita Weiss. Zita Dettmann. Inga Hoffman. Gerda Kopf. Ilouka Croner. Else Dessau. Miriam Ingrid Bergen. Esther Gramm.*

8

En août 1939, une autre orpheline – Ella Lefkovits – est déportée en Roumanie. Elle a sept ans. Une semaine plus tard, Mathilde Seidenfeld reçoit sa propre convocation : on l'envoie dans l'Est, avec un oncle lointain, dans un endroit qui s'appelle Theresienstadt. « Il paraît que c'est une station thermale », murmure-t-elle. Sur ses dernières feuilles de papier vierge, Esther dessine des allées bordées de bassins fumants, des bains publics en marbre, des globes cristallins qui brillent en haut de mâts en cuivre. Elle écrit *Pour Mathilde* en bas, glisse les dessins dans la valise de celle-ci.

Dans ses cauchemars, Esther brûle ; elle voit des flammes dévorer les rideaux de la chambre. Elle entend le gros pâtissier s'affaisser sur sa banquette en moleskine en émettant un gargouillis. Aucune nouvelle n'arrive, concernant Ella ou Mathilde. À présent, trois autres orphelines, plus jeunes, ont remplacé les déportées : deux d'entre elles sont des nourrissons. Tout le monde parle à voix basse. Dans la rue, les passants regardent en l'air, comme si la menace devait venir du ciel.

L'Allemagne bombarde Londres. Esther a treize ans. Elle avale ses doses d'anticonvulsifs ; elle ramène à la manivelle les cordes à linge. Elle écoute les sirènes des bateaux, au loin, et les bourdonnements des grues sur le port. Elle parle à Miriam d'endroits lointains ; Katmandou, Bombay, Shanghai. Miriam réagit rarement.

En septembre, un avis dans le journal annonce que tous les Juifs devront avoir apporté leurs radios à des centres avant le 23. Deux jours plus tard, les douze orphelines se rassemblent au salon avec Frau Cohen, le Dr Rosenbaum et son épouse, et Julius, le vieux gardien, pour écouter une dernière émission sur la TSF. La chaîne nationale retransmet un opéra depuis Berlin. Les fillettes se perchent sur le divan ou s'asseyent par terre, jambes repliées sous elles. La maison s'emplit d'une voix grandiloquente, grésillante.

Frau Cohen raccommode ses bas. Le Dr Rosenbaum marche de long en large. Frau Rosenbaum se tient assise, très droite, et elle garde les yeux fermés jusqu'à la fin. De temps en temps, elle inspire à fond, comme si le haut-parleur distillait un parfum rare.

Ensuite, les fillettes restent à leur place tandis que Julius débranche la TSF, la charge sur un diable, descend lourdement les marches du perron. Là où trônait l'appareil, il reste un carré où le parquet est moins décoloré qu'ailleurs.

9

Dans la clinique de Cleveland, Esther flotte à travers des heures contaminées par les médicaments. Les stéroïdes empêcheront les œdèmes, déclare le neurologue. Les anticonvulsivants empêcheront les crises.

Robert est penché au-dessus d'elle – ce doit être son troisième jour de clinique et il doit être midi. Il a apporté une feuille de papier pour aquarelle et une poignée de crayons. Toute sa vie il a dessiné avec elle. Petit, il grimpait sur ses genoux et ensemble ils dessinaient des super-héros, des vaisseaux spatiaux, des galions de pirates. Il a passé des heures à examiner les dessins encadrés qu'elle avait exposés dans sa maison ; il a quasiment passé son enfance sur ses genoux, à lire des contes illustrés par elle. Souris trottinant sur leurs pattes à travers un tunnel éclairé par des torches. Princesses transportant des lanternes à travers une forêt. Aujourd'hui, il rapproche le plateau pivotant contre le ventre de sa grand-mère, cale son dos contre un oreiller, ajuste les branches de ses lunettes.

Esther met quelques secondes à refermer ses doigts autour d'un crayon. Robert l'observe patiemment, debout, la tête penchée de côté.

Au prix d'un gros effort, elle rapproche le crayon du papier. Dans son imagination, elle voit une maison blanche, onze fillettes postées à onze fenêtres. Elle trace une simple ligne en travers de la feuille. Le temps s'écoule. Elle réussit à en tracer une autre, puis deux de plus : un rectangle de guingois.

Quand elle soulève la feuille jusqu'à ses yeux, c'est un fatras de faibles hachures. Rien n'en sort.

— Mamie… ? dit Robert.

Esther le regarde à travers ses larmes.

10

La cuisinière disparaît. Julius le gardien est envoyé en camp de travail. Pas de lettre ni de l'un ni de l'autre. À présent, Frau Cohen passe plusieurs heures par jour à faire la queue pour les provisions, au bureau des déportations, pour des formalités administratives. Les plus grandes préparent les repas ; les plus jeunes font la vaisselle. Esther dessine des paquebots dans les marges de vieux journaux : quatre grosses cheminées, des foules contre les bastingages, des porteurs sur les passerelles. Les convocations peuvent arriver à tout moment, du jour au lendemain elles seront envoyées à l'étranger, les sirènes retentiront, la migration commencera.

À l'automne 1941, alors qu'elle a quatorze ans, le Dr Rosenbaum rate un rendez-vous avec elle pour la première fois. Frau Cohen envoie Miriam et Esther à son cabinet. Les jeunes filles marchent d'un pas rapide, entrelaçant leurs doigts. Régulièrement, Esther ravale une bouffée de panique.

Au pied de l'immeuble, la plaque en bronze a été retirée. Par une fenêtre latérale, entre deux haies, elles voient un fumigateur enfumer ce qui était la salle d'examen. Les tapis ont été roulés ; les portes des placards ont disparu.

— Ils ont émigré, décrète Frau Cohen. Ils ont des relations et ça n'a pas dû leur poser trop de problèmes. Ils ont attendu le plus longtemps possible avant de s'enfuir.

Elle regarde Esther dans les yeux.

— Toi, tu restes avec nous.

Esther pense : il me l'aurait dit. Il ne serait pas parti sans me le dire. Elle regarde le flacon de phénobarbital. Il y en a pour deux semaines environ. Et si ce médicament était une invention du Dr Rosenbaum pour empêcher Frau Cohen de l'envoyer à l'asile ? Et si c'était juste du sucre et de l'eau ?

Elle teste trois pharmacies. On ne la laisse pas entrer dans les deux premières. Dans la dernière, on lui demande son nom, son adresse et des papiers d'identité. Elle bat précipitamment en retraite. Elle se rationne : trois gouttes par jour. Puis une seule.

Contre toute attente, son esprit semble plus vif, comme survolté : elle passe toute une nuit à dessiner à la lueur de la bougie : vingt milles hachures de crayon, des cités sombres pleines de pluie, des silhouettes pâles marchant dans des rues enneigées, juste quelques ronds restés blancs pour figurer la lumière des réverbères. Si on dessine les ténèbres, se dit-elle, celles-ci mettront en valeur la lumière qui était dans le papier, cachée. À l'intérieur de ce monde-ci, il en est un autre.

D'heure en heure, de jour en jour, sa sensibilité s'affine tandis que son humeur se dérègle. Elle a des vertiges, des angoisses. Elle crie contre Else Dessau qui s'éternise dans la salle de bains. Elle crie contre Miriam sans raison valable. Parfois, les murs des chambres semblent s'amincir ; allongée sur son lit de camp, en pleine nuit, elle croit voir le ciel nocturne à travers les planchers au-dessus de sa tête.

Par un après-midi hivernal, alors que la maison semble particulièrement silencieuse, que les bambins dorment, que les aînées font la lessive dans le jardin, plus de neuf ans après sa première crise généralisée, elle entend une locomotive gronder au loin. Elle se pétrifie dans le couloir, en haut de l'escalier, et ferme très fort les yeux.

— Non…, chuchote-t-elle.

Il fonce sur elle. L'orphelinat s'évanouit. Esther marche à travers une cité sans lumière, à la tombée du jour. Entre les immeubles, il y a des dédales, des ruelles anonymes et des porches mystérieux. De la suie tombe du ciel. Tous les porches devant lesquels elle passe sont bourrés de gens sales, muets. Ils boivent des bouillons gris, ou s'accroupissent sur leurs talons, ou examinent les lignes dans leurs mains. Des corbeaux s'envolent des gouttières. Des feuilles volent le long des rues, meurent et renaissent dans les airs.

Esther se réveille au pied de l'escalier avec un os qui sort de son poignet.

11

Esther est depuis six jours à l'hôpital quand elle demande à Robert de la ramener à la maison. Il tressaille dans son coin et se replie sur lui-même.

Ses chaussures semblent énormes ; comme s'il avait changé de pointure en l'espace d'une semaine. Dans les entrailles du bâtiment, une machinerie produit son ronron lancinant.

— Il faut que je sorte d'ici, dit-elle.

Robert passe les mains dans ses cheveux. Ses yeux se mouillent.

— Le médecin a dit qu'il vaut mieux rester, mamie. Les parents seront rentrés dans une semaine ou deux…

Elle ouvre et referme la bouche avec effort. Parler lui est de plus en plus difficile. Des aides-soignants passent en faisant du bruit. On tire une chasse d'eau quelque part. Pendant combien de temps va-t-on encore la garder ? Pendant combien de temps devra-t-elle supporter ce pilonnage mécanique, monstrueux ?

Elle considère son petit-fils, le gentil Robert avachi dans son siège, avec ses cheveux bouclés et son sweat-shirt « Cleveland Browns ».

— J'ai besoin de sortir, dit-elle. Besoin de voir le ciel.

Le huitième jour, Robert est quasiment en pleurs dès qu'elle commence à le harceler. L'angoisse se manifeste aux moments les plus inattendus : elle a dû laisser le gaz allumé, un enfant enfermé dans une voiture, et il faut faire l'impossible pour éviter la catastrophe. Par deux fois elle est rattrapée par une infirmière alors qu'elle passait en clopinant dans les couloirs, en chemise de nuit, pieds nus, traînant sa poche à perfusion. D'autres fois, l'hôpital n'est presque pas là : elle ne peut pas dire pendant combien de temps elle sera absente, ni où elle va.

Robert parle de ce neurologue roux qui lui a fait une bonne impression. Les parents, dit-il, ont enfin débrouillé la situation en Chine et ils devraient être de retour avec les jumelles dans quinze jours.

— Quinze jours, ce n'est pas long. Et ici, on s'occupe mieux de toi que je ne pourrais le faire. Il faut prendre ton mal en patience.

Esther tente d'émerger de sa léthargie.

— Je me sens morte avec ces médicaments. Tu ne peux pas ouvrir la fenêtre ?

— Elles ne s'ouvrent pas, mamie. Tu as oublié ?

— Elles ne grandissent pas, dit-elle. Les petites restent petites. Les adolescentes restent des adolescentes.

— Quelles petites ?

— Les petites filles.

Robert va et vient à côté de son lit. Ses tennis sentent l'herbe et le gasoil. Il a travaillé pendant deux jours pour le compte d'un jardinier-paysagiste. La lumière qui entre par la fenêtre est vert foncé. Au-delà du parking, des feux arrière se traînent le long d'une autoroute.

— C'est dans ta tête, dit Robert.

Les clés de la voiture de son père s'entortillent autour de son index.

— Le médecin dit que ce que tu vois, c'est seulement dans ta tête.

— Dans ma tête ? chuchote Esther. Tout ce qui existe vraiment n'existe-t-il pas seulement dans nos têtes ?

— Il dit que, sans ces médicaments, tu aurais encore plus de crises. Tu pourrais en mourir...

Elle s'efforce de se redresser sur son séant.

— Robert, dit-elle.

Dehors, les nuages se sont beaucoup assombris.

— Bobby, regarde-moi... Est-ce que j'ai l'air d'en avoir encore pour longtemps ?

Robert se mordille la lèvre.

— Je dois rentrer chez moi.

— Tu l'as déjà dit, mamie.

— Et si ce n'était pas juste dans ma tête ? Et si c'était réel ? Si ça m'attendait ?

— Si ça attendait... quoi ?

Esther ne répond pas.

La voix de Robert tremble.

— Tu me demandes de t'aider à mourir.

— Je te demande de m'aider à vivre.

12

La police fait condamner une maison de retraite juive, à quatre pâtés de maisons de là. Frau Cohen recueille vingt personnes âgées. Les hommes se serrent dans le salon ; les femmes se répartissent entre le local réservé à la couture et les chambres.

Deux semaines plus tard, d'autres personnes âgées se présentent à la porte. À la mi-janvier, l'orphelinat déborde de gens, d'anxiété, et de poux. Tous les mercredis, Frau Cohen fait bouillir des casseroles de désinfectant. Des personnes déplacées doivent camper dans le cellier, le cagibi du gardien, la salle de classe, la salle à manger – dactylo, ancienne libraire, professeur à la retraite, commerçants et bijoutiers. Chacun se constitue un petit pré carré avec ses valises, un polygone imparfait où déposer son linge, jouer aux cartes ou rêver.

La nuit, Esther se réveille avec des élancements dans le poignet, sous l'attelle de fortune. Des quintes de toux ricochent contre les murs. Des fillettes se grattent dans leur sommeil. Plusieurs semaines se passent sans une seule crise, puis elle en subit trois ou quatre en rafale : crises épuisantes, précédées par un léger vertige durant lequel le train fonce en hurlant dans sa direction, tandis que tout s'accélère et rougeoie, comme si les murs de l'orphelinat allaient prendre feu.

Esther se réveille parmi des visages d'inconnus, des visages âgés qui la contemplent avec inquiétude et horreur. Comme s'ils regardaient quelque chose tombé d'une autre planète. Son écriture va de travers. Pour monter l'escalier, Miriam doit lui prendre le coude.

— Tu ne marches pas en ligne droite, Esther. Tu n'arrêtes pas de dévier sur la gauche.

Dans la glace, elle voit un être fragile, maladif, aux yeux surdimensionnés.

À table, tout le monde regarde combien de cuillerées Frau Cohen dépose dans les assiettes. Esther sent le poids des regards des hommes sur elle tandis qu'elle mange. Dans son esprit, elle entend la voix de Regina : *Ils prennent les épileptiques aussi.*

La nuit, Esther et Miriam se donnent la main. À l'étage du dessous, un homme lit à voix haute en hébreu ; il est question des enfants d'Israël. Ses paroles semblent se répercuter à travers toute la maison. *Car l'Éternel, ton Dieu, a connu ta marche dans ce grand désert. Voilà quarante années qu'Il est avec toi. Tu n'as manqué de rien…*

Derrière les rideaux, la neige tape doucement aux carreaux. Des corbeaux gonflent leurs plumes au-dessus des arbres dépouillés. Quelques camions roulant au gazogène traversent le quartier avec leurs essuie-glaces en action, l'eau des canaux bouillonne sous les ponts, un convoi s'ébranle dans la gare en direction de l'est à travers la neige, précédé par ses faibles fanaux.

13

Robert organise sa fuite à la faveur d'un orage. Tandis que les infirmières, regroupées devant une fenêtre, admirent les éclairs, tous deux se dirigent droit sur l'ascenseur. Ils descendent cinq étages et franchissent les portes coulissantes. Sur le parking, il pleut des cordes. Ils s'installent dans la Nissan et allument le chauffage. Les essuie-glaces se mettent à fonctionner.

— On n'aurait pas dû signer une décharge ? dit-il.

— Ce n'est pas une prison, répond-elle.

Robert se parle à lui-même tout en conduisant. Esther repose sa nuque contre l'appuie-tête. Tout son côté gauche est bizarrement engourdi. L'émotion de cette évasion subsiste dans sa poitrine. Les extrémités de l'autoroute semblent rougeoyer. Des feux arrière ondulent sous la pluie. La petite voiture glisse vers l'est. Esther ferme les yeux. Elle voit les joues roses de Bela Cohn après son bain tiède – tous les pores dilatés. Elle voit la bouille toute ronde de la petite Anita Weiss, deux ans, ses yeux qui brillent. Elle voit le front de Regina Goldschmidt se froncer quand elle menace de rapporter à Frau Cohen une bêtise quelconque. Elle voit les mains vives et industrieuses de Hanelore Goldschmidt, et la beauté brune et farouche de Miriam Ingrid Bergen. Elle voit Hambourg durant les mois précédant leur départ : les fenêtres occultées par les rideaux de black-out, l'atmosphère lugubre de Laufgraben et Beneckestrasse, cette impression que la ville est devenue un labyrinthe crépusculaire, comme si les tronçons de sa vie, ses dessins et ses crises avaient fusionné pour ne faire plus qu'un.

La pluie crible le pare-brise. Il y a comme une odeur de métal dans l'air.

— Merci, murmure-t-elle. Merci, Robert.

14

Rationnement. Confinement. Miriam et Esther commencent à passer des après-midi dans le grenier ; un refuge tendu de toiles d'araignée et encombré d'antiques rebuts. Deux lucarnes hexagonales donnent sur les toits. Par les fenêtres ouvertes des maisons, on entend les voix nasillardes des voisins, murmurant des prières qui montent à travers les plafonds, flottent le long des couloirs, espoirs ultimes s'incrustant dans les murs.

Au fond du grenier se dresse une énorme penderie en bois de cèdre. Massive, peinte en blanc. Quand Esther grimpe à l'intérieur, elle ne se cogne même pas la tête. Elle se met à passer des après-midi entiers là-haut, enjambant vieilles tables et lampadaires pour aller s'agenouiller dans cette vaste armoire et dessiner des labyrinthes sur les panneaux blancs et veloutés avec le moignon de son dernier crayon. Elle dessine des ponts qui s'entrelacent au-dessus d'autres ponts, des temples à colonnes, des arbres qui poussent à l'envers dans des cavernes. Comme si elle inventait un paradis où se réfugier, avec Miriam.

Au mois de mars, quand elle descend à la salle à manger, elle voit le Dr Rosenbaum parler avec Frau Cohen. Il porte un complet brun, une cravate bordeaux, et sur le moment Esther se persuade qu'elle rêve.

Mais c'est bien lui. Il est maigre à faire peur. Les bas de son pantalon tombent en morceaux et il manque un lacet à l'une de ses chaussures. Des demi-lunes de crasse sont incrustées sous ses ongles. Il étreint longuement Esther. D'une poche, il tire deux crayons tout neufs, rouge vif. Esther n'en croit pas ses yeux. Elle lui chuchote à l'oreille :

— Je n'ai plus de médicaments.

— C'est la pénurie générale.

— Et j'ai vu des gens entassés dans des maisons. Des gens accroupis sur des trottoirs. Attendant quelque chose.

Le Dr Rosenbaum acquiesce.

— Comme quand tu étais petite…

— Il y en a de plus en plus, à présent, dit-elle.

Le Dr Rosenbaum ne demande pas si elle fait allusion aux gens ou aux crises.

Il a passé pratiquement une année en camp de travail. C'est parce qu'il est médecin, d'après lui, qu'on l'a relâché. Il n'a pas revu sa femme depuis lors.

— Minsk, bredouille-t-il. Ils disent qu'ils l'ont envoyée à Minsk.

Il passe presque tout son temps au 30, Papendam, examinant les malades, retirant les lentes sur la tête des enfants, ou assis dans le jardin, indifférent au froid, le col déboutonné, le manteau juste posé sur les épaules, adossé à un arbre, ses grosses mains sur les genoux telles des machines molles. La nuit, il va dormir chez les hommes, sa tête grisonnante posée sur sa sacoche en cuir, ses lunettes à monture d'acier soigneusement repliées par-dessus sa poitrine. Esther s'assied près de lui en toute occasion.

— Minsk, murmure-t-elle. Vous croyez qu'elle se plaît, là-bas ?

Le Dr Rosenbaum pose sur elle un regard qu'elle ne comprend pas – mélange de chagrin, de mélancolie et d'étonnement. Il lui tapote la tête et regarde ailleurs.

Les journées passent, petit à petit. Frau Cohen impose à ses ouailles une discipline de fer – lecture, calcul mental, histoire biblique. Devoirs scolaires, dîner, prière, coucher. Mais pour Esther, le temps commence à se désintégrer ; par deux fois, en avril, elle se retrouve à un pâté de maisons sans savoir comment elle est arrivée là. Parfois elle s'aperçoit que Miriam est en train de lui tenir la main à l'intérieur du grenier, ou sur un banc, devant une maison qui ne lui est pas familière.

— Tu as eu une absence, Esther. Tu ne m'écoutais plus. Tu n'arrêtais pas de me demander où tu étais.

Elle repose sa tête sur l'épaule de son amie ; elle écoute sa lente et rassurante respiration.

— Tu te rappelles le pendule ? dit-elle.

Il y a quelques années, dans ce qui apparaît aujourd'hui comme un autre monde, le Dr Rosenbaum avait emmené plusieurs d'entre elles au cinéma, à l'occasion de l'anniversaire d'Esther. En première partie, les actualités montraient le Panthéon, à Paris. À l'intérieur, sous l'immense coupole, une boule dorée se balançait au bout d'un fil métallique de soixante-dix mètres de long. Sur sa face inférieure, il y avait un stylet et, tandis que la boule se balançait, ce stylet traçait un motif dans le sable qui se trouvait par terre. Le pendule de Foucault mettait en évidence la rotation de la Terre, déclarait la voix off ; il oscillait continuellement, sans jamais s'arrêter.

À présent, l'oreille collée à la cage thoracique de Miriam, Esther croit voir ce pendule osciller au-dessus de la ville : énorme, terrible, se balançant sans discontinuer, impitoyable : il grave et regrave sa vérité inhumaine dans le vide.

15

Dans l'Ohio, Robert prépare les repas de sa grand-mère, téléphone à ses parents deux fois par jour, et dort sur le canapé d'Esther. De temps en temps, il ouvre son ordinateur portable dans l'intention de travailler à sa thèse, et contemple fixement l'écran.

Esther semble plus heureuse, apparemment, d'être parmi ses plantes d'intérieur, ses dessins, ses théières. Elle peut s'habiller toute seule. Avec une canne, elle peut bouger en décrivant un triangle qui va de la chambre à la salle de bains, et de la salle de bains à la cuisine. Dans deux semaines, les parents seront rentrés. Dans un mois, Robert aura repris ses études.

Deux jours après son retour de la clinique, Esther se tient devant le lavabo, quand la locomotive se met à gronder. Elle pose un genou à terre, puis se laisse choir sur la moquette. Dans une espèce de transe, elle voit Miriam, Hanelore et la petite Ilouka Croner, cinq ans, marcher dans des rues éventrées, dévastées. Des mouettes cinglent au-dessus de leurs têtes tels des fantômes. Elles passent devant le squelette rouillé d'une grue et entendent l'eau goutter par le toit d'un entrepôt, errent parmi des ateliers où il n'y a plus de machines. Finalement, elles atteignent le bâtiment de vingt étages que Miriam recherchait. Quand les fillettes regardent en l'air, elles voient un quadrillage de fenêtres s'amenuisant vers le haut et la carcasse métallique de la grande antenne radio qui s'élève dans le ciel. Sa balise verte clignote.

La cage d'escalier est libre d'accès et non éclairée. Hanelore mène ; Miriam porte Ilouka sur ses épaules. Quinzième étage, seizième étage. Au dernier, il y a une porte sans poignée. Hanelore jette un coup d'œil à Miriam par-dessus son épaule, puis la pousse à l'intérieur. Tout l'étage n'est qu'une vaste salle carrée sans cloisons séparatives. Six fenêtres de chaque côté offrent un panorama sur la ville.

Les fillettes entrent, le souffle court. Au milieu de la salle, un micro chromé sur son pied, posé sur une lourde table en bois. Il n'y a pas de fil pour raccorder ce micro. Il n'y a apparemment pas d'autre accès à cet endroit. Juste vingt-quatre fenêtres, dont plusieurs ont perdu leurs vitres. Et la table. Et ce micro.

Miriam repose Ilouka au sol. Le port est calme et gris sous le léger crachin. Le long des quais, des touffes d'herbes folles poussent, une promenade en planches s'est effondrée et des masses de pluie s'abattent sur l'eau. Une brise chargée d'humidité s'engouffre dans la salle.

Pas de bateau à l'horizon. Pas de bouées de navigation faisant tinter leurs cloches. Rien.

Il pleut sur la mer. Là-bas, des poissons voyagent en bandes innombrables et des baleines convoient leurs cœurs gigantesques à travers les ténèbres glaciales. Ilouka lève les yeux sur Hanelore.

— Qu'est-ce que c'est ?

— Un micro.

— À quoi ça sert ?

— À parler aux gens.

— Quels gens ?

Hanelore regarde Miriam. Celle-ci s'avance pieds nus vers la table, dans sa robe en haillons. Elle se penche au-dessus du micro. Elle murmure :

— Esther ?

16

— J'ai vu Frau Rosenbaum, dit Esther au Dr Rosenbaum.

Il est assis à sa place habituelle, contre l'arbre. C'est une belle journée printanière et plusieurs personnes travaillant au potager se redressent pour regarder dans sa direction.

— Je l'ai vue marcher à travers une ville. Elle chantait toute seule.

Frau Cohen est en train de laver des casseroles, dans un coin.

— Tu devrais être en classe d'arithmétique, lui dit-elle.

— Elle chantait…, ajoute Esther. *Qu'est-ce qui peut pousser, pousser sans pluie ? Qu'est-ce qui peut brûler sans fin ?*

Le Dr Rosenbaum se redresse, le dos très droit. Il la regarde, les paumes à plat contre le sol.

— Esther, ça suffit, dit Frau Cohen.

Et, au Dr Rosenbaum :

— Cette petite ne sait pas ce qu'elle dit.

— Ils étaient dans une ville, mais ils en sont sortis, traversant une forêt pour atteindre une vallée pleine de tentes. Tous allaient vers ces tentes, dont les toiles claquaient au vent. Frau Rosenbaum chantait : *Une pierre, une pierre peut pousser, pousser sans pluie / L'amour peut brûler à jamais.*

L'émotion passe sur le visage du Dr Rosenbaum tels des nuages. Esther s'aperçoit qu'il lui a attrapé le bras.

— Ça suffit, Esther ! s'exclame Frau Cohen.

— Dessine-moi cela, murmure le Dr Rosenbaum.

Avec son dernier crayon, elle dessine la scène telle qu'elle s'en souvient à l'intérieur des portes de l'armoire blanche. Elle dessine une cité tentaculaire enfumée, avec un port d'un côté et une forêt de l'autre. À la lisière de cette forêt, elle dessine des centaines de tentes contenues par les bords d'une vallée. Enfin, elle dessine Frau Rosenbaum, silhouette menue parmi une longue procession de pèlerins : cheveux gris, long manteau, la bouche ouverte – chantant.

Au bout de trois jours, Esther fait monter au grenier le Dr Rosenbaum. Il grimpe dans l'armoire, avec ses genoux qui craquent. Une bougie à la main, il examine les dessins, y colle son visage, marmonne dans sa barbe.

Esther s'assied par terre, sur ses mains. Le vieux médecin s'accroupit dans l'armoire en lui tournant le dos, sa silhouette découpée par la lueur de la bougie. Au bout d'une minute, elle le voit tendre un doigt pour toucher la figurine qui représente sa femme parmi les colonnes de pèlerins.

Elle pense : Et quand le dernier d'entre eux meurt, c'est alors que nous connaissons notre troisième mort.

Quand le Dr Rosenbaum descend de l'armoire, il la regarde longuement. Le lendemain matin, il est parti.

17

Vers midi, chaque jour, Robert accompagne Esther sur le patio derrière la maison et l'installe dans un fauteuil de jardin, sous un parasol. Au fil des heures, elle alterne entre deux versions d'elle-même : une Esther présente, et même bavarde, se servant de sa canne pour se déplacer dans le jardin, examiner son chèvrefeuille, les fleurs qui remuent bizarrement, comme si elles étaient articulées par des charnières, agitées par un vent différent. Du bout de sa canne, elle remue une branche : les fleurs deviennent des papillons qui s'envolent.

Et puis, il y a l'autre : une Esther plus sombre, sujette aux hallucinations, aux nausées, qui arrive le soir. Des corbeaux tombent en décrivant des spirales depuis la coupole du ciel ; son accent est plus prononcé, des phrases en allemand et hébreu ressurgissent des recoins de sa mémoire. Elle est aspirée par le passé.

Quatre jours après sa sortie de l'hôpital, sa vision de l'œil gauche commence à rétrécir. Quand elle ferme le droit, elle peut voir son jardin rapetisser progressivement : d'abord les arbres, puis l'herbe, puis le ciel, jusqu'à ce qu'il ne reste plus que les poteaux de la clôture, pareils à des rouleaux de draps blancs, ou des tabliers ondulant contre l'envahissant fond gris.

Parfois, Robert lui lit tranquillement le journal. Parfois, il dessine sur un calepin : arbres, fleurs, des choses qu'il n'aurait pas le courage de montrer à ses amis. Et parfois, il met son magnétophone en marche et l'interroge.

— Parle-moi de grand-père…

— Grand-père ?

— Le père de papa.

— J'étais ouvreuse dans un cinéma, dans le New Jersey. Lui, il n'arrêtait pas de prendre des billets même s'il n'allait pas voir le film. Il était bien plus jeune…

Robert se met à rire.

— Beaucoup plus jeune ?

296

— De quelques années. Mais il faisait très, très jeune.

Pendant quelques instants, elle garde le silence.

— Après la guerre, je n'en revenais pas que le monde fût encore capable de produire des jeunes gens.

Robert arrange le plaid sur ses genoux, oriente le parasol. Des feuilles chuchotent dans les arbres. Des petites trappes s'ouvrent dans la pelouse et se referment.

— J'étudie la Seconde Guerre mondiale à la fac.

— L'an dernier…, dit-elle.

— L'année prochaine aussi. Je suis en train d'écrire un mémoire là-dessus.

— Je me rappelle que tu n'aimais pas la façon dont on l'enseignait.

— Au début, il n'était question que d'armées, de traités, de tanks. Churchill, Hitler, Roosevelt. Comme si c'était l'Antiquité égyptienne, par exemple… Comme si ça s'était passé il y a très longtemps.

— L'Histoire…

— Mais tu l'as vécu. Tu t'en souviens. C'est ça, le sujet de ma thèse. Tu te rappelles ?

Il attend, mais Esther n'ajoute plus rien. Il reprend son petit appareil, appuie sur un bouton et le repose.

— Tu avais peur, mamie ?

— Pas de ce que tu crois.

— Tu veux dire : de la mort ?

— Oui, de la mort…

— Alors, de quoi avais-tu peur ?

Esther tire sur son col. Ses lunettes sont embuées, sa bouche entrouverte et Robert ne saurait dire si elle a autre chose à ajouter.

18

En juillet, seize autres personnes arrivent à l'orphelinat. Parmi elles, des visages connus : un cocher, un colporteur de journaux, un fabricant de meubles. Un épicier en manque de tabac dont les chaussures couinent. Personne n'a l'air de savoir ce qu'est devenu le Dr Rosenbaum.

Bientôt, c'est la canicule. La maison est pleine à craquer et il n'y a pas assez de nourriture. Les toilettes débordent ; les douches refoulent et empestent. Au jardin, Frau Cohen fait bouillir des draps dans de grandes lessiveuses. Par les lucarnes du grenier, Miriam et Esther s'imaginent sentir de l'oie rôtie, de la soupe à la tomate, des repas d'autrefois.

Esther a quinze ans. Elle a tout le temps l'impression d'être sur le point de se rendre à un important rendez-vous, mais sans pouvoir se rappeler où et quand. Souvent, elle reste muette quand on lui pose une question. Plus d'une fois, devant elle, Regina Goldschmidt a demandé à Frau Cohen qu'on l'emmène à l'hôpital :

— On ne peut plus la garder. Son état empire...

Les bras de Frau Cohen maigrissent visiblement. Ses cheveux sont gris et tout aplatis sur son crâne. Elle se racle la gorge.

— Regina…

— On n'a qu'à demander à un agent de police. Il nous aidera.

— Sûrement pas ! s'écrie Miriam. Moi, je veillerai sur elle. Laissez-moi prendre soin d'elle.

Frau Cohen passe les paumes de ses mains sur son tablier : elle les congédie.

Miriam et Esther transportent leurs lits de camp au grenier. Le 26 juillet, quatre cent trois avions anglais bombardent Hambourg à minuit. Elles assistent à cela depuis le grenier. Des points lumineux apparaissent un peu partout au niveau du port. Des centaines de filaments rouges fusent depuis des endroits où sont cachés des canons de DCA. Au bout de leur trajectoire, ces filaments éclatent, se transforment en ganglions d'éclairs rouges, blancs au centre.

Esther se plaque à terre.

— On devrait descendre, chuchote-t-elle.

Miriam ne détache pas les yeux de la lucarne.

— Vas-y, toi…

À tous les étages, les gens se réveillent et entendent les sirènes, ces canonnades ; ils se dirigent en silence vers le cellier et se blottissent dans les ténèbres.

Esther reste avec Miriam. Délibérément, presque paresseusement, les avions fondent sur la ville. Les traînées lumineuses des balles traçantes déchirent la nuit. Les avions descendent encore plus bas, volant en formation serrée. Sur un signal, des bombes pleuvent de leurs ventres au même moment : en un clin d'œil, des milliers de petites taches noires se déversent à travers des pans de ciel illuminés. Les bombardiers s'éloignent en vitesse. Les bombes tombent en diagonale.

Invasion de sauterelles, se dit Esther. Nuées d'oiseaux.

Depuis les lucarnes, les jeunes filles regardent les bombes incendiaires crever les toits, non loin de là. Des flammes d'un blanc phosphorescent se répandent comme de l'eau dans les gouttières. En quelques secondes, des foyers d'incendie épars se sont rejoints : bientôt des maisons entières sont en flammes. Au-dessus d'elles, des nuages de fumée et de cendres grandissent, en habits d'arlequin : rouge, vert, orange. Des coins de ciel entiers flamboient, avant d'être absorbés de nouveau dans la nuit. Esther a l'impression de regarder un vaste cerveau électrique. Et depuis ce cerveau, petites feuilles de papier enflammées, oreillers, livres et bardeaux pleuvent lentement sur la ville.

Elle voit un pendule doré osciller dans l'espace. Elle entend une voix de femme raconter une vieille histoire : *Et les vases contenant la lumière furent brisés en mille et mille morceaux, et les débris chargés de fragments de la lumière divine s'éparpillèrent à travers le monde.*

Elle s'essuie les yeux.

— Oh, oh, chuchote Miriam. *Schön, am schönsten.* Magnifique, splendide.

19

Dans l'Ohio, les crises ravagent Esther. Une pulsation électrochimique émane régulièrement de son lobe temporal et court-circuite les décharges coordonnées de sa conscience. Ses bras se raidissent, sa tête bascule en arrière. Les crises semblent non pas détériorer sa conscience mais la développer. De l'œil droit elle peut voir Robert la faire rouler sur le côté et lui tenir la main ; du gauche elle voit les ombres occulter les arbres.

Et si la maladie n'en était pas une ? lui dit-elle dans ses moments d'extrême lucidité. Et si la maladie n'était pas forcément un handicap, une confiscation ? Ce qu'elle est en train de vivre, serait-ce une ouverture, une fenêtre, une migration ? C'est peut-être cela que le Dr Rosenbaum avait vu en elle : voilà peut-être à quoi il pensait quand il contemplait les dessins dans l'armoire, au grenier ? Qu'il y avait quelque chose en elle digne d'être sauvé ?

Robert acquiesce, mal à l'aise. Il lui apporte de la soupe. Il lui apporte des toasts triangulaires. Il déclare à ses parents qu'elle va mieux, qu'elle est toujours aussi increvable.

Lors de ses crises, Esther voit Miriam mener leur petit groupe à travers la ville abandonnée jusqu'au grand bâtiment avec l'antenne radio sur le toit. Elles regardent le phare qui clignote tout là-haut, avant de gravir les longues volées de marches jusqu'au ving-

tième étage. Esther entend leurs voix dans la salle
de bains, au lit, dans son jardin en plein jour. Elle
reste sagement assise ; bruissement des feuillages.
Elle entend le très discret grésillement d'une voix
enfantine, portée par la brise. Elle entend une petite
fille dire :

— C'est même pas raccordé !

— Moi, je me lance, dit une autre voix, soudain
amplifiée. Papa travaillait dans un magasin d'ameublement. On allumait les bougies le vendredi soir. On
respectait le sabbat. Même une fois à l'orphelinat,
je croyais que tout le monde en faisait autant. C'est
seulement quand j'ai vu les écriteaux « Interdit aux
Juifs » et que j'ai demandé à Frau Cohen ce que cela
signifiait, que j'ai compris qu'on était juifs.

Ou :

— Bon. Moi, j'avais un oncle aux États-Unis.
Quand j'ai eu treize ans – mes parents avaient déjà
disparu –, Frau Cohen lui a écrit une lettre demandant s'il pouvait me payer mon voyage. S'il pouvait
m'héberger, me nourrir, et cetera. Me faire sortir de
Hambourg. J'avais dit de ne pas préciser qu'il devrait
me nourrir, d'affirmer au contraire que je pourrais me
débrouiller toute seule. Il lui a répondu tout de suite :
Les temps sont durs, ici. Voilà ce qu'il a répondu.

Longue pause. Esther ferme les yeux. Elle entend
la voix dire :

— Il ne savait pas…

Parfois, elle voit les fillettes au-dessus du jardin.
Elles peinent à monter un long escalier en colima-

çon, les plus jeunes tenant la main de leurs aînées. Elles s'asseyent au vingtième étage dans la grande salle carrée, juste à l'aplomb du jardin d'Esther, et se relaient au micro. Certaines sont renversées en arrière, les mains croisées derrière leur tête, à écouter le vent du large s'engouffrer par les fenêtres cassées, très au-dessus de la cime des arbres.

Esther chuchote leurs noms dans le noir : Ellen, Bela, Regina, Hanelore, Anita, Zita, Inga, Gerda, Ilouka, Else, Miriam. Robert se matérialise à son côté.

— Parle-moi d'elles...

— Anita Weiss zozotait. Elle essayait de retenir sa langue. Zita avait toujours les cheveux dans les yeux. Regina avait une mèche grise. Les autres prétendaient qu'elle était méchante, mais moi je crois qu'elle avait très peur. Elle ne croyait pas que quelque chose puisse durer...

— Laquelle était ta meilleure amie ?

— Miriam... Je l'aimais beaucoup. Elle était plus âgée que moi. Juste un peu plus jeune que toi...

Robert lui tend un mug de thé. Une minute passe, ou bien une heure. Pourquoi, se demande-t-elle, croyons-nous que nos vies nous guident vers l'extérieur, à travers le temps, et non vers l'intérieur, au-dedans de nous-mêmes ? Car c'est bien l'impression qu'elle a, quand elle est assise dans son jardin, à Geneva, Ohio, au cours de ce qui sera son dernier printemps. C'est comme si elle était entraînée vers quelque sentier intérieur qui mène à un mystérieux royaume miniature qui l'attendait depuis toujours.

Les parents de Robert appellent de Chine. Ils ont besoin du numéro de téléphone d'un certain avocat ; Robert doit déposer quelque chose dans le bureau de son père. Ils devraient être de retour le 5 juillet. Robert souhaite-t-il qu'ils rentrent plus tôt ?

— Ce n'est pas si terrible, répond-il. D'être avec elle. C'est même super, en fait…

Il garde le silence quelques instants. Sa mère respire à l'autre bout du fil.

— Mais je ne sais pas combien de temps je pourrai tenir…

Cet après-midi-là, il va chercher au fond du garage de ses parents une carriole pour enfants. Il la garnit de coussins, l'attelle à son vélo. Le soir venu, il aide Esther à monter à bord et la tracte le long de la rue.

Ils vont lentement, en évitant la circulation et les côtes. Cette nuit-là, il pédale pendant une heure entière, passant du crépuscule au clair de lune, croisant des fermes et des lotissements, par les petites routes de campagne. Elles sont très peu fréquentées. Esther a l'impression de se promener à travers une partie du monde où miroitent arbres, champs, châteaux d'eau, et grandes nappes de ténèbres mouvantes. Au loin, au-dessus du lac Érié, des nuées se superposent, formant des échafaudages couleur corail. Robert pédale avec acharnement et gravité ; Esther ressent ses efforts dans son propre corps.

— Ça baigne, mamie ? lui demande-t-il en se retournant, hors d'haleine.

— Plus que tu ne crois…, répond-elle.

20

Le 28 juillet, les convocations arrivent pour les fillettes. L'aigle et la croix gammée sur l'enveloppe. Pas de timbre. Comme si ça provenait du secrétariat de Dieu. Frau Cohen les appelle, les tirant de leurs diverses besognes : elles s'asseyent devant elle tandis qu'elle chausse ses lunettes.

Tout autour d'elles, des milliers de fenêtres fument encore. Des prisonniers de guerre entassent des cadavres sur des charrettes et des fusiliers marins somnolent sur leurs armes. Dans le potager qui se trouve derrière l'orphelinat, un ex-directeur de banque ratisse la terre entre des rangées de choux.

Elles devront se rendre à pied jusqu'au gymnase d'une école près du Central Hotel. Là, on les escortera jusqu'à la gare Ludwigslust. Il y a de longues listes méticuleuses de ce qu'il est conseillé d'emporter – chemises de nuit, mitaines, bougies, cirage à chaussures, lunettes – et de ce qui ne l'est pas – tapis, plantes vertes, livres, allumettes. Des instructions précisent comment tout doit être étiqueté et acheminé : chaque fillette reçoit un numéro de déportation.

Où, où, où. Regina Goldschmidt obtient sa réponse la première. Les autres se penchent pour entendre ; plusieurs mettent la main sur leur cœur. Frau Cohen feuillette les papiers.

— Varsovie.

Esther s'efforce de reprendre son souffle. Elle a l'impression que, si elle cligne des yeux, elle verra un autre monde onduler sous celui-ci. Varsovie – combien de fois a-t-elle imaginé la vie de Nancy Schwartzenberger, là-bas ? Elle tâche de se rappeler les cartes postales de Frau Rosenbaum. Vieille ville. Palace Wilanów. La Vistule.

Tout l'après-midi, les fillettes font leurs bagages. Esther se concentre – bougies, cirage, chemise de nuit, manuel d'arithmétique. Sous-vêtements, certificat de naissance, fil. Elle pense à Nancy, cousant des boutons. Quel âge a-t-elle à présent ? Comme ce serait bien si elles se retrouvaient !

Il y aura peut-être plus d'espace là-bas, à Varsovie. Il y aura peut-être des pharmaciens à gants blancs et aux rayonnages garnis.

Auswanderung. Routes migratoires des oiseaux.

Au fond du grenier, Hanelore Goldschmidt, neuf ans, assaille Miriam de questions : y aura-t-il une école ? des cours de gymnastique ? des animaux ? Pourront-elles aller au zoo ? Miriam redescend, aide Hanelore à choisir parmi ses affaires, peu nombreuses. Avant le repas du soir, elles vont déposer leurs valises à la porte et les laissent, alignées, avec les étiquettes qui rebiquent attachées aux poignées, prêtes à être apportées dans des brouettes à la gare, le lendemain matin.

Après les prières, Esther et Miriam montent au grenier et se couchent près de la grosse armoire blanche. Les poutres craquent dans la chaleur ; des araignées tissent leurs toiles entre les chevrons.

— Varsovie, ça ne peut pas être pire qu'ici, dit Esther.

Miriam, elle, ne dit rien.

— C'est pas ton avis ?...

Miriam roule sur le côté.

— La seule chose que j'ai apprise jusqu'à présent, répond-elle, c'est que ça peut toujours empirer.

Près de son amie, cette nuit-là, dans le grenier, Esther sombre dans ses rêves et à son réveil il est très tard. Pas une lumière au-dehors. Quelqu'un est en train de marcher, plié en deux, dans les parages. La silhouette reste un moment devant leurs lits de camp, penchée. Respiration sifflante. Genoux qui craquent. Miriam dort.

— Docteur Rosenbaum ?

Il a l'air plus maigre que jamais dans cette pénombre.

— Chut !

— Qu'est-ce qu'il y a ?

— Moins fort...

Il est venu me dire au revoir, pense-t-elle. Comme on s'en va demain matin, il est venu me dire au revoir.

— Ta robe, dit-il. Ton manteau, aussi.

Elle enfile ses bas, lace ses chaussures. Miriam ne bouge pas. Esther suit le Dr Rosenbaum dans l'escalier. Ils passent devant des enfants endormis, des vieilles qui marmonnent et des hommes condamnés, pénètrent enfin dans le salon, d'où il scrute l'extérieur à travers les rideaux. Quelqu'un est en train de ronfler au fond de la pièce. Quelqu'un d'autre tousse.

Il faut partir si tôt ? Pourquoi ne pas attendre le matin ? Chaque fois qu'elle tente de l'interroger, il la fait taire. Dans la rue, les amortisseurs d'un camion grincent au moment où ses pneus roulent sur des pavés.

— Le couvre-feu…, dit Esther, mais le Dr Rosenbaum fait « Chut ! ».

— Vas-y !…

Il la fait sortir précipitamment de la maison et passer le portail. Les phares du camion ne sont pas allumés et la rue est dans le noir. L'arrière s'ouvre : à l'intérieur, il y a un vide, des ténèbres d'où surgissent lentement des visages soucieux : la plate-forme est bourrée de gens.

— Dépêche-toi ! dit le Dr Rosenbaum.

— Et Miriam ? s'écrie Esther. Ma valise !

— Grimpe !

Et il la pousse à l'intérieur.

21

Onze fillettes assassinées se réveillent dans une haute maison de ville dépourvue de signes distinctifs. Esther se réveille dans son lit, dans l'Ohio, alors que son petit-fils est encore en train de dormir au fond du couloir, sur le canapé. Frau Cohen se réveille au 30, Papendam, en 1942. Elle se débarbouille, enfile la plus propre de ses robes d'intérieur. Elle lace ses chaussures, s'arrête au seuil de la cuisine et adresse ses prières au Seigneur. Veillez sur nous qui sommes au commencement de notre voyage. Faites que je ne chancelle pas.

En esprit, on peut voyager dans le temps, aller d'un pays à un autre, passer du passé au présent, de la mémoire à l'imagination. Pourquoi Esther et pas Miriam ? Pourquoi aucune des autres ? Pourquoi le Dr Rosenbaum l'a-t-il choisie ? La faire sortir de Hambourg lui a coûté très cher : cela lui a certainement coûté tout son argent, peut-être même sa vie. Esther était-elle la seule bonne action à sa portée, la seule chose qu'il pouvait sauver ?

Elle se réveille dans un chalet, au milieu des bois. Le plafond est bas, les meubles en bois brut. Vieilles pioches, lames de scie et crampons sont fixés au petit bonheur aux cloisons – l'impression est un peu étouffante. Les placards sont des nids à superstition : pleins d'odeurs putrides, de flacons renfermant des élixirs mystérieux, des remèdes dépourvus d'étiquettes, de la mélasse, des cristaux – une chose est appelée « belladonne », une autre « trompette de la mort ». Par les petites fenêtres on peut voir des centaines de bouleaux aux troncs blancs comme de l'os. C'est une maison pour des gens de la forêt qui pratiqueraient une magie noire, une magie de lutins.

À l'extérieur, le Dr Rosenbaum dort sur un banc rustique, sans couverture. Elle craint qu'il ne soit mort, mais quand elle prononce son nom, il ouvre les yeux.

— Que s'est-il passé ?

— Tu as eu une crise. On t'a amenée ici.

— Je ne me rappelle pas.

Des oiseaux volettent ici et là, piaillant faiblement. Le ciel est incolore.

— Je devrais être avec elles, murmure-t-elle.

— Tu es fatiguée, dit-il. Ce fut une épreuve.

Comme si c'était du passé, et qu'il n'y avait plus rien à en dire. Esther s'entend murmurer à l'intention de Miriam, il y a des années, dans la pénombre de la chambre : *J'espère qu'on ne sera pas séparées.*

Le Dr Rosenbaum lui sourit.

— Mieux vaut rester à l'intérieur.

Elle passe la journée à être perturbée par des cauchemars. Le Dr Rosenbaum fait cuire des navets ; il s'assied avec elle et lui tient la main. Le soir venu, il lui tend une lettre écrite en anglais, une liasse de billets de banque, et une adresse à Londres.

— Quand le camion reviendra, dit-il, je retournerai à Hambourg.

La peur trouble la vision d'Esther.

— Non ! Miriam... les autres...

Il lui presse la main entre ses deux grandes paumes glacées.

— Là où elles vont, tu n'aurais pas envie d'aller.

Esther tente d'élever une protestation sensée.

— Tu dois vivre ta vie, Esther...

Une heure plus tard, il est parti. Cette nuit-là, elle est ramassée par un homme et convoyée avec six autres enfants dans une remorque, sous une bâche. À l'aube, un garçon murmure qu'ils sont au Danemark ;

un autre affirme qu'ils se dirigent vers la Belgique. L'un d'eux a fait dans sa culotte et bientôt cet espace confiné et bringuebalant empeste l'urine. Au milieu de la matinée, l'homme les cache dans une cave de quatre mètres carrés, au sol en terre battue, sans fenêtre.

Ils y passent trente-six heures. La hanche d'une fillette s'enfonce dans l'épaule d'Esther, un petit garçon renifle de l'autre côté. Chiens qui jappent au loin. Longs silences et grondements des avions. Ils s'échangent des rumeurs : on va les envoyer en Irlande, ou en Angleterre, ou en Amérique du Sud. Un enfant répète : « Là-bas ce sera mieux », indéfiniment, comme pour s'en persuader. Par deux fois, on ouvre la porte pour leur tendre une miche de pain noir et dur, après quoi la porte est de nouveau refermée.

Le visage d'Esther est collé contre une planche et sur cette planche il y a un gros nœud sombre. À la lumière du jour, elle contemple ce nœud, transpirant dans sa plus jolie robe, jusqu'à ce que la dernière goutte de son corps soit exprimée. Inlassablement, la même phrase repasse dans son esprit : *Je devrais être avec elles.* Elle voit les orphelines monter les marches du perron d'un splendide palais à Varsovie. Les portes s'ouvrent ; elles pénètrent dans un hall tout blanc, lèvent les yeux vers le lustre aux multiples cristaux étincelants. Un homme en uniforme descend un grand escalier pour leur souhaiter la bienvenue. Les portes se referment. La lumière s'atténue.

La cave pue la sueur, la faim, la terreur, les déjections. Les autres n'en savent ni plus ni moins qu'elle. Chaque fois que la lumière le permet, Esther contemple le nœud dans le bois. À force se mettent à remuer dans ces fibres de minuscules silhouettes, calèches et tramways, réverbères et petits cochers en livrée rouge, munis d'un fouet, des maisons délabrées et des arbres dépouillés de leur feuillage, et plus elle regarde, plus elle s'aperçoit qu'elles contiennent une cité sombre, vivante, microscopique, grouillante.

Par deux fois, elle subit une crise généralisée. Ses jambes cognent contre les cloisons en lattes tandis que les autres s'efforcent de la maîtriser. Une main est plaquée sur sa bouche, quelqu'un d'autre l'immobilise au sol. Elle voit Miriam Ingrid Bergen à bord d'un train, regardant par la fenêtre, l'une des petites sur les genoux. Elle voit une famille qui attend dans les ténèbres.

Au bout du second jour, les enfants sont envoyés clandestinement à Londres à bord d'un bateau de pêche qu'on a récemment équipé d'armes en poupe. En Angleterre, Esther montre à un docker l'argent et la lettre du Dr Rosenbaum. On la conduit dans une clinique où un homme en blouse blanche lui donne des vêtements d'occasion, un flacon de phénobarbital et des papiers pour émigrer aux États-Unis.

312

Inga Hoffman dit :

— Il y avait un magasin de chaussures dans Benderstrasse. La nuit où on a brisé toutes les vitrines, on a vu un petit garçon lancer un pavé dans la vitre et entrer à quatre pattes. Son père attendait à l'extérieur et quand l'enfant est ressorti avec quatre paires de chaussures, il l'a grondé. On a cru qu'il le grondait pour avoir volé, mais c'était parce que l'une des paires était dépareillée ! Il l'a renvoyé à l'intérieur pour régler le problème...

Elle s'efforce de rire, mais ça ressemble plutôt à un hoquet.

La petite Zita Dettmann dit :

— Tout le monde n'était pas méchant. Deux dames ont déposé des gâteaux sur les marches. Vous vous souvenez ? J'en ai mis un tout de suite dans ma bouche. C'était fourré à la confiture de fraises. À la confiture de fraises !

Une voix, encore plus ténue, chante. *Une petite chèvre, une petite chèvre, que mon père avait payée deux zuzims...*

Gerda Kopf dit :

— On prétend que toute votre vie défile sous vos yeux, mais ça n'est pas vrai. Une vie, c'est immense. Ça contient des millions et des millions de choses, autant qu'il y a d'aiguilles sur un sapin. Il n'y a pas de musique, mais il y a un son, comme un crissement rauque à distance. Ou une fumée qui s'élève. Ou comme si une femme inspirait légèrement, juste avant de chanter.

Pause. Remue-ménage. Esther est assise au jardin et la pluie crépite sur le parasol que Robert a installé au-dessus de sa tête. Il y a de la douceur dans l'air, des parfums s'entrelacent – roses trémières, pluie sur l'herbe. Esther entend la voix de Regina Goldschmidt filtrer par les arbres.

— La dame au bout de la rue n'avait pas de foyer. Tout le monde l'appelait Mme Glasses. Elle dormait sur le trottoir depuis des années. Les autres filles disaient : « Pourquoi ne part-elle pas ? » Moi, je savais pourquoi. Mme Glasses n'avait personne. Elle avait renoncé. Je lui ai apporté une brosse parce que ses cheveux étaient dégoûtants. Ensuite, j'ai pensé qu'elle devait avoir froid et je lui ai donné mon écharpe rouge, en plus. La marron était plus jolie, de toute façon. Puis je lui ai apporté le plaid avec les ronds colorés qui se trouvait dans l'armoire de Frau Cohen. Je l'ai déposé à côté d'elle pendant son sommeil. Ses mains étaient gercées, je m'en souviens, et cela m'a soulagée qu'elle ne se réveille pas. Deux jours plus tard, la police l'a arrêtée pour vol, et moi je n'ai rien dit. Je ne l'ai plus jamais revue. Personne ne l'a jamais revue. Voilà mon souvenir. Voilà ce dont je me souviens.

La pluie tombe moins dru. Les feuilles dégouttent. Le jardin fume.

Le Comité de secours aux Juifs place Esther chez un couple sans enfants du New Jersey, dont le nom – une coïncidence – est Rosenbaum. Ce sont des émigrés roumains qui habitent un bateau-logement de trois pièces. À la minuscule table de ce qu'ils appellent la « coquerie », ils servent des repas qui lui semblent pantagruéliques : aubergines farcies, gros morceaux de poulet, bols de soupe fumante aux haricots. Trois fois par jour, ils se mettent à table dans cette maison flottante qui sent l'eau croupie, la pommade pour les pieds et le baklava.

Esther écrit à Miriam tous les jours. M. Rosenbaum regroupe les lettres par paquet de six et les dépose au bureau de poste à Tom Rivers. Là où elles vont, qui elles atteignent, quelles mains en disposent – Esther n'en saura jamais rien.

Des histoires sur les camps filtrent au compte-gouttes dans la presse ; Mme Rosenbaum ne peut pas en dire plus. « Pourquoi ? » est la question que se pose continuellement Esther. Pourquoi le Dr Rosenbaum l'a-t-il sauvée, elle ? Pourquoi l'avoir épargnée ? Pourquoi pas Hanelore, Regina, Else ? Pourquoi pas Miriam ?

Elle avale un flot régulier d'anticonvulsifs. Elle vend des billets au cinéma. Elle tente de croire que le monde peut être un lieu raisonnable. Mais la plupart du temps, le silence dans sa chambre exiguë,

glaciale, sur le bateau des Rosenbaum, la submerge :
bleu surnaturel d'un réverbère sur la jetée dehors, pas
de voix d'enfants, pas de musique, juste les distantes
sirènes de brume et le tintement lugubre des cordages
contre les mâts. Un balancement général et continuel.

La mémoire devient son ennemie. Esther s'emploie
à concentrer son attention sur l'instant présent ; il y a
toujours le maintenant – une odeur de vent sans cesse
changeant, le brillant des étoiles, le cri-cri des grillons
dans le parc. Il y a le maintenant qui est aujourd'hui,
tombant dans le maintenant qui est ce soir : crépuscule sur le bord de l'Atlantique ; tremblotements de
l'écran de cinéma, un souvenir résurgent, un tanker
qui fend imperceptiblement l'horizon.

Il ne fait jamais assez chaud. Elle achète des robes
de printemps et des vestes molletonnées, se rend au
travail par une journée caniculaire, mais au plus profond d'elle-même, elle a froid.

Elle a vingt-six ans et parle couramment l'anglais
quand elle rencontre le garçon qui deviendra son
mari. Il est petit, sociable, toujours sur le point d'éclater d'un rire tonitruant et communicatif. Il fait sa
connaissance au cinéma, il est aide-soignant à l'hôpital, mais rêve d'ouvrir un magasin de cycles. Il la
fait s'asseoir dans le parc, lui parle de ses projets. Ils
iront très loin d'ici, vendront des vélos, les répareront,
auront des enfants.

La teneur de ses projets compte moins que le son
rendu par la voix de ce garçon – sa fermeté. C'est une
voix douce, comme un coupon de soie qu'on sortirait

d'un tiroir uniquement dans les grandes occasions, et sur lequel on voudrait passer et repasser les mains.

Qu'elle puisse être vivante auprès de ce garçon – partager un cornet de glace, flâner au marché, acheter des choux gros comme des boulets de canon –, cela la remplit d'une honte paralysante, suffocante. Pourquoi doit-elle vivre cela ? Elle et pas les autres ? C'est comme si des parties d'elle-même tenaient à peine ensemble – si jamais elle se relâchait, elle risquerait de tomber en morceaux.

Et pourtant, n'est-ce pas merveilleux ? Ne recommence-t-elle pas à respirer, tel un animal qui, après avoir été longtemps pourchassé, soufflerait enfin, relèverait la tête pour voir les feuillages – cette multitude – s'agiter ? Elle est en vie, toujours en vie. Elle peut reposer la tête sur la poitrine de ce garçon et entendre tambouriner son cœur. Elle peut contempler fixement la poignée en cristal de la porte de son minuscule guichet pendant tout un après-midi, un bloc de papier à dessin sur les genoux, et attendre que la lumière du soir filtre par la fenêtre sur sa gauche, selon le bon angle. À ce moment-là, le rayon projette un arc-en-ciel sur le mur.

Ils s'installent dans l'Ohio. Ils se marient, obtiennent un prêt, ouvrent le magasin de cycles. Tout est rond : jantes, pneus, pignons, chaînes. Tout sent la graisse ; tout le monde paie en liquide.

Le galbe d'un guidon, recourbé vers les poignées. Trente roues à rayons accrochées au mur ; roues libres et moyeux ; haubans de cadre et manivelles de pédalier ; les spirales concentriques de carters en tôle peints. Un présentoir à sonnettes : chrome, laiton, aluminium. Suspendues à une poutre, des centaines de jantes. Des vis à tête bombée brillent dans des seaux. Roulements à billes dans des bocaux, roulements à billes dans des seaux. Gerbes de rayons attachées par des bandes de tissu.

Esther tient la caisse ou bien ouvre son carnet à croquis sur le comptoir et dessine, tandis que son mari tripote une série de transistors, captant tout un éventail de stations américaines : country, jazz, folk, swing.

Ils ont un fils. Après l'école, il dessine auprès de sa mère, à côté de la caisse. Tous deux travaillent sur les mêmes feuilles de papier, et une fois plus grand il travaille aux côtés de son père, passant les maillons d'une chaîne de vélo récupérée dans un bain d'huile, regardant la rouille s'en détacher. Les rivets coulissent proprement dans leurs douilles, le lubrifiant forme des petites perles dans les poils dorés sur ses poignets.

Expulsion, émigration, *Auswanderung*. Esther se bâtit une vie aussi modeste, normale et réglée que possible. Elle n'a pas le droit de conduire une voiture, son traitement continue à lui détraquer l'estomac, et de temps en temps elle est hantée par des terreurs incontrôlables. Parfois, elle a des pulsations au poignet ; elle se sent floue, et se demande si elle ne serait pas morte dans cette cave avec le nœud dans le bois, et si tout ce qu'elle a vécu à partir de là ne fut pas juste un rêve. Elle cherche la forme de son mari dans la nuit ; elle se cramponne à lui.

C'est Mme Rosenbaum, qui vit toujours sur son bateau-logement dans le New Jersey, qui lui envoie la liste des personnes déportées. Esther a trente-cinq ans quand le courrier arrive ; il attend dans la boîte aux lettres, entre une facture et un prospectus publicitaire. À l'intérieur de la première enveloppe il y en a une seconde, et Esther attend deux jours avant de l'ouvrir. À ce moment-là, elle juge qu'elle a compris ce que dit cette liste.

Elle pense : les autres y seront, mais pas Miriam. Comment aurait-elle pu mourir ? Ce n'était pas quelqu'un qui se berçait d'illusions ; elle a toujours eu la force d'assumer son pragmatisme. Peut-être que seules celles qui se faisaient des illusions ont été assassinées. Mais, bien entendu, elles l'ont toutes été.

Quarante fiches. Plusieurs comportent des centaines de noms.

C'est assez facile de trouver le 29 juillet 1942. Douze dates de naissance, douze petites filles. Le nom de Miriam y figure. Celui d'Esther aussi.

24

La voix de Robert s'atténue de plus en plus, comme s'il s'éloignait d'elle, comme si, pendant qu'il la tractait derrière son vélo, la remorque s'était détachée à son insu. Finalement, tout ce qu'elle réussit à entendre, assise dans son jardin, au soir de sa vie, c'est la voix de Miriam. Le jardin est gris à toute heure ; Robert n'est plus qu'une présence chaleureuse.

— À la lisière de la ville, on a trouvé une forêt, dit la voix de Miriam, et nous devons traverser cette forêt pour aller là-bas. Ensuite, on gravit une colline et une fois au sommet, on voit qu'il y a de la brume, en contrebas, Esther, un épais ruban de brume qui nous cache la vue. Les vapeurs tombent, se condensent et tourbillonnent sur elles-mêmes. Mais parfois elles se divisent pendant un moment, et là-bas dans la vallée, je vois un millier de tentes, Esther, dix mille peut-être. Dans chacune, une lampe brûle, et elles claquent au vent. Toute une cité de tentes dorées qui flamboient sous cette brume.

Il y a un silence. Puis :

— C'est là que nous allons, Esther. Toi et moi. Nous toutes.

25

Le 4 Juillet au crépuscule, les bois résonnent des explosions des feux d'artifice des voisins. Robert cloue un soleil à un arbre qui projette des arcs-en-ciel dans la nuit.

Esther est assise dans son jardin, avec une couverture sur les jambes et une expression rêveuse, perdue. Chaque fois que Robert lui demande si ce n'est pas inconfortable, il lui faut un moment pour répondre que non. À ce moment-là, les parents de Robert survolent le Pacifique à une altitude de dix mille mètres. Entre eux, deux petites filles dorment.

La roue crache ses dernières étincelles. L'obscurité reprend ses droits. Robert allume une lampe torche et fourrage dans sa caisse. Des lucioles flottent et reluisent dans les arbres.

— Encore un autre, mamie ? On en a plein...

Esther ne répond pas. Robert dit :

— OK, voyons les choses en grand...

Il approche son briquet d'une mèche, qui se consume, et une fusée jaillit dans le ciel.

Le regard d'Esther se braque vers les milliers de feuilles, un océan qui bouge sur fond d'étincelles dorées, silencieuses. Qu'est-ce qui est elle, qu'est-ce qui est le monde ? Elle se renverse en arrière sur la pelouse. Les étincelles retombent. Une locomotive fonce dans sa tête.

Quand elle se réveille, c'est la nuit. Elle sent les planches sablées d'un sol sous ses genoux, un rebord de fenêtre sous ses ongles. Dehors, des nuages occultent des étoiles. Plus elle regarde, plus elle en voit.

Quelque part, en contrebas, la voix d'une petite fille l'appelle. Esther se dirige à tâtons vers le seuil. Dans le couloir, il fait tout noir. Une peur familière revient, s'élève dans sa poitrine, escalade sa gorge. Elle trouve un escalier ; il y a une rampe branlante. Premier palier. En bas, c'est un peu moins sombre, la clarté des étoiles entre par les fenêtres dépourvues de rideaux.

Pas de meubles. Pas de portes au placard. Une fois de plus, elle entend une voix qui l'appelle du dehors. Esther trouve la porte d'entrée. Au-delà, le vent du large, et un ciel qui fourmille de lumières infinitésimales.

Debout dans les chardons qui leur arrivent à la taille, onze fillettes, figures blafardes dans les ténèbres. Miriam est facile à repérer : c'est la plus grande. Elle prend Esther par la main et l'aide à sortir par la porte.

— Nous t'attendions, dit-elle, et elle sourit gentiment.

Esther soupire. Le vent s'apaise. Les douze fillettes, debout dans les chardons, regardent pendant un moment en arrière, vers la maison vide tapie dans la nuit. Puis elles se mettent en marche.

26

Robert est en année de licence, à l'université ; il rentre à la maison pour Thanksgiving. Cinq jours, dix-huit centimètres de neige, moins vingt-huit degrés. C'est la première chute de neige de l'année et subitement tout est à la fois neuf et familier : les noyers squelettiques qui cernent la maison de ses parents ; les odeurs mêlées de neige fondue, gasoil, et bois de chauffage dans le garage ; les regards désorientés, émerveillés de ses deux sœurs de quatre ans qui voient la neige pour la première fois par les fenêtres du living.

Son père débite en rondelles des carottes dans la cuisine. Sa mère aide les fillettes à enfiler d'identiques combinaisons roses. Dehors tout est soit gris, soit blanc. La radio susurre un autre avis de tempête ; les jumelles restent parfaitement immobiles tandis qu'on leur passe des mitaines.

Robert les accompagne dehors en passant par le garage. Enfin quelques flocons s'échappent des nuages. Les petites avancent pas à pas dans ses traces, tête penchée, en direction du grand amphithéâtre blanc que constitue le jardin. Elles se tiennent côte à côte parmi toute cette blancheur aérienne. Là, leur exubérance éclate : elles s'élancent, dépassant Robert ; elles rient, tombent, roulent sur elles-mêmes, poussent des cris. Robert leur court après, mains dans les poches.

Au bout de quelques minutes, les gamines crapa-hutent entre les saules dénudés à la lisière du jardin et disparaissent dans ce qui fut la propriété d'Esther. Aujourd'hui, la maison est vide, une pancarte recouverte de neige est plantée au bout de sa sortie de garage.

Chaque arbre, chaque piquet de la clôture est une bougie marquant un souvenir, et chacun de ces souvenirs, tels qu'ils se dressent dans la neige, est relié à une dizaine d'autres. Ici, la mangeoire où Robert s'est cassé le poignet en essayant de s'y suspendre. Là-bas, Esther l'a aidé à enterrer sa perruche nommée Marbles. Enfant, il jetait son ballon sur la partie du toit au-dessus de cette fenêtre du garage et attendait qu'il retombe. Il a abattu un écureuil perché sur cet acacia et a apporté son cadavre au bout d'une pelle sur le tas de compost. Un été, il a teint des T-shirts avec sa grand-mère à l'endroit même où les petites bottes de ses sœurs ont laissé des empreintes.

Les filles lancent de la neige en l'air et la regardent briller en retombant autour d'elles. L'une d'elles pousse un cri de joie et fait quelques pas en courant, avant de s'étaler. Robert l'aide à se relever. Déjà la chaleur de son visage a fait fondre la neige sur ses joues.

— Ça ira, lui dit-il.

Toutes les heures, songe-t-il, partout sur la planète, des quantités infinies de souvenirs disparaissent, des atlas entiers sont entraînés dans des tombes. Mais au même moment des enfants s'animent, explorent des territoires qui leur semblent complètement nouveaux. Ils repoussent les ténèbres ; ils sèment des souvenirs derrière eux comme des miettes de pain. Le monde est recréé.

Pendant les cinq jours où Robert sera là, ses sœurs apprendront à dire « pierres », « lourd » et « bon-homme de neige ». Elles apprendront les différentes odeurs de la neige et le contact glissant d'une luge en plastique quand leur frère les traînera dans la sortie de garage.

Nous retournons là d'où nous venons ; nous piéti-nons des coins pâlis, nous traçons de nouvelles lignes.

— Qu'est-ce que tu as vite grandi ! lui dit sa mère au petit déjeuner, au dîner. Regarde-toi !

Mais elle a tort, pense Robert. Nous enterrons notre enfance çà et là. Elle attend, toute notre vie, que nous revenions l'exhumer.

À présent, les fillettes arrachent des bâtons pris dans la neige, s'en servent pour dessiner des formes. Dans le ciel, les nuages se déplacent et – tout à coup – le soleil inonde le jardin. Les ombres des arbres s'allongent sur la pelouse. La neige semble incandescente. Robert avait oublié à quel point cette lumière peut être pure quand elle ruisselle ainsi, éclaboussant la neige. Il en a les larmes aux yeux.

Jing-Wei, la plus grande, soulève une longue branche noire et tente de la lui tendre.

— Pour Ro-bert, dit-elle, et elle cligne des yeux dans sa direction.

REMERCIEMENTS

Merci à l'American Academy de Rome et à la Idaho Commission on the Arts pour leur aide financière tandis que je travaillais à ce livre. Je suis également redevable à Wendy Weil, Nan Graham et Susan Moldow pour leur confiance indéfectible. Nombreux sont ceux qui m'ont aidé sur des points de détail, en particulier Rachel Sussman, Rob Spillman, Ben George et Laura Furman pour « Village 113 » ; Cheston Knapp pour « La Nemunas » ; Matt Weiland et Helen Gordon pour « Engendrer, créer » ; et Jordan Bass pour « La vie posthume » et « Le mur de mémoire ». Ma mère, Marilyn Doerr, m'a souvent fait des suggestions précieuses sur l'ensemble de ces nouvelles. La voir s'occuper de sa propre mère m'a enseigné la patience, l'amour, et la fragilité de la mémoire.

Ce livre est dédié à Shauna : épouse, éditrice, conseillère, amie fidèle.

Table

Du même auteur
aux Éditions Alto Moon

LE ROMAN DES CONDUCTEURS, 2003
À PROPOS DE GENÈVE, 2007
TOUT SAUVER OU TOUT PERDRE PAR L'AMOUR (IMPRESSION), 2015